利己的な聖人候補２
とりあえず異世界でワガママさせてもらいます

やまなぎ
Yamanagi

Regina

レジーナ文庫

ソーヤ
メイロードと契約した妖精。
異世界の酒までもすべて
試飲済みの万能ソムリエ。
セーヤ
メイロードと契約した妖精。
ヘアケアグッズを充実させて
メイロードの美髪保持に
邁進中。
メイロード・マリス
神様の過保護な加護付きで
転生した家事万能な元女子大生。
周りの困っている人を
放っておけない性格。

登場人物紹介

Character

セイリュウ
メイロードの守護者。
伝説の龍族のひとり。
サガン・サイデム
メイロードの後見人
兼ビジネスパートナー。
アタタガ
木人(エント)と呼ばれる妖精。
強盗に襲われているところを
メイロードが助ける。
キッペイ
外国人市場で
饅頭を売る少年。
寡黙で心をなかなか
開こうとしない。
アリーシア・ドール
ダイル・ドール参謀の娘。
薔薇とフリルが大好き。

目次

利己的な聖人候補 2

とりあえず異世界でワガママさせてもらいます

プロローグ

「メイロードさま、ぬか漬けはこちらのお皿でいいですか？」

「うん、ありがとソーヤ。じゃあ、博士とセイリュウに声をかけてくれる？」

「了解です！」

　具材たっぷりのお味噌汁にチーズ・オムレツ、ぬか漬けと二十品目サラダ、それにたっぷりフルーツという和洋折衷の朝食を作りながら、これまでの日々を思い出す。

　私は別の世界から、ここシド帝国にある辺境の小さな村へとやってきた。

　前世で子供時代から家族を支え家事育児に明け暮れた上、二十二歳のとき未来の重要人物を庇って事故死した私。神さまはそんな私に〝聖人〟になって自分たちを手伝わないかとリクルートしてきたが、自分のためだけに生きる人生を送りたいと拒否したところ、異世界への転生を勧められたのだ。

「あ、お醤油がないや」

私は《異世界召喚の陣》を開き、空になった壺を光る輪の中へと入れ、醤油が欲しいと念じると壺の中が重くなった。輪の中から壺を取り出せば、そこには元の世界から取り寄せた醤油が入っている。

これは私の固有スキル。対価は必要だが、元の世界のものを買うことができるという能力だ。いろいろと制限はあるが、便利に使わせてもらっている。

もうひとつ、この世界で自分で作った経験があるものなら無制限に複製できる《生産の陣》というスキルと合わせ、私の異世界生活には欠かせない力だ。

「おはよう、メイロード。コーヒーを淹れてくれるかの？」

「おはようございます、グッケンス博士。また夜遅くまで研究ですか？」

キッチンカウンターのいつもの席に座るのは、私の魔法の師匠でもあるグッケンス博士。世界一の魔法使いといわれているのに、ついこの間まで隠遁（いんとん）生活をしていた変わった人だ。

「おはよ、メイロード。とりあえず水をくれる？」

眠そうにやってきたのはセイリュウ。山の聖域で偶然私が助けた神の眷属（けんぞく）だ。その経緯からか私を守護してくれているが、毎日のようにうちで晩酌をし、大酒を飲んでいる。

「お酒はほどほどにしてくださいね。ソーヤ、セーヤもご飯にしましょう」

「はい、今日の朝ご飯もおいしそうです！」

「ではお召し上がりになる前に三角巾を外して、御髪を整えさせていただきます」

私のふたりの従者、妖精のソーヤとセーヤ。大食漢の悪食と髪フェチという変わった子たちだが、大事な私の仲間だ。

最初にこの世界に送られたとき、私は六歳になったばかりの幼児だった。しかも両親を魔物に惨殺され、自らもこと切れた少女の躰に転生させられていた。

（ひとりぼっちで最初はどうなるかと思ったけど、前世での料理や家事の腕前と固有スキルを生かして〝メイロード・ソース〟を立ち上げて、なんとか収入が確保できてのんびり生活できる目処が立ったんだけど……）

複雑な味の調味料のなかったこの世界の人たちに、〝メイロード・ソース〟は大いにウケてしまい、事業は急拡大。

なんだか有名になっちゃうし、遂には私の後見人でもある大商人サイデムおじさまに協力してもらい、この世界では不可能とされていた民間主導の牧場経営まで手がけることになってしまった。

（成り行きだったんだけど、料理をしていたらやっぱり乳製品が欲しくなっちゃったんだよねぇ）

「メイロードさま、このチーズ・オムレツ最高ですね。おかわりいいでしょうか？」

「はいはい、ソーヤ。作ってあるわよ」

　こうやって台所に立ちながらバタバタしている日常が私は大好きなんだけど、住んでいる辺境の村が私の事業のせいで人口が大幅に増加したり、盗賊団に狙われたりと（もちろんみんなの力を借りて撃退したけど）、私の出現の結果、いろいろな変化が起きている。

　でも、せっかく自由に生きられる世界に来たのだ。遠慮なんかしない。やってみたいことはなんでもやってみよう。魔法でも商売でも、なんでもこいだ。

　私はさっと食事を済ませると、まだ食べそうなソーヤのチーズ・オムレツを焼くためフライパンを握った。まだまだ躰の小さい私だけど、割烹着（かっぽうぎ）と三角巾で大食らいの妖精さんのために力一杯フライパンを振る。

　みんなとおいしいご飯を食べるために、今日も頑張ろうっと。

第一章　外国人市場の少年たちと聖人候補

「ああ、今日のタガローサ様は一段とご機嫌がお悪いご様子ですね」

書類を握りしめ、青ざめた顔でため息交じりにそう言ったのは、商人ギルドの職員だった。

ここは帝都パレスの一等地にある建物の中でも豪華絢爛な装飾で有名な〝パレス商人ギルド〟内。幹事エスライ・タガローサ子爵が直接関与する仕事を担当する者たちが詰めている部屋だ。幹事執務室のすぐ隣にあるこの部屋には、今日もまた朝から怒号と聞くに耐えない罵詈雑言が響き渡っている。このギルドで働く者たちにとっては、心が病みそうな光景も毎度見慣れたものだが、それにしても今日の罵声は一段と大きくひどいものだった。

帝都〝パレス〟は、シド帝国一の人口を誇り、魔術師と軍隊による二重の防御に守られた上、高い壁が張り巡らされた城塞都市だ。皇帝の居城があり、多くの貴族も住むこの巨大な街は整備が行き届き美しい。皇帝の居城へと滑らかに続く整えられた石畳はまっすぐと伸び、帝国の威光を隅々にまで放つ大都市だ。

シド帝国の政治は安定し、商業も発達。この国最大の冒険者ギルドもまた、ここパレスにある。パレスの街は、高額な税金を納め市民権を持つ〝帝国市民〟の住む地区と、彼らの生活を支える〝一般居住者〟の住む地区とにわかれている。

一般居住者の生活水準も地方都市と比べてかなり高いため、この街に職を求めてやってくる者も多いが、この街への移住審査はとても厳しく、現在では有力者からの紹介のない者が居住許可を新たに得て、きちんとした賃金で働くことは難しい。

また帝都には、皇族が振興・支援した産業からなる〝帝都でしか手に入らない〟貴重品が数多くある。乳製品、陶磁器、武具、宝飾品、織物など、洗練された価値の高い商品が手に入るため、国中さらには世界中から商人が集う。商人ギルドの権威も非常に強い。

今日もいつものように活気あふれる商人ギルド内は、様々な許可を得るために多くの商人たちが施設の中を右往左往し、騒々しい。だがそんな活気あふれる騒々しさとは別に、一際騒々しい男がいた。先ほどからの怒号（どごう）の主、エスライ・タガローサ、パレス商人ギルド統括幹事だ。

彼はほかの商人ギルド統括とは違い、自分の名前を冠した商店を持たない。皇族の直轄地で産出される特産品の取り引きが、彼のそして彼の一族の生業である。彼の販売する商品にはすべて〝皇宮御下賜品〟というマークが印され、庶民にはまったく手の届かない金額で取り引きされるのだ。

タガローサ家は商取引を通じて黎明期のシド帝国を支えたとして貴族の地位を賜った先祖代々からの皇宮専属商人であり、パレスの商人ギルドもその一族が長く牛耳ってきた。本来ならば、地方の商人ギルドなど歯牙にも掛けない、シド帝国商人ギルドの頂点であるはずだ。だが、いまは風向きが変わったことをヒシヒシと感じ、彼は苛立ちを募らせている。

エスライ・タガローサは、自分の手が痛くなることも気にせず、素晴らしい造りの豪華絢爛な机を何度も叩きながら、現状を憂いていた。

すべてはあの男、サガン・サイデムがイスを牛耳ったことが発端だった。

あの目端の利く男は、あっという間に中央政府の高官を取り込み、潤沢な資金を使って素早く官僚たちに行動を起こさせた。それまでパレスでの商いに都合よく作ってあった規制を次々に解除させ、瞬く間にイスの貿易を肥大化させたのだ。

イスからの税収と献金が無視できない額に達し、それからは奴の発言権は増す一方。

いまでは取り立ててミスのないパレスのギルドが、まるで努力不足のような印象を持たれ、勢いがないとまで風評が立っている。

「まったくもって不愉快だ‼　ああ、腹の立つ‼」

怒り心頭に発する毎日が続き、叩き壊した高価な椅子や机もひとつやふたつではない。

「さすがのサイデムも、懐刀の男が急逝してからしばらくは商売の勢いが落ち安堵していたのに、気がつけばあのとき以上の勢いを取り戻しているとは！　あのまま、ダメになっていれば可愛げもあったものを……」

（そして今日、皇宮に届けられたこれはなんだ⁉）

〝かれんだー〟と名付けられたそれは、羊皮紙ではありえなかった大きさを継ぎ目もなく実現していた。それだけでも驚くべき新技術だ。しかも信じがたいほど美しい白地で、文字はどこまでもくっきりと見やすい。飾り文字にも最高の職人技を使った、一分の隙もない美麗な仕上がりだ。

その上、憎らしいほど気の利いたことに、帝国の重要な祝祭や催事の日には印がつき、皇族の誕生日まで記されている。腹が立つが、この上なく皇族方に好感を持って受け入れられるよう、実に念入りに作り込まれたものだ。

しかもこれを、羊皮紙の二割の値段で売るという。

「奴め、〝これをもちまして帝国のご威光を、国中の人民に余すところなく広めたいと存じます〟などとぬかしおって、皇宮印をつける許可まで得おった！」

あれは売れる。間違いなく、国中で売れる。

あれは〝皇宮御下賜品(ごかしひん)〟を扱う我が一族にこそふさわしい品だ。できることなら、奴より先に売り出してしまいたい。だが、あれがどうやってなにで作られているのかさえわからないいま、後追いは難しい。羊皮紙で真似することさえ無理だ。

「たとえ可能だとしても、羊皮紙では大きさでも価格でもあれにはまったく太刀打ちできん。まったく商売にならん‼」

イスは危険だ。密偵の数を早急に増やそう。

なんとしても、あの〝かれんだー〟の技術を我がモノにしなければならない。奴なら、すぐにも次のなにかを仕掛けてくるに違いないのだ。今度こそ先手を打たねば。

「帝国の商人の頂点は〝パレス〟であらねばならぬ！　ならぬのだ‼」

タガローサはバンバン机を叩きながら、イスとサイデムに対する思いつく限りの悪態をつき続け、側近たちは腫(は)れ物に触るようにしながら、怒鳴り声の合間に仕事の指示を仰ぐ。

「なんとしてもイスの商人ギルドとサイデム商会に、うちの息のかかった者を送り込んで内部の様子を詳しく知らねばならん。なにか方法はないのか！」

ギロリと周りの側近を睨むが、言葉はない。

「では、私が行っておじさまがお望みの、イスの秘密を取ってきますよ」

部屋に入ってきたのは公爵家の四男、オットー・シルヴァン。公爵家に嫁したエスライ・タガローサの妹の子だ。公爵家の男子といっても第二夫人の四男ともなれば、爵位を継ぐ機会はない。オットーは商人を志すと言って、貴族階級に顔の利く商人を目指し、十五歳になったのを機に伯父のもとに寄宿している。

「なるほど、公爵家の紹介状を持つ者を、さすがのサイデムも無下にはできまい。いいだろう、しばらくイスの様子を探ってこい。お前にもいい修業になるだろう」

◆

◆

◆

「本当ですね。ほんとーにあるんですね」

「お、おう。かなり似てると思うぞ」

イスの商人ギルドの幹事執務室。

詰め寄られてたじろぐのは、泣く子も黙るイスの首領（ドン）サガン・サイデム。

「確かにお前のところで食べた〝味噌〟の味に近かった。沿海州辺りの海洋民族の保存食とかで、輸入申請に来たときに味見したんだ。そのときは塩辛いだけでウマイとは思わなかったがな」

おじさまの言葉に、私の頭の中ではファンファーレが鳴り響いていた。

（なんという吉報。おじさまに、異世界ご飯をご馳走したかいがあった！）

イスには外国人が多く住んでいる。彼らのほとんどは〝外国人街〟と呼ばれる場所に住み、独特の文化を守って暮らしているそうだ。彼らの多くは貿易のために国を行き来しているうちに定住状態になった、もともとは大都市イスでの成功を求めてやってきた人々だ。

おじさまによれば、その中にいろいろな発酵（はっこう）食品を持ち込んでいる人々がいるらしい。そしてどうやら検品のために以前サイデムおじさまが味見をした輸入品の中に、かなり味噌に近い味のものがあったというのだ。

（これは絶対、買いに行くしかない！）

私はいますぐにでもという勢いで街へ出ようとしたのだが、そこでハタと気がついた。実は私はまだ、この大都市イスの中をほとんど出歩いたことがない。

最初は忙しくてそれどころではなかったし、その後も拠点のシラン村でイロイロあったので、結局名所観光すらしていない。その上、イスで〝メイロード〟の名前が悪目立ちしていると聞いてしまったいまは、なおさら出歩きづらくなっている。

（でも、味噌が欲しい。ものすごく欲しい！）

長い逡巡（しゅんじゅん）の末、私はソーヤを伴って、外国人街へ潜入することを決めた。

そこに味噌があるならば、行かなければならないのだ。

とにかく変装だけはしようと、髪はまとめてふっくらしたキャスケットタイプの帽子の中に入れ、服装は小学校の制服のために作ったシャツブラウスに綺麗すぎない七分丈パンツ。お使いの子供っぽい感じに仕上げてみた。

外国人街は、商業地区の裏手だ。そこでは店舗を持てるほどの余裕はない、小さな商いをする人たちが集まり、青空市が常に行われている。厳しく法に照らせば彼らの行為は違法だが、イスでは商いをすることが尊ばれる気風があり、たくましく商いをする彼らをむやみに排除したりしない寛容性がある。

ただ、度を越えた違法な取引が蔓延（はびこ）ったり、闇市化することは好ましくないため、常に警備隊が巡回しているし、ギルドが雇った私服の警備員も目を光らせているそうだ。

商品を直射日光から守るため、左右から長い布製の庇（ひさし）を作った露店が並ぶ薄暗い市場に少しドキドキしながら私は入っていった。その瞬間から、あらゆる香辛料（スパイス）の混じったような独特の香りと、色とりどりの見たことのない、海外の商品が目に飛び込んでくる。

（これは味噌だけじゃなく、スパイス関係もかなり期待大！）

私はいい買い物ができそうな予感に心を躍らせながら、手当たり次第《鑑定》する。知識を増やしつつ気になる香辛料（スパイス）やハーブを目についたそばから買っていく。

すでにターメリックらしきものとクミンらしきものを発見した。ターメリックとおぼしき黄色い粉末は染料として売られているようだが、《鑑定》によると食用可なので問題なし。クミンらしきものは、薬扱いだった。この調子でスパイスが見つかれば完全異世界製カレーも夢ではない気がする。

私がカレーパウダーの配合に想いを馳せながら《鑑定》&ショッピングを続けていると、なんだか懐かしい香りの漂う店があった。

燻（いぶ）した魚の香り、まさに鰹節だ。よく見ると乾燥はしておらず、生節（なまぶし）といったところ。日本の鰹節は、さらに水分を抜くためにカビづけして寝かせるが、燻製（くんせい）状態にするだけでも保存が利くし、ダシとして使える。当然がっつり購入。

やっと見つけた豆味噌も味見。私の知っているものとは製法が違うようだが、香りは確かに味噌だ。ほかにも味噌と思われるものは全部買いまくった。この日のために、新たに購入したマジックバッグが大活躍だ。

買い物をしながらお店の方からいろいろ話を聞き出してはみたが、残念ながらイスでは製造しておらず、完成品の輸入のみだった。でも、これで味噌ラーメンも完全異世界産で作れそうで嬉しい。

（それにしても……こんなにいろいろな食文化が集まっているのに、どうしてこちらの世界の食卓ではこの多様性が取り入れられないんだろう？）

食に関してはまったく節操なく、なんでも取り入れる日本人の私からすると、この世界の食文化の停滞は、とても頑(かたく)なな印象を受ける。とはいえ、誰かが事情に合わせてブラッシュアップしてから紹介していかないと、食べたことのない未知の味はなかなか受け入れられないものなのかもしれない。

また考え込む私をソーヤがつつく。

「メ……お嬢さま、おいしそうな匂いがいたしませんか」

今日は、メイロードと呼ばないように言ってあるので喋(しゃべ)りにくそうだ。ソーヤの言う通り、確かに油と香辛料(スパイス)の混じった香ばしい匂いが漂っている。

匂いのする方へ近づくと、どの露店より小さい〝隙間〟と言った方がいい大きさの敷地で、木枠と大きな葉を使った蒸し器を使い、小ぶりの肉まんのようなものが売られていた。蒸したあとに、焼き目をつけて香ばしく仕上げている様子を見ると、焼小籠包に近いかもしれない。

外国から来たのだろう、たどたどしい感じの言葉で盛んに呼び込みをしている兄とそれを手伝う弟という雰囲気の少年たち。どちらも十代前半で、この国の人より肌は浅黒く、体型はとてもほっそりしている。

ソーヤはすぐにでもたくさん食べたそうだったが、その前に味見をしたい。試しにふたりでひとつずつ買って食べてみることにした。この辺りではあまり取れない希少種である〝メッカル〟という羊のような魔物の肉を使っているらしい。でも、香辛料の香りと塩気が強くて、その味はよくわからない。というか、これ本当に肉？

〔メイロードさま〕

ソーヤから《念話》がきた。

〔これはメッカルどころか､肉ですらないと思います。おそらくこの辺りに自生する〝グルグの実〟を蒸して細かくしたものに、香辛料と油を加えたのではないかと〕

《鑑定》して見ると――

〉蒸し饅頭――材料はグルグの実、フェルの葉、塩、コン豆油、ハッカ草、コダ草

確かに、この辺りでは見ない香辛料とグルグだけだ。

〔ひとつ五十カルで売ってますからね。かなりの暴利っていうか、詐欺ですね。パトロールに見つかれば即、捕まります〕

五十カルといえば五百円相当、なかなか高価な饅頭だ。別にまずいわけではないが、ソーヤによればメッカルの肉はジューシーで脂がほどよくのって大変美味なので、その味を知る者が買ったらすぐ違いに気づく、という。このレシピのグルグ饅頭は本来五〜十カル、つまり高くても百円程度の安価なおやつらしいので、これは明らかな不当表示だ。

ソーヤとふたりで顔を見合わせていると、混雑する市場の人混みをかき分け、巡回中の警備隊を連れた冒険者風の男が屋台の前で怒鳴り始めた。それに言い返そうとする少年の言葉はイスの言葉ではなく、男にはまったく通じない。激昂した男は、遂には店の少年の胸ぐらを掴み、思いっきり殴りつけた。

「ふざけやがって、メッカルの肉なんざ、ひとつも入ってねぇじゃないか！　いくらイスにメッカルの肉を食べつけてる奴が少ないからって、そうそう騙せると思うなよ！」

男はたくさん買ってしまったらしく、饅頭が入っている葉っぱを巻いて作った大きな袋を、殴った男の子の顔に投げつけた。葉っぱの袋は破れ、辺りに饅頭が散らばる。地面に倒れたまま、少年は懸命に男に話しかけるが、男は無視して怒鳴り散らし、さらに殴ろうとしている。

「その子は『なぜ殴る。親方に言われた通り、売っているだけだ』と話しています」

私はつい割って入ってしまった。

男には異邦人である少年の言葉はわからないが、私は神さまたちから授かった加護の力で、この世界の言葉のすべてを理解できる。

「あなたもお忙しい方とお見受けいたします。私が通訳して、あなたがお支払いになったお金をこの子から返してもらいます。その後は、警備隊の方にお任せしてはどうでしょう」

私は男の返事を待たず、少年に声をかけた。

「どうやら親方という人は、あなた方に嘘を教えたようね。あなたの売っていた饅頭（まんじゅう）は、メッカルの肉を使っていない、安物です。このまま捕まれば大事になるでしょう。この人にもらったお金はいますぐ返さなければダメよ」

少年は黙って五ポルを出した。

「あなたのお支払いになった十個分五ポルです。お腹立ちだと思いますが、これで収めてはいただけませんか」

私は帽子を取り、頭を下げる。

「あ、メイロードさま」

サイデム商会で会ったことがあったのか、警備隊のひとりに気づかれた。

怒っていた男も、自分に頭を下げているのが、サガン・サイデムが後見人だという噂のメイロード・マリスと知って、毒気を抜かれたようだ。

「おう、金が戻ってくるなら、今回はこれで収めてやる。あんたの顔を潰しちゃ気の毒だからな」

私はさらに低姿勢を保ち、丁寧に対応する。

「この者たちにつきましては、巡回警備の方々にしっかりとお説教してもらいます。いくら子供のやったこととはいえ、商売は商売です。このような不正は見逃せません。もし、ご不審な点がございましたら、商人ギルドをお訪ねください。今後の経過についても、ご説明いたします」

冒険者らしい大男は、私の低姿勢な態度にだんだん冷静さを取り戻した。いくら腹が立ったとはいえ、見るからに貧しくやせ細った少年を一方的に殴りつけ、怪我をさせてしまっているいまの状況をまずいと思ったようだ。男は慌ててそれには及ばないと告げ、警備隊の人たちに頭を下げてそそくさと雑踏に消えた。

（話がこじれなくてなによりだけど、サイデムおじさまの御威光を使ってしまったわね）

切れた唇を手で押さえ、まだ立ち上がれない少年の後ろには、男が投げつけた饅頭(まんじゅう)

をひとつひとつのろのろと拾う小さな男の子がいる。私はその手のか細さと手の甲のひどい火傷痕にハッとする。よく見れば饅頭（まんじゅう）を商っているというのに、ふたりとも気の毒なほど痩せ細っていて生気がない。

「蒸してしまった分はいくつあるのかしら？」

少年に問うと、三十個だという。

「ひとつ十五カルでよければ三十個買うわ。どうする？」

「お、お願いします」

少年に頷（うなず）き、側に控えていたソーヤに《念話》で話しかける。

〔ソーヤ、これグルグ饅頭（まんじゅう）としては悪くない味よね〕

〔そうですね。十五カルはちょっと高めですが……〕

〔まあ、そう言わないで。周りのお店にご迷惑をかけたから、これを配ってきてちょうだい。ついでに、この子たちの情報を知っている人がいたら聞いてきてね〕

〔かしこまりました〕

ソーヤは三十個の饅頭（まんじゅう）を数個ずつ葉っぱに包むと、一気に抱えて走り去った。やっと立ち上がった少年があっけにとられる間もないすばやさだ。

私はソーヤのせっかちを詫び、少年に四ポル五十カルを渡した。少年たちは店をたたみ、警備隊に連れられていくことになったが、彼らの言葉を話せる者が詰所にいない。もし時間があれば通訳をしてほしい、と隊員に頼まれ、私も商人ギルドの警備隊詰所まで同行することになった。

再びソーヤに《念話》を送る。

〔ソーヤ、ギルドに先に行くから、あとから来てね〕

〔了解です。どうやら、大きい方の少年は今日初めて来たようです。入れ替わり立ち替わり、毎日違う子が売っていたようですね〕

〔いい情報助かるわ。引き続きよろしく〕

〔かしこまりました！〕

どうやら、これは子供の小遣い稼ぎ、というような話ではなさそうだ。

薄暗い外国人街の市場から表通りへ出ると、辺りはまだ眩しいほどの明るさだ。

腰に縄を巻かれても、手に持った泥だらけの饅頭を手放さない小さな少年と、それを気遣いながら俯いて歩く腫れた頬の少年。活気にあふれた商人ギルドに近づくにつれ、私はその対照的な様子に胸がチリチリするのを感じていた。

商人ギルドの左手にある建物は、警察の役割を持つイス警備隊の詰所になっている。

街の治安維持から要人警護まで、大都市を守る警備隊は、腕自慢の冒険者たちの就職先としても人気の仕事であり、〝イスの守護者〟と人々から頼られる誇り高い職業だ。

いま私はその警備隊の建物にある一階の取調室で、饅頭(まんじゅう)の中身を偽り、暴利で売った罪で捕まったふたりの少年の通訳をしている。

まずは型通り、名前と年齢、出身地、保護者の情報を聞く。十五歳だという殴られた少年はタイチといった。沿海州と呼ばれるこの大陸の西南方向に点在する島国のひとつ、海洋国家アキツの出身。イスに来てからずっと外国人街で暮らしていたため、ほとんど大陸の言葉は話せない。

兄弟かと思ったもうひとりも、アキツもしくはその周辺国の出身らしいが、この子は一言も話してくれない。骨が浮くほど細い腕で、先ほど拾った泥つき饅頭(まんじゅう)を握りしめ、ずっと俯(うつむ)いたままだ。タイチから聞き取ったところでは、この小さい少年は八歳で名はキッペイというそうだ。

（私と同じぐらいの年なのね。でもそれにしては発育が悪すぎる。五、六歳かと思った……）

ふたりは〝親方〟と呼ばれる男のところで出会ったそうだ。

タイチは、アキツの海産物商人の家で召使いとして勤めていた母と共にイスにやってきたが、主人が商いに失敗し、失踪してしまった。彼らは国へ帰ることもままならず、その後はイスの街で小さな仕事を請け負い、貧しいながらもなんとか暮らしてきたそうだ。

だが、その母も最近の流行病で亡くしたという。親方と呼ばれる男のもとに、先にいたのはキッペイだが、似たような身の上で同じ地方の出身ということから、躰が小さく言葉も話せないキッペイの面倒をタイチが見るようになっていったらしい。

親方のところには、タイチのような子供がたくさん暮らしており、親方から与えられた仕事を日々こなせば、寝る場所と食事が与えられたという。見たところ、とても十分な食事を与えられていたとは思えないが、それでも親も知り合いもない彼らは、ほかに行くところもなかったのだろう。

彼らは毎朝、ほかの少年たちと馬車に乗せられ、市場で降ろされる。躰の大きなタイチは力仕事が多く、饅頭(まんじゅう)売りは今日が初めてだったそうだ。

区画の隙間に店を出してその日渡されたモノを売り、市場が終わったら、また馬車が迎えに来て親方の家に戻る。道具と金は毎日回収され、少年たちは自分が住んでいた場所も、親方の名前もまったくわからないという。言葉も売り買いに必要な最低限のもの以外は教えられないので、イスの人間とは話せず、親方たち大人のしている会話もわからない。

実に巧妙なやり口だ。言葉もわからず身寄りもない、外国人街の子供を使っているところも、なんとも小賢しい。こんな子供を道具にする連中がいるとは、嘆かわしい限りだ。

ともかく、組織的な詐欺(さぎ)行為が行われていることは間違いなさそうなので、この子たちは、背後関係を探るため数日拘留となるそうだ。私はそのことに少しホッとした。おそらく親方のところへ返されるよりは、拘置所の方がまだマシだろう。

私は拘置所の方にお願いして差し入れの許可をもらい、急いでイスの家に戻り、野菜と肉たっぷりの豚汁と焼きおにぎりを作って届けることにした。さすがに私は彼らのいる場所には近づけなかったが、ちゃんと食べてくれたそうだ。タイチは味噌と魚のダシの香りに故郷を思い出したのか、ずっと嗚咽(おえつ)しながらおいしいと繰り返し言っていたという。それまでどうしても泥のついた饅頭(まんじゅう)を離さなかったキッペイも、ようやく饅頭(まんじゅう)から手を離し、焼きおにぎりを食べて笑顔を見せたと聞いてホッとした。

これだけの大都市に暗部がないわけはない。わかってはいるつもりだが、この国の子供の扱いは、親次第。まして、他国の孤児で知り合いもないとなれば、教会やギルドの孤児院に行くことも思いつかないかもしれない。

今回の件、親方なる人物が捕まったとしても、問題は多く残る。そこで生き残るために犯罪に引き込まれてしまった子供たちがどうなるのか、考えると暗澹たる気持ちになる。新しい事業がうまくいったら、ぜひこういう子たちのために少しはお金を使ってほしいものだ。おじさまに進言しておこう。

明日は、今日手に入れた味噌を使って、札幌風の太麺コッテリラーメンを作って差し入れよう。

（イス警備隊の人たちにも試食してもらおうかな）

少しだけ気持ちを立て直して、少年たちの情報を持ってきてくれたソーヤの話を聞きながら、夕食の支度。どうやらひとりはすぐに国に帰せそうだ。

「わー、ウゼェわー、ホント面倒だわー」

おじさまが豪華な羊皮紙製の書簡を睨んで、心底嫌そうな声を出す。私は昨日に引き続き、少年たちの取り調べの通訳をするため、商人ギルドにやってきた。

取り調べに行く前に、警備隊の皆さんに新作の味噌ラーメンを振る舞う許可をもらうため、サイデムおじさまの執務室に行くと、おじさまが机で手紙を見据えながら怒っていた。

「このクソ忙しいときに！　絶対タガローサの嫌がらせだ！」

どうやら面倒なお手紙らしい。それを叩きつけるようにして、革張りの立派な椅子にどかっと座り直す。

「ご機嫌悪いようですね。なにかありましたか？」

どことなく恨みがましいジト目で私を見たおじさまは、ため息をついたあと、手に持った書簡を握りしめた。

「俺は、俺の人生の中でもサイコーに忙しく仕事をしてんだよ、いま！　こんな面倒なおぼっちゃまの世話している暇なんか、逆さに振っても出てくるか！」

手紙の主は、帝都パレスの商人ギルド統括幹事にして〝皇宮の代理人〟とか〝帝国の代理人〟と呼ばれる御用商人エスライ・タガローサ。

内容は、シルヴァン公爵家の四男、オットー・シルヴァンを『辣腕(らつわん)で名高いイスのサイデム幹事のもとで修業させたい』というもので、ご丁寧にシルヴァン公爵の推薦状付きだ。

「これは……さすがのおじさまでもお断りになるのは難しそうですね」

「わかってる。嫌がらせと敵情視察を両方同時にやろうってハラだろうよ。あのオヤジ！」

商売〝敵(ガタキ)〟って言うくらいだから、商人同士、大抵仲は良くないものだろうけど、帝国で一、二を争ってしのぎを削っているとなると、さらにいろいろと大変そうだ。

「いまからお前をイスの商人ギルド統括補佐に指名する！」

いきなり指を差された。

「おじさま、落ち着きましょう。無理が過ぎますって」

おじさま……、目が据わってます。

「わかっているだろうが、俺のこのクソ忙しさの原因の半分はお前だからな。少しは役に立ってもらおうじゃないか。俺が後見人をしている、いまイスで話題の天才美少女なら、案内役として面目も立つ。ついでにしっかり奴を監視しておけ！」

おじさま、忙しさでキレてます。

「あと、味噌ラーメンは俺にも必ず持ってこいよ。大盛りだ！」

差し入れの許可は出たようなので、ソーヤに準備の指示を出しておこう。

〔今日のレシピは寒い地方のもので、本当は冬がオススメだけど、濃い味大好きの冒険者の皆さんのお好みにも合うはず。ソーヤも楽しみにしててね〕

〔ものすごく楽しみでございます！　張り切って準備させていただきますね〕

〔お願いします。じゃ、私は取調室に行ってくるね〕

許可をもらうだけのつもりが、いつの間にかおじさまに、なにかものすごい面倒を背負わされた気がする。

とりあえず期間限定にはしてもらったけど、八歳の子供に統括補佐なんて肩書きをつけてもいいものなのだろうか。それに、お貴族様のおぼっちゃまは、帝都の商人側のスパイなのかもしれない……

（どうやら、こちらのことを探る気満々そうだよね。うーん、頭がイタイ）

考えごとをしている間に着いてしまった取調室の扉をノックして中に入ると、タイチとキッペイ、それに警備隊のダンさんと書記のザイクさんがいた。

「昨日はよく眠れたみたいね。少し顔色がいいわ」

席に座り、ふたりに声をかける。

「昨日のゴハン、ありがとうございました。すごくおいしくて懐かしい味がしました」

タイチは故郷を懐かしむような顔をして、穏やかに微笑んでいる。キッペイは相変わらず言葉を発しないが、昨日より落ち着いているようだ。

「あなたたちを奴隷のように使っていた男は、すぐ捕まるでしょう。警備隊の皆さんが一所懸命捜査してくれています。それで、取り調べの最中なんだけど……」

警備隊の方にはすでに話してあるソーヤの聞き込み情報を確認する。

「タイチ、あなたのお母さんにはご兄弟がいたかしら？」

「はい。母のお兄さんでヨシンさんです」

彼らから昨日引き出した情報を基に、ソーヤが周辺の聞き込みを続けたところ、タイチの母の死を知った親類がタイチを捜していたという情報を掴んできたのだ。そこで冒険者ギルドに問い合わせると、確かに尋ね人の依頼が出ていた。

「ヨシンさんはあなたを引き取るつもりだそうよ。アキツで待っているって」

私の言葉にタイチはホッとしたのと嬉しさで涙がとまらなくなり、顔を伏せて涙をぬぐい続けた。

「警備隊の方も、今回のことは情状酌量の余地もあるし、初犯ということで不問に付してくださるそうよ」

タイチは嬉し涙にくれながら、ハッとしてキッペイを見る。

「あ、あのキッペイはどうなるんでしょうか？」

短い間だが、一緒に暮らし面倒を見ていたから情も湧くのだろう。

「大丈夫よ、心配しないで。キッペイの身の振り方は考えるから」

釈放準備のため、先にタイチを取調室から出し、キッペイとふたりになった。

「キッペイ、あなたイスの言葉もわかってるでしょ？」

私の言葉にキッペイは顔を上げ、真顔でこう言った。

「姉ちゃんみたいに綺麗な言葉は知らない。でも、十二の土地の言葉は話せる。なんとなく意味がわかる程度なら、二十はいけるよ」

キッペイが親方という男のところに連れてこられたのは三歳になってすぐの頃だった。その男は、母親が亡くなった直後にやってきた。彼の行く末を心配し面倒を見ていた母の知人の家から、キッペイの親戚だと偽り、こんな貧しい家よりずっと良い暮らしをさせてやれるから、と強引に彼を引き取っていったのだ。

生まれたときから天使のように可愛らしく、父親はやんごとなき貴族かもしれないと噂されていたキッペイは、しばらくの間親方の庇護のもと食事も十分に与えられ、召使いに世話をされ、大事に育てられたそうだ。そのため、キッペイは本当に親戚に引き取られたのだと信じて疑いもしなかった。

だが、聡明だったキッペイは、やがてそこが普通の家ではないと気づいてしまう。そして周りの人間の言葉を必死に聞き取り続けたキッペイは、ある結論にたどり着く。ここは子供を使った闇商売の親方のアジトであり、特にキッペイのような幼児は売られるために連れてこられたのだ、と。

この状況でどうすればいいか考えた末、キッペイは〝売れない〟子供を演じることにした。

それまでは子供の価値を高めるための行儀見習いでも、ずば抜けて優秀だったキッペイだが、一転して汚い格好を好み、話が一切できず、知恵の発達にも問題がある、そんな子供を演じ始めた。最初は訝しんだ大人たちも、やがてキッペイの演技に騙されていった。

作戦は図に当たり、何度か売られそうになるも、断られたり戻されたりしてアジトに残り続けた。その代わり、仕事はキツくなり食事も満足に与えられなくなったが、慰み者になるために売られるよりはマシだとキッペイはこの演技を続けた。

「五年間、いろんな外国の子と話したから、いろんな言葉がわかるようになった。親方がいないときには、いろんな国の子の間に入って通訳みたいなこともした。俺いまならたぶん、イスの外国人の言葉はほとんどわかる」

相変わらず真顔のキッペイは、ひたすら沈黙を貫き、言葉を聞き取り続けた五年間を淡々と語った。監禁状態の家で暮らすキッペイには、他に情報を得る手段がなかったのだ。それは劣悪な環境に屈せず必死に考え手に入れた語学だった。

私は椅子から立ち上がり少年の側に立ち、その手を取った。少年の小さな手は傷だらけの上、自ら商品価値を下げるために作ったという火傷痕が大きく残っていた。その腕もほとんど脂肪を感じないほど痩せている。

「あなたは頑張ったよ！　生き抜いたよ！　大丈夫、もうあなたを誰にも虐げさせない。約束する」

私は手を強く握り、真正面から目を見て言った。キッペイは最初ポカンとしていたが、やがて真っ赤になって俯いた。

「絶対、絶対！　大丈夫だから！」

私はキッペイの恥ずかしそうな態度を無視して、ここまで生き抜いた少年の知恵と勇気を褒めたたえ、その細すぎる指の手をぎゅっと握って離さなかった。

ギルドの中庭では、ソーヤが準備万端で待っていた。周りには匂いに惹かれて、もうだいぶ人が集まっている。

「警備隊の皆さんだけじゃなくて、ギルドの方たちもたくさんいらしてますが、どういたしましょうか」

「材料はまぁ、なんとでもなるし、作れるだけ作りましょう」

（急拵えのテントの中で《生産》しちゃえば、なんとかなるでしょ）

太めの縮れ麺をどんどん茹でて、しっかり湯切りする。ラー油と三種類の味噌を練った味噌玉をトンコツ（実際はオークなどの骨だが）と野菜のスープで割り、チャーシューとコーンに薬味の野菜、それにバターをひとかけのせれば、アッツアツの味噌ラーメンだ。胡椒がないのがちょっと残念。

いまかいまかと待っていた皆さんの手が次々に伸び、できたそばから味噌ラーメンはどんどんなくなっていく。屋台の周囲からうまい、うまいと聞こえてくるので、どうやら味は好評のようだ。私はあまりの忙しさに手伝ってもらうことにしたキッペイに声をかける。

「ごめんね。あなたにもおいしいの作るから、もうちょっと手伝ってね」

キッペイは器を並べながら、後ろめたい気持ちでものを売るのとは違って、人が楽しんでおいしそうにしているのを見るのはとても楽しい、と言ってくれた。

百杯を超えた辺りでやっと空いてきたので、キッペイとご飯にする。

そこに、どんぶり（私の作った木製のラーメンどんぶり、いずれは陶器で作りたいものだ）を抱えたサイデムおじさまがやってきた。

「忙しいんじゃなかったんですか？」

「やっぱり、茹でたてが食べたいんだよ！　うまいな、これ。バターとか贅沢すぎるがな」

私はちょうどいい機会だと思い、キッペイを紹介する。

「彼を商人ギルドの専任通訳にしませんか？」

キッペイがどんぶりを落としそうになった。おじさまは、チャーシューをおいしそうに食べながら、さっさと話せという態度だ。

「この子はまだ八歳ですが、イスと交易する国々のほとんどの言葉を話すことができます。いまは日常会話ぐらいですが、それでも十分役に立つ人材でしょう。彼には明らかに語学の非凡な才能があります。これを伸ばせば、商人ギルドと警備隊は最高の万能通訳を手に入れられます」

おじさまは近くにいたギルドの職員に、もう一杯持ってくるよう指示を出しながらこう言った。

「わかった。お前の言うことだ、信用しよう。条件はどうする」

私は彼の免責、衣食住の保証と身元引き受け人の設定、そして教師の確保と正当な通訳としての報酬を要求した。

「年齢が年齢だ。今回のことは強制的にさせられていたという証言もあるし、ギルドのために働くということなら、免責の上、ギルドの独身用官舎に部屋を用意してやろう。身元引き受け人は警備隊の文官、取調室で会ったあいつでどうだ。ザイクはカミさんと独身寮の近くに住んでるし、ふたりとも子供好きで世話焼きだ」

　確かにザイクさんは、今回のことにとても憤っていて、ふたりの今後も気にかけてくれていた。きっと親身に相談に乗ってくれるだろう。

「商人ギルドの公式通訳として雇うとなれば、子供とはいえ人前に出せるだけの教養は必要だな。教師は用意しよう。ただし、その分は報酬から引くぞ。そいつだけ特別扱いはできん」

「構いません。お願いします！」

　大きな声を発したのはキッペイだった。

「メシだけ食えれば、あとはなにもいりません。必死で勉強します。俺を雇ってください！」

　二杯目の大盛味噌チャーシュー麺もあらかた食べ終わったおじさまは、ニヤリと笑って私に言う。

「支度期間として三か月やる。メイロード、お前の村の学校で、最低限の読み書きを教えておけ。あとは俺に任せろ」

　そしてキッペイの頭を軽く握った手でコツンと叩き、

「負けんじゃねーぞ」

とだけ言って去っていった。その言葉に感激してウルウルしているキッペイ。

おじさまカッコ良すぎです。

「とりあえず、これでなんとかなりましたね。でも、勉強しているうちにほかになりたいものができたら、通訳にならなくたっていいのよ。子供の気持ちが変わるなんて、当たり前なんだから」

子供の将来は子供のものだ。キッペイの未来はキッペイが決めなきゃね。

シラン村にやってきてすぐ、僕――キッペイは勉強のためにとメイロードさまから十二冊のノートを頂いた。いま一冊目を見返すと、媚を売るために教えられた言葉しか知らなかったときの文章のメチャクチャさに笑ってしまう。そんな僕も、いまでは学校の先生から、どこに行っても十分仕事ができると言ってもらえるようになった。
これまでの勉強の記録が詰まったこのノートの最後に、僕の運命を変えてくれた、美しい女神さまのことを書こうと思う。僕はあの方に出会うまで、神さまなど一度も信じたことはなかったし、いまでもあまり信じてはいない。ただ、あの緑の髪の女神さまだ

けが僕の信じる神さまだ。

母が病気で急死したとき、僕は三歳になったばかりだった。外国人だった母には親族はなく、僕はひとりイスの外国人街に取り残された。父のことはなにも知らない。母の親友だったベルタおばさんが僕の面倒を見てくれているところに、マーラカムという男がやってきた。母の知人で遠い親戚と名乗るいかにも金持ちそうな男に、貧しいベルタおばさんが抗うことは難しく、僕はあっさりと彼に引き取られることになった。

男の家はイスの中心部からはかなり離れた、周りに民家の少ない場所にあった。広い敷地には大きな邸宅と大小様々な小屋があり、鬱蒼(うっそう)とした生け垣がわりの背の高いトゲのある植物と、鋭い返しのついた柵のある高い塀で囲まれていて、どうにも異様な雰囲気がした。屋敷の中は、常にざわざわと騒がしく、多くの人間が出入りしていたが、出入り口はひとつに絞られていて、門番の監視は厳しくなされていた。

不思議な家ではあったが、僕には個室と十分な食事が与えられ、躰も定期的に洗ってもらったし、僕付きのメイドもいた。マーラカムにほとんど構ってもらえないのは悲しかったが、行き場のなかった僕を引き取って何不自由ない生活をさせてくれた彼には感謝していた。

だが、徐々にひとりで歩き回れる年頃になった僕は好奇心のままに部屋を抜け出し、家の探検をし始めた。自分と同じように個室を与えられ、大事に育てられている子供たちがいる一方で、やせ細り大部屋で寝起きしている子供たちの姿も見てしまった僕が、なにかが変だと考えるようになるまでそう時間はかからなかった。

そして、自分もまた親戚に引き取られた子供ではないのでは？　という疑念が大きくなっていった。個室の子供たちはみんな整った可愛らしい顔立ち、不自由なく世話をされながら礼儀を教えられ、言葉遣いの勉強をさせられ、年齢が五歳を超えると部屋からいなくなっていく。

最初はマーラカムに認めてもらいたくて僕も必死に勉強していた。でも、あるとき教師役をしていた男たちが、僕たちから見えない場所で話しているのを聞いてしまった。

「上品な言葉を使う子供の方が高く売れる」

そのとき、僕は売られるためにここにいるのだとはっきり知った。

ここにいる子供はみんなマーラカムの道具か商品なのだ。

その日から、僕は話すのをやめた。躰を洗うことも触れられることも怖いふりをして暴れた。故意に躰の目立つ場所に傷も作った。顔を傷つけたときには気絶するほどの折檻（せっかん）をされたので、それだけはやめたが、左手の甲にわざと熱いお茶をこぼして、醜い火傷を作った。残念ながら顔の傷はすぐに治ってしまったが、左手の火傷はしっかりと僕の躰に大きく痕を残してくれた。

僕は自分の商品価値が下がりそうなことはなんでもやった。暗愚（あんぐ）な子供を演じ、注意深く周りの人たちの話す言葉に聞き耳を立て、少しでも多くの情報を得ようとした。

売られるのも嫌だが、だからといってほかに行くところもない僕は、恐怖におびえながらただ息をひそめて生きていたように思う。

五歳のとき、思った通り一度は売られたが、奇行を繰り返して買い手から手に負えないと返された。それで、買い手たちが望まない子供の行動を知った僕は、必ず彼らが嫌がるような演技をした。そのおかげか、その後は買い手が現れず、六歳も半ばになった頃には、汚い小屋のやせ細った子供たちの中に放置された。それまでの上等な生地の服をはぎ取られ、ボロボロの服に着替えさせられて、大部屋に投げ込まれたのだ。

そのとき、これで誰かの奴隷として飼い殺しになることからは逃れられたのだと、心の底から安堵したのを覚えている。

大部屋では、いろいろな国の少年たちがお互い言葉もわからず、布団すらない板の間で暮らしていた。僕は高く売られる予定だったため、最低限の教育を受けたこともあり、帝国の言葉が話せた。さらに、出入りする男たちの雑多な言語を聞き続けたおかげで、このときすでに数か国語がわかるようになっていた。

だが、この事実も知られれば僕の商品価値を高めてしまうため、大人たちの前ではなにも話さない子供で居続けた。そして陰では大人たちに見つからないよう注意深く行動しながら、わかる言葉を使って少年たちの間の通訳をしてやり、会話の中からさらに使える言葉を増やしていった。

そうやって、なにかここから抜け出す方法が、そのヒントがないかと屋敷の者たちの会話に聞き耳を立て毎日を過ごしていたのだ。だが僕らの生活は過酷すぎた。常に腹を空かせてギリギリの体力を削り、紛（まが）い物を売る仕事をさせられる日々。

わずかな食事をもらって倒れ込むように眠る毎日に、逃げる道は見えなかった。幼い頃からここしか知らない僕には、地獄のようでもここ以外の居場所はなかった。

八歳のとき、兄貴分ができた。十五歳のタイチ。同じアキツ出身だから面倒を見てやれとマーラカムに言われたという。僕はそのときまで、自分がアキツ国の人間だと知らなかった。アキツの言葉は話せたが、それは母に習った母国語としてではなく、自分で習得したものでしかない。

だからタイチの話すアキツの話に懐かしさを感じることはなかったが、母の国の話を聞くのは楽しかった。絶望の中でタイチだけが支えだったように思う。

そして訪れたあの運命の日。大量のニセ饅頭（まんじゅう）を全部売り切るまで帰ってくるな、と市場の入り口で馬車を降ろされた僕とタイチは、商店の隙間を探して蒸し器を準備し、ニセ饅頭(まんじゅう)を売った。

開始そうそう羽振りの良さそうな男にたくさん売って、今日は早く帰れるかもしれないと思っていると、その男が戻ってきてタイチをいきなり殴りつけた。男の後ろには、巡回しているイスの警備隊。

そのときの気持ちはなんとも言えないものだった。

安堵？　解放？　不安？　希望？　絶望？

常に腹を空かせていた僕は、道路に落ちた饅頭(まんじゅう)を無意識に拾い上げながら、押し寄せる混乱した感情に押しつぶされそうになっていた。懸命に「騙そうとしたわけじゃない、親方に言われた通りに売ったのだ」と、アキツの言葉で話すタイチの声がただ悲しかった。

そのとき、小さな少女がタイチの話すアキツの言葉を見事に訳して男に伝え、さらにタイチに話しかけて男への返金を促した。

しかも自分のことでもないのに、男に謝罪するために頭を下げたのだ。

帽子を外した少女の髪は、見たこともない光沢をした深い緑色で、長くサラサラと流れ落ち、細い光の糸を束ねたような輝きを放っていた。

それは、いつまでも眺めていたい神さまのような美しさだった。

彼女こそメイロード・マリス。イス最年少の商人であり、卓越した手腕で莫大な富を一瞬で築き上げた天才少女。〝都市伝説〟だと思っていた雲の上の人が、僕らのために大男の前に立ち交渉してくれていた。

僕らのやっていたことは詐欺だ。

当然、警備隊へと引き渡されることになったが、そのことすらタイチは理解できていなかった。そう、この国の言葉がわからないタイチはこのときまで、自分がしていることが詐欺だということすら知らなかったのだ。

あの場所から解放されたことは嬉しかったが、正直途方に暮れてもいた。どんな罪に問われるのかと恐ろしくもあった。

そんな僕らの気持ちに寄り添うように、メイロードさまは大丈夫だと笑顔で声をかけてくれた。その上なんの関係もない僕らの通訳を快く引き受け、正確に僕らの状況を警備隊に伝えてくれた。そのあとには涙が出るほどおいしいご飯を差し入れてくれ（タイチは思いっきり泣いていたが）、次の日にはタイチの引き取り手を探し当て、国へ帰す算段をつけて解放してくれたのだ。

メイロードさまは僕のこともよく見ていた。僕の挙動から、言葉をわかっていることを見抜き、僕の五年間の話を聞くと手放しで褒めてくれた。

よく耐えた、よく頑張ったと、痩せてボロボロの上、ひどい火傷もある僕の手を強く握りしめて、何度も言ってくれた。

あのときの嬉しさと恥ずかしさと安心感が混じった温かな思いは、いまも鮮やかに僕の中にある。

すべての苦しみの塊が僕の中で砂のように砕け、風に散っていき、どんどん心が軽くなった。その気持ち良さと清々しさと、柔らかで美しい優しい少女の手に包まれる感触、真っ赤になっていく自分、調書を取っていたザイクさんの困ったような顔、きっと一生忘れることがないだろう解放の瞬間だった。

メイロードさまは、僕と出会ってから二日目にサイデム様と交渉し、僕を商人ギルドの通訳に推薦してくれた。メイロードさまは僕のために、仕事と保護者と教師、そして安心して住める場所まで用意してくれた。

メイロードさまが言うならと、僕の罪を赦した上、快く雇ってくれたサイデム様にも本当に感謝しているし、いまは深く尊敬している。一を聞いて十を知る、一瞬の判断力。〝才気がある〟とはこういうことかと、彼のもとで働き始めてすぐに思い知った。僕がこの世で二番目に尊敬するのはサイデム様だ。

大都市イスの商人ギルドで働くとなれば、きちんとした読み書きは最低限必要だった。僕は通訳として人前に出られる常識と読み書きを覚えるため、メイロードさまと共に彼女の故郷であるシラン村へ向かった。

実は向かったといっても、髪を一本握らされてなにか呪文を聞いてから、目をつぶったまま手を引かれて数歩歩いただけで、その村まで移動していたのだけれど。

驚きすぎて言葉を失っていた僕にメイロードさまは、サイデムおじさまには内緒にしてね、と笑っていた。この女神は優れた魔法まで操るのだ。

勉強以外のこともいろいろ学ぶといいと、僕は村の農家に下宿させてもらうことになった。その家族は優しそうなお母さんと躰の大きなお父さん。女ひとりと男ふたりの子供がいて、ルーシャという女の子が僕と同じ年だった。

その家は裕福ではなかったが、温かい家族の雰囲気は初めての体験で心地よかった。自分の母が生きていれば、こんな穏やかな少年時代を僕も過ごせたのかもしれない。

僕の食費代わりだとメイロードさまが肉や魚を持たせるので（この家の両親は絶対お金を受け取ってくれなかった）、ルーシャの家族は、食事が贅沢になって困る、と言っていたが、みんなでにぎやかに食べるご馳走は楽しかった。ここでの生活で、僕もおいしいと感じながら、十分に食べられる幸せがやっとわかってきた。そして、メイロードさまの料理がやはり抜群の美味だということも。

あの方は、人を幸福にすることが、なんとお上手なのだろう。

僕は、メイロードさまの計らいで、警備隊のカラックさんに身を守る方法も習うことになった。毎朝、ルーシャの家の畑仕事を手伝い、その後、警備隊の詰所に行って、訓練中のカラックさんに護身術を教えてもらう。そして昼、学校へ行き授業を受けたあと、メイロードさまの経営する雑貨店でお手伝いをしつつ行儀見習い。妖精だというソーヤさんとセーヤさんはちょっと変わっているけれど、〝メイロードさま大好き〟という共通点があるので、すぐ打ち解けた。いらっしゃるときは、メイロードさまも勉強を見てくれた。メイロードさまの知識はいままで知らなかったようなことが多く、とても楽しい時間だった。

当初は三か月の約束だった準備期間は、半年になった。読み書き計算について太鼓判をもらい、カラックさんからは通訳に飽きたら警備隊に来いと言ってもらえた。

僕は、これからイス商人ギルドの通訳として仕事に就く。もう僕のどこにも、汚い痩せっぽちの頃の面影はない。

旅立ちの朝、メイロードさまは、僕を見送りに来てくれた。そして、僕の左手の甲の火傷をじっと見たあと、綺麗な深い青色の液体をそこに振りかけた。すると奇跡のように火傷の痕が消えていく。そして驚くしかできない僕に笑顔のまま、深い火傷のため、一度で治すのは難しいから、何度かお使いなさいと残りの薬をくださった。

商人ギルドの職員バッジをつけ、きちんとした上下揃いの服を身につけた僕は、あの地獄で自分を守るために作った火傷まで癒してもらい、イスへ戻ることになった。

「あなたはこんな素敵な男の子だったのよ。これまでも、これからもね」

その日、メイロードさまが僕に言ってくれた言葉は僕の永遠の宝物だ。そして、彼女が望むように、自分の幸福を人に与えられる人間でありたいと思う。

マーラカムは僕らが捕まったあと、捜査の手が伸びることを恐れイスを逃げ出そうとする途中、手下の裏切りにあってひどい死を迎えたというが、もう僕には彼を恨む気持ちさえない。その死をただ哀れむだけだ。

メイロードさまとサイデム様は、児童書と教科書の利益の一部を基金として、子供たちの保護と更生に充てることを決めた。助け出されたマーラカムのアジトに残されていた子供たちも、基金で建てられた施設で徐々に回復しているそうだ。僕もできるだけ施設に顔を出して、小さい子たちに勉強を教えている。

僕には、僕と同じ年のはずのメイロードさまが、ときどき大人の女性のように見える。

母のようにさえ思える。

「生涯変わらぬ忠誠と祈りをメイロードさまに捧げます」

イスへ帰る直前、そう言って僕が膝を折り礼をとると、メイロードさまは真っ赤になって照れていた。本当に、この世話好きで食べさせたがりの女神は、ご自分の素晴らしさへの自覚がない。願わくば、この与えてばかりの女神さまに最大の幸福が与えられますように。僕がメイロードさま以外の神に祈ることがあるとすればそれだけだ。

さて、サイデム様が強硬に主張して常設になったギルドのラーメン屋台で昼を食べてから、もうひと仕事するとしようか。また行列になっていないといいんだけど……

イス商人ギルド統括執務室。この部屋の調度品はすべて気軽に触れるのも怖いような一流品、どんな貴族が商談に来ても見劣りしないよう、入念に吟味(ぎんみ)されている。大量に積まれた仕事関係の木札や羊皮紙は隠しようもないが、それもまたここの主である彼の多忙さと有能さを見せつけていた。もっとも、この部屋で実際に誰かと対面して商談が

行われることは極めて稀だ。

サイデム商会の中には豪華な応接室があるし、ギルドの施設内にも大小様々な交渉用の応接室がある。わざわざこの部屋を選んで話す必要があるのは、大規模酪農事業についての密談のような、莫大な金が動き、世界を変えるようなとてつもないものだけだ。

（だからこの部屋には、《探知》の魔法も、気配消しに対抗する《揺らぎ検知》の魔法も常時かけてあるんだよね。まぁ、並の魔術師のかけた魔法じゃ、グッケンス博士やセイリュウにはまったく意味がなかったけど。この部屋の強化について、一度博士に相談しないとな……）

そんなことを考えている間に、相談しなければならない〝原因〟が、能天気にきらびやかな上級貴族らしい装いでやってきた。

「オットー・シルヴァン様、このような辺境の地へようこそおいでくださいました。私がイスの差配を務めております、サガン・サイデムにございます。このようなむさ苦しい部屋がご覧になりたいとは、いったいなんでございましょう」

五人の従者を引き連れて部屋に入ってきたオットーは、まったく商人らしさのない、貴族丸出しの、ゴテゴテした飾りだらけの衣装で颯爽と礼をとった。

「時間がありましたので、執務室にまで押しかけてしまいました。ぜひサイデム統括の仕事ぶりを拝見したいと思ったのですよ。これからいろいろと教えていただくつもりなのですから。ああ、それから私は教えを請う身、どうぞオットーとお呼びください」

世界一忙しい男の仕事部屋にいきなり押しかけてきておきながら、一ミリも申しわけないと思っていないことが丸わかりの不遜な態度ではあるが、背伸びした十五歳の少年の虚勢と見れば、若干の可愛げはある。あくまで若干のだが。

「おお、そのことですが、私の仕事は、ギルド統括として活動しております現在では、もう普通の商人とは違うものなのです。学びたいとおっしゃるのであれば、〝商人〟としての技術や知識をまずは深められた方がよろしいのではないでしょうか。幸いうってつけの者がおりますので、彼女のいるシラン村をぜひ訪れていただきたいと考えます。その後、こちらでの修業を許可いたしましょう」

サイデムおじさまはわざと情報をぼかし、勝手に想像させた。思った通り、彼がイスの首領と呼ばれる人物についてなんの情報収集もしていないことはその表情からすぐにわかった。タガローサが、必死で集めているだろうイスについての情報を、なにも聞かず覚えず〝敵地〟にのほほんと現れる。勘働きゼロ、情報収集能力なし、分析力皆無。付き合いきれないボンクラ確定だ。

「おお、サイデム幹事が見込まれた〝女商人〟ですか、それは興味深い。わかりました。それが条件だと言うのなら、彼女の知識と技術、残さず学んでまいりましょう」

自信満々のオットーは、礼をとり踵を返すと、すぐにシラン村へ向かった。爽やかな笑顔でオットーの旅立ちを見送ったおじさまは、心底ホッとした顔をした。

・・アレの面倒を見るという苦行から逃れられたことに対する、心からの安堵だった。

この様子を隠れて見ていた私も、これはなかなか前途多難だぞ、とため息をつきつつ、おもてなしの準備のため、《無限回廊の扉》を抜けそうそうに村へと戻ったのだった。

◆　◆　◆

大貴族の御用馬の脚はさすがの速さで、馬車は辺境といわれるシラン村まで一週間かからず走り抜けた。到着するとオットーの従者たちは宿の一番高い部屋をワンフロアすべて借り切り、大量の荷物を運び込む。マジックバッグを使っているとはいえ、ほぼ引っ越しと変わらない仰々しさだ。

商人になるといいながら、まったく貴族の習慣を改められないオットーは、自分の宿泊する宿の値段も気にせず、一日三回の着替えも忘れない。

そんな様子を陰から観察する私とソーヤ。私も習ったばかりの初歩の《迷彩魔法》で隠れている。

〔メイロードさまが、なぜあのボンクラ貴族に付き合わなければならないのです？〕

〔私も付き合いたくはないのだけど、おじさまの負担を少しでも軽くしてあげないと、過労死しちゃいそうで……〕

〔カローシ、辛そうな名前の病気でございますね。仕方ございません。あの間の抜けた貴族のおぼっちゃまに商人の仕事、少しだけお見せして、都へトットとお帰りいただきましょう〕

よっぽど嫌いなのか、ソーヤの毒舌は絶好調だ。

〔あら、私は誠心誠意、教えて差し上げるつもりよ。もっとも私の商人としての知識は浅いものだけど。彼の勉強になってくれることを願うわ〕

〔そうはおっしゃいますがね。あの男、自分で財布を持ってなかったんですよ。自分で一切支払いもしない商人など、噴飯ものです。あのボンクラきっと、少額貨幣のカルなんて見たこともないに違いありません〕

〔お、それはいい視点。ソーヤの毒舌も役に立つわね〕

持ち込んだ大量の家具を据付けさせ優雅にお茶を楽しみながら、オットーは夕食のメニューについてあれこれと相談を始めた。どうやら今日は到着しただけでお仕事終了らしい。

（〝時は金なり〟って言葉、こちらの世界にはないのかな）

オットー・シルヴァンは、自分で財布も持たないにもかかわらず、商人になりたいと言う。お金の価値も知らず、商人を目指すという彼の考えは私には理解不能だが、これは貴族の商売に関する考え方を知るいい機会かもしれない。殿様商売の現状、こちらもリサーチさせていただくとしよう。

貴族の朝は遅い。

だが今日は、慣れぬ土地のせいか、やや早く起きてしまった。田舎の空気は清々しく、寝覚めは悪くない。たまにはこんな朝も良いものだ。私は従者たちに身支度をさせ、今日の靴を選んでいた。そんな時間に、私、オットーに来客があった。まだ朝食が済んだばかりで、朝の茶もしていないのに無粋なことだが、ここは辺境の村。上級貴族の習慣についてわからないのであろう。

「通せ」

侍従に告げるとそこに現れたのは、儚げな雰囲気を持った小柄な美少女と従者の少年。十歳にもなっていない子供だが、その姿はとても印象的だった。

流れる深い緑の髪は、ツヤツヤと光を反射し、サイドは複雑に編み込まれている。これほど見事な〝魔力宿る髪〟をした者に会ったのは初めてかもしれない。しかもその髪には見たことのない不思議な色の石と花で作られた精巧にして優美な髪飾り。透けるような肌に、大きく理知的な翠の瞳。ドレスはシンプルすぎるが、上等であることは一目でわかる。裾の刺繍はなかなか見事なものだ。

(田舎貴族とも思えない優雅さだが、この地に関連のある上級貴族などいただろうか)

貴族の血筋に関する情報だけは子供の頃から叩き込まれるため、把握している。敬称を間違えたりすれば大事になってしまうため、必須の知識なのだ。だが、この美少女の血筋に関係する貴族に思いつく名がない。

「早朝から大変不躾とは思いましたが、お時間を無駄にしてしまうことも恐れ多いと考え、伺いました」

優雅に腰を折る少女によれば、彼女こそがサイデムのいう評判の〝女商人〟メイロード・マリス。私に〝商売〟を教える者だという。この少女の父も祖父も平民の商人で、村の雑貨店を営んでいたという話だ。

あまりの少女の幼さにサイデムに侮られたかと思ったが、話を聞けば、この年齢でありながらイスでの商いに成功し、莫大な利益を得た上、その仕事はさらに大きくなっているそうだ。すでにイスの商人たちから一目置かれている有名人らしい。

（恐ろしい子供がいたものだな）

表面上は鷹揚に受け答えしてみたものの、自分よりずっと年若くして成功した〝商人〟がいるとは思ったこともなかった。まだなにも成していない自分と成功者である少女。この状況は決して気分の良いものではないが、確かに教えを乞うべきが自分であることは確かだ。

（では、私のために働いてもらおうではないか！）

貴族のプライドで気持ちを立て直し、にこやかに微笑んでいる少女に話しかけた。

「では、私になにを見せてくれる、メイロード」

「そうでございますね。まずはメイロード・ソースの工場にご案内いたしましょう」

メイロードの案内で向かったこのシラン村とかいう場所の端、元はなにもない荒野だったらしいその一画には、大型の工房群と美しく真っ白に塗られた工場棟が連なっていた。

「ご覧になっている通り、ひとつの商品を作るためには、様々な部品が必要です。メイロード・ソースの場合、素材を生産していただく農家の方々、村で入手できない材料を運んでいただく方々、容れ物のためのガラスとコルクの工場、そして製品の工場で生産に携わる方々」

彼女が言うには、これが〝大量生産〟という方法で、この販売方式を〝薄利多売〟というのだそうだ。小さな利益の商品を大規模に生産し大量に売ることで、大きな利益を得るやり方だそうだが、初耳だ。しかも、聞けば彼女はこの大規模な工場群のための資金を自分で捻出したという。

私の開業資金はどのぐらいを見込んでいるのかと無邪気に聞かれ、私は答えられず、そんな自分にうろたえた。もちろん父が出すものだと思っていたので、金額など考えたこともなかったのだ。どれぐらいの規模でどこに店舗を構える予定なのかと聞かれて、さらに答えに窮す。私はなにひとつ考えていなかった。

（私の店。私はどこで、なにをする気だったのだろうか……）

漠然と父のところに乳製品や陶器の取引にやってくる、良い身なりで羽振りの良さそうな男たちを見て、物を買って高く売れば良いと考えていた。ツテやコネは、公爵家の名があればどうにでもなると思っていた。

「公爵様の領内の生産品でも、オットー様はほかの商人と競争しなくてはならないのですよ。利益が少なくなれば、領民の生活にも影響するのです。ツテやコネも重要な要素ですが、それだけでは取引は難しいでしょうね」

　こんな子供に、反論もできない事実を突きつけられ、諭(さと)されるとは思ってもみなかった。私は簡単に商人になれると思っていた。私はこのとき、自分の仕事に競合する者があり、商人は競って勝たなければならないという事実に初めて気がついた。

　イスと帝都の商人（タガローサ伯父上だが）がいがみ合っているのは目の当たりにしていた。しかし自分もまたほかの商人と争い勝ち抜かねばならないことには、まったく思い至らなかったのだ。なんという暗愚(あんぐ)なのだろう、私は。

　おそらく私の顔が見るも無残に赤面していることに、少女は気づいていただろう。しかしそれにはなにも触れず、その後も変わりなくにこやかに、休憩がてら商品をご覧になってくださいと、工場の庭に設(しつら)えられたテーブルへと私を案内した。

　少女の従者の少年は、気落ちする私の前に完璧な温度の香り高いハーブティーをサーブし、席を離れた。そして私が茶を飲み落ち着いて、顔の赤みが引いた頃、サンドウィッチと〝ぱすた〟というもの、それにフルーツが目に鮮やかな〝くれーぷ〟という菓子が運ばれてきた。

どれも凄まじく美味だった。こんなものが辺境の小さな村で食べられているなど考えたこともなかった。美食家を気取り、毎食細かく指定してきた自分が、実はこんな辺境の村の料理にも及ばないものしか食していなかったのだ。自分の浅学を呪ってしまいそうで、いたたまれない。

「お味はいかがでしたか？　この村のソースはどれも、いろいろな食材と相性がいいのですよ」

少女はどこまでも優しく親切で、微笑みを絶やさない。

「次はどこにご案内しましょう？　製品評価と改善実施にはご興味ありますか？」

初めて聞く言葉だ。

少女によると、製品の品質を常に検査したり、食べた者たちからの聞き取り調査を集計分類し、現在より〝良い商品〟を作るための情報として文章に残しているという。

「商品は仕入れて売るだけじゃないんですよ。〝信用〟を得るためには、悪いところを探してより良くしていかないと。ですから、お客様の声を定期的に直接集めていますし、工場内でも、いまより効率のいい方法を皆で考えます」

「皆で考える？」

「商売に限らず、お仕事において、ひとりでできることなど、微々たるものだと思いませんか？」

あまりにも違う価値観に遭遇し、私はなにかとんでもない人間と話をしている気がしてきた。

私の知っている仕事は、指示を出すことだけだ。貴族の仕事とはそういうものだった。

父のところに来る商人たちに、父が指示を出す。交渉などない。商人が、父になにかを願い出ることはあるが、その可否を決めるのは父だ。

「乳製品でもそうなのですか？」

「もちろんそうだ。動物のことだし、年によっては、牛が魔物に襲われて生産量が減ることもある。そのとき、価格を上乗せするのは、父の裁量だ。父の言う金額で買えないというなら、ほかに売るだけのこと」

「完全に売り手主導なんですね」

「当たり前だ。貴族の力があってこそ、手に入れられるものだぞ」

得意げに言ってはみたが、私自身は、乳製品の取引には関われない。父や兄、そしてタガローサ伯父上が、公爵領の乳製品の権利をがっちり握っており、これから商売をするという四男が入り込む余地はないのだ。

（そうだ、私は自分が売るものを自分で考え、探さなくてはならないのだ……）

「皆で考えれば、答えにたどり着けるのか？」

思った以上に頼りなげな声になってしまった私の質問に、微笑みながら、真摯に少女は答えてくれた。

「ひとりですべてを決めていく方法もありますが、それだけでは大きな仕事は成せません。商人として大成したいのであれば、まず、自分の行き先を考えて決めてください。そして、その仕事を共にする仲間を作ってください。彼らとたくさん話をして道を作っていくのです。あなたの持つすべてを使って、あなたに合った仕事の形を見つけてください」

私は雷に打たれた。本当に打たれた気がした。

「聖女だ……」

「は？」

「ありがとうございます。メイロードさま。私はこれで失礼いたします。いまの私は、商人の知識など学べるような立場ではございません。この御礼はいずれ必ずいたします。いまは帝都へ一刻も早く戻り、自分の行き先を見据え、行動を起こすべきだと思い至りました。ご教授に心より感謝申し上げます」

私は深く一礼して、彼女のもとを去った。彼女の前に、これ以上情けない自分を晒すのは耐えられなかったし、私は人生で初めての焦燥に駆られていた。早く、早く、彼女のような大きい人間になりたかった。こんなところでのんびりしている時間などないのだ。早く、早く！

オットー・シルヴァンは、シラン村一泊二日の短い滞在を終え、イスに寄ることもなくそのまま帝都への帰路についた。

「え？　えーーー!!」

あっという間に去っていったオットーに、メイロードはあっけにとられていた。

「私まだなにも教えてないよね？　庶民のお財布事情とか、工場の設備や流通網の話とか、初歩の会計も知ってもらおうと思って準備してたのにぃ〜！」

なんとなく消化不良のメイロードではあったが、オットーはその後、心を入れ替え、人が変わったように仕事に邁進し始める。オットーのあまりの変貌に、ボンクラ若様を改心させた聖女として従者たちの間から噂が広がり、帝都でも北東部の小さな村に聖女がいるという伝説が広がり始めるのだったが、メイロードはなにも知らない。

◆　◆　◆

イスの目抜き通り。この道はヘステスト大通りという。商売の神さまだという〝ヘステスト〟の名がついた、高級店ばかりが並ぶイスでもっとも華やかな通りである。その一番目立つ場所に、サイデム商会の本店がある。

建物の一階は豪華なショールームになっており、物販も行っている。ここの商品は高級品ばかりだが、懐に余裕のある庶民が贅沢品として購入できる価格のものも多いため、イスで高級品を求める人たちの誰もが知る名店として常に賑わっている。

二階には貴族用の応接室と商談用の会議室、三階が事務所だ。

場所柄、普段は人通りが多い割に落ち着いた雰囲気なのだが、今日は様子が違った。

サイデム商会の店前は、早朝から人々でごった返し、いつもより早く出勤した従業員が長蛇の列をさばいている。

今日は噂が噂を呼び、これがないとこれからの生活で損をするといわれている〝皇宮お墨付きカレンダー〟発売日の朝だ。

おじさまの店のような大商い（おおあきな）をする商店は、実は小売にはあまり力を入れていない。

だが、今回はおじさまが仕掛けて、わざとこの店舗での限定先行販売に踏み切った。もちろん話題性のためだ。

人々の熱が冷めないうちに一気にばらまいて〝カレンダー〟の使い方と有用性を周知する。やがて定着し、あらゆる仕事がこれを基準に動くようになれば、確実に生産性は上がり、仕事がしやすくなる。

商業都市イスにとっての利益は計り知れない。そのために商人ギルドの代表でもあるサイデムおじさまは最速でこれを広めようと考えたのだ。

発売日が決まると、結局このカレンダーに使われた紙に関する技術の秘密を掴めなかったタガローサから、手紙がひっきりなしに来るようになった。帝都での独占販売権を求める脅しのような文言付きだ。

おじさまは最大の譲歩をして、独占販売権を今年だけ認めたそうだ。ユデダコのようになって悪態をついているタガローサを想像して、おじさまは気分良さそうにしていた。

「次は本格的に出版事業を始めるぞ」

カレンダーによって〝紙〟という新素材の周知はできた。次はいよいよ〝紙〟を使った事業展開だ。

グッケンス博士は、出版するなら改訂したいと〝魔術師の心得〟第二版を執筆中。私の児童用教科書第一弾は、この間脱稿した。どうせなら来年度から使えるようにしたくて、つい張り切ってしまったのだ。

「やっぱり、メイロードの名前は外してくださいよ～」

「くどい！　その方が売れるのがわかっているのに外すわけがなかろう」

（うう、商売が絡むと、おじさま強い）

「そういえば、お前を題材にした戯曲を出版したいという作家がいるんだが、書かせていいか？」

「やーめーてー！　絶対やめてください!!　絶対不許可です!!」

おじさまは大変不満そうだが、冗談ではない。これ以上の悪目立ちは断固阻止させていただきたい。

「別に自叙伝ってわけじゃない。お前の名前で聖女伝説を舞台化したいってだけだ。ウケるぞ、売れるぞ、儲かるぞ？」

おじさまが言うなら、確実に儲かるんだろうけど、そういう問題ではないのだ。

「あんまり言うと、商人ギルドのラーメン屋台撤去しますよ！」

おじさまがラーメンにドップリハマっていることを逆手にとって、脅してみる。実際は、警備隊の人たちもハマりまくっているので、可哀想だから撤去はしないけどね。

「わかった、わかった。不許可だな」

ラーメンに反応したおじさまは食い気味に、戯曲化申請却下に同意してくれた。昼は毎日通っているというのも、この分だとどうやら本当らしい。

（それにしても、おじさまが商売の交渉でこんなにアッサリ引くとは、ラーメン恐るべし！）

商人ギルドの屋台は、その後、魚介ダシと生節を使った塩ラーメンも加え、一杯一ポル（千円）という強気の値段で出している。売るとなると味噌ラーメンのバターは原価が高すぎて、まだ使えない。その代わりとして動物からとった脂肪の旨味を増して対応した。

イスの中でも商人ギルド関係者や警備隊は高給取りなのか、この値段でも客足は絶えることなく、毎日完売状態。屋台がこれ以上混まないよう、ラーメンのことは外部の人間に言わないこと、という箝口令が出ているそうで、商人ギルドの職員専用ギルドカード（ギルド発行の身分証）がないと、屋台のあるエリアには入れないというルールまでできていた。

ラーメンは選ばれし者の食べ物になりつつあり、食べられることがステイタスのようで、商人ギルドの人たちにとっては、秘密のご馳走扱いになっている。

（そこまで？）

提供した私が呆れるほど、ラーメンの人気は高まっているようだ。

第二章　帝都の聖人候補

「軍から依頼が来た！」

商人ギルドからの突然の呼び出しに駆けつけると、おじさまが珍しく興奮を隠せない様子でまくし立てている。

「軍人手帳の発注だ。これまで軍用品は、すべてパレスのギルド経由でしか納入できなかったのに、遂に直接軍からイスへ依頼が来たんだ！」

「はぁ……」

いまひとつピンとこない私。おじさまがパレスの商人ギルドを出し抜いたことを喜んでいるのは、なんとなくわかるけど、興奮の仕方がなんだか尋常じゃない。

「いいか、軍部というのはな、最高の顧客なんだよ。発注数は莫大、値切りも甘い。しかも継続的な取引を長く続けられ、安定性が抜群。今回の軍人手帳も、全軍だぞ全軍！

しかもこっちの言い値だ」

確かにものすごい数字だが、この大量発注でも正規の手続きを踏んだ軍人だけに限られるらしい。

シド帝国は、長い年月をかけて周辺の民族や国を併合してきたため、人口はかなり多い。その広大な国土全体に配備しなければならない軍人の数も、とんでもない数になる。おじさまの話によれば、帝国軍の発注を受けるというのは、商人にとってひとつの到達点であるらしい。

イスの圧倒的な物流量は軍にとっても重要であり、いままでにも間接的な取引はもちろんあったが、こと軍用に関しては、パレス商人ギルドの下請け的な立場にならざるを得ないのが実情だった。すべては軍の前例踏襲主義によるものだ。パレスに請け負わせるのが〝慣例〟なら、それを覆すことは不可能といえた。

だが、今回軍人手帳の刷新に当たって軍が独自に調査したところ、パレスの商人ギルドには、新素材である紙についての情報がまったくないことがわかった。そこで頑迷な軍も遂に重い腰を上げ、イスに直接問い合わせをしてきたのだ。

（もちろん、そこには長年にわたるおじさまの根回しがあったのだろうけど……）

「幻聴でしょうか？　タガローサ幹事の歯ぎしりが聞こえる気がします」

得意満面のおじさまは、私の言葉に大笑いした。

「一度開かれた扉はもう閉まらない。これからは軍の仕事も直接イスが獲っていくからな」

おじさまの目が爛々と輝いてます。よっぽど莫大なお金が動くのでしょう。

「それで、私はなんで呼び出されたのですか？」

「一緒にパレスに来い！」

「ええ！　帝都パレスに私がですか？」

帝国軍は今回の軍人手帳の刷新に当たり、紙の使用によるコストカットだけでなく、カレンダーなどの新しい要素を加えた斬新な技術を期待しているという。そのための会議に私にも出ろというのだ。

「なんで私が……」

「カレンダーはお前の考えたことだろうが。それに、一度ぐらい帝都パレスを見てみたいと思わないか？」

「それは、まぁ、思いますけど……」

「出発は二日後だから、準備しとけよ」

「なんでそんなに急なんですか！」

「軍人は気が短いんだよ！」

（おじさま……勘弁してください）

今回は軍からの呼び出しで、人数もふたりだけということで、最高待遇での移動が可能になり、軍事機密満載の飛行船〝天舟（あまふね）〟の使用が許可された。おかげで、海路と陸路を乗り継いで二週間はかかるパレスへ、三日で着ける。

旅の準備は簡単に済ませたが、なにがあろうとついていくと言ってきかないセーヤとソーヤの説得が大変だった。

「確かにふたりの気配消しは完璧だと思うけど、相手は帝国軍なの。万が一にも見つかったら命に関わるんだから、絶対ダメです。三日後には《回廊》を開けるから、向こうへ着くまで待って、お願い！」

さらに食い下がるふたりだったが、危険回避が一番重要。もしふたりが見つかったら殺されてしまうかもしれないのだ。そんなリスクは絶対に冒（おか）せない。長い説得の末、なんとか帝都での無制限「買い食い権」と「ヘアケアグッズ購入権」で手を打ってもらった。

グッケンス博士にも私とサイデムおじさまのパレス行きを告げると、《伝令》という魔法を教えてくれた。空気の振動を使って声を保存し、それを小さな空気玉の中に閉じ込め、《地形把握》で決めた地点に向かって空気砲のように発射。大気の状態にもよるが、帝都とイスの距離でも数時間以内に届くという。便利に使われている通信手段だ。事前に位置情報を得ておく必要はあるが、魔法力はあまり必要ないから便利なのだよ。発射時のイメージを明確に作ることを心がければより速く届くから、お前ならかなり使えるじゃろう」

「二、三分程度しか言葉は入れられんが、

《伝令》を送る可能性のある場所には、鈴のついた鳥かごを置いておくのだそうだ。その鳥かごに《伝令》の空気玉が入ると振動で鈴が鳴る。かごの中の空気玉を割ると声が再生されるという。

「帝都に着いたら送ってみますね」

「気をつけてな。帝都のバカどもの口車には乗るなよ」

博士もまた口が悪い。でも、肝に銘じておこう。

飛行船〝天舟(あまふね)〟はイス南東の海岸線にある軍の施設の中にあった。飛行船がいくつ格納されているのかはわからないが、施設は軍用の空港のような厳重な警備体制だ。軍事機密に関わるため、余計な場所は見せてはもらえず、全体像はわからなかった。それでも規模はかなり大きく、一、二機かと思っていた飛行船は、もう少し多くある様子だ。

私とおじさまが基地に着いたときには、ヘリポートのような場所にある乗船予定の船の離陸準備がすでに完了しており、あとはわれわれが乗り込むだけだった。飛行船〝天舟〟の外観は私が前にいた世界で見たことのあるものと、とても似ていた。

でも、動力系は魔石が使用されており、その仕組みは私の知るものとはまったく違うらしい。複雑に配置された魔石の出力を、機関士らしき人たちが汗だくで調整しているのがちょっとだけ見えた。

それにしても眠い。

いきなりおじさまから呼び出された日から始まった忙しさは、尋常ではなかった。

この二日は、時間がない中で新しい軍人手帳に盛り込むアイディアについての相談と、簡単なサンプル作りに追われた。とにかくタイトなスケジュールの上、今回のオファーについてはまだ極秘扱い。

外注先も制限されるため、ほとんど手作業の内職状態で一日中切ったり貼ったり、夏休みの終わりに工作に追われる小学生のようだった。

「とにかくなんでもいいから案を出せ！」

とおじさまにせっつかれて私がアイディアを出すと、おじさまが端から採用していくので作業はエンドレスに続き、（手帳の件は隠して）紙関連のいくつかの工房にも無茶な発注をしまくって、大騒ぎの二日間になった。

私もあまり経験のない二徹に、正直もうフラフラだ。飛行船が帝都に着くまでずっと寝ていたい。瞼が重い。

なのに、おじさまは逆に徹夜ハイになっていて、うるさくてたまらない。

「俺も飛行船で帝都に行けるようになったかと思うと感無量だな！」

遂に飛び立った飛行船のデッキで、小さくなっていくイスの街を見ながら、おじさまは嬉しさを噛み締めているようだ。

「あいつと乗るはずだった船に、その娘と乗っている。運命ってやつは不思議だな」

きっと、サイデムおじさまと親友だったアーサー・マリスは、いつか飛行船で帝都に招かれるような商人になることを誓い合った仲だったのだろう。

もし、私がこの世界に転生していなければ、ここに〝メイロード・マリス〟はいない。おじさまが飛行船に乗れる日も、もっと先だっただろう。

考えてみればおじさまだけでなく、すでに私はたくさんの人たちの運命を大きく変えてしまっている。

村人たちの、セイリュウの、グッケンス博士の、そしてセーヤとソーヤの運命は、私と出会うことで、大きく違う流れに乗ってしまっている。

でも神さまたちは私のこの世界での生き方を見守ると言っていた。だから私がそのことに悩むのはやめよう。これもまた、〝運命〟というものなのだ。

〔セーヤ、ソーヤ、行ってきます〕

私は《念話》でシラン村にいるふたりへと挨拶をした。

〔お疲れでしょう。移動中はよくお休みくださいませ〕

〔着いたらすぐ、《回廊》を開けてくださいね〕

〔行ってらっしゃいませ、メイロードさま〕

〔行ってらっしゃいませ、メイロードさま〕

村からこれだけ離れても、《念話》が通じたことになんだかホッとする。おじさまはプレゼンに向け、まだまだ話し合いたそうにしているが、さすがに限界。

いまは眠って、そのあとで飛行船の中を探検しよう。案内された、思ったよりずっと豪華な貴族仕様のベッドに座ると、

（着替えなきゃ……）

と思う間もなく意識が遠のいて眠ってしまい、そのままほぼ丸一日、私は眠りから覚めなかった。

「いつまでも起きてこないから、死んだかと思ってたぞ」

船内の食堂で、分厚いステーキを食べているサイデムおじさまから、からかわれた。

「子供に二日も徹夜させる方がどうかしてます」

ぴったり張り付いている給仕に椅子を引いてもらい、私も席に着く。この船は、どうやら貴族仕様らしく、なにをするにも仰々しい。

「この船のサービスはなんだか堅苦しくて落ち着かないんですけど、これって貴族の方のための船だからですか？」

おじさまは、なにを今更という顔で私を見ている。

「飛行船に常時乗船できるのは、貴族の中でも頂点に近い方たちだけだ。だから、基本すべての飛行船は貴族仕様にできている。特殊部隊用の飛行船もあると聞いたことはあるが、そちらは軍事機密としてさらに厳重に隠されているから、どんな仕様かは知らんがな」

おじさまも、飛行船の利便性についてかなり前から着目していたようだ。民間の飛行船会社を作る構想もあるらしいのだが、金銭云々以前のところでストップしたままだという。軍が技術の民間流出を嫌がって、首を縦に振らないのだ。

「じゃあ、完全独自技術ならいいってことですか？」

おじさまが呆れ顔で私を見ている。最近見慣れた顔だ。

「お前のことだから、いつか本当にやりそうな気がするので、一応釘を刺しておくが、それは、いろいろな意味でアブナイからやめておけ。国家や軍は、味方にできれば最高だが、敵に回せば最悪だ。くれぐれも先走るなよ」

おじさまの言うことはわかる。それに、私はそういう技術の専門家でもないし、いまのところ独自技術の飛行船なんて絵空事だ。飛行船、あれば便利だろうけど、そこまでの情熱はない。

（でも、なんかこの世界の人間社会は、なにもかも貴族優先で、しかも貴族は普通の人々のことをあまり考えてない感じが、ヒシヒシと伝わってくるんだよね）

塩味のみのおいしくないサラダと、量だけはたっぷりの肉料理を前にして、私はすでに村へ帰りたくなっていた。もちろん《無限回廊の扉》を使えば、空の上からでもおそらく帰れるだろうとは思うが、この船は軍のものでどこでどう監視されているかわからないし、《無限回廊の扉》を使うのはやはり危険だろう。

（ここはガマン、ガマン）

激甘な砂糖の塊のような菓子をハーブティーで流し込んで、食事を終える。

（本当に三日だけの旅でよかった）

「サイデムおじさま、私、帝都に小さくていいので家が欲しいのですが、難しいでしょうか?」

「マリス商会の事務所ということなら簡単に見つかると思うが、住宅は面倒だな。パレスは移住希望者が多い街だから、住宅取得についての手続きはかなり煩雑だぞ」

「それなら事務所で構いません。とりあえず拠点が欲しいだけなので」

いまのところ《無限回廊の扉》を常時繋ぐための部屋があれば十分だ。人目は避けたいので、警備のしっかりしたエリアの個室さえあれば問題ない。

「パレスは家賃もなかなか高額だが、いまのお前ならそれは問題ないだろう。だが、どうせ事務所を作るなら、一階を店にできる物件を借りて、家賃分ぐらい稼いだらどうだ?」

「それは建設的ですね。でもなにを売ったらいいのか……」

メイロード・ソースはもう村のものだし、紙はサイデムおじさまのお仕事。菓子はいいかもしれないが、これからの乳製品事業のことを考えると、いまこの事業に関連する商品を出すのは時期が悪い。

帝都パレスで売るもの……私は新たな宿題についても考えなければならないようだ。

マリス商会パレス支店でなにを売ったらいいのだろう?

いつの間にか大量の書き物を始めているおじさまの横で、私はそれからしばらくぼんやりと新しい商品になりそうなものについて考えていた。

「私、貴族はもう少しおいしいものを食べているんだと思っていました。認識不足でした」

昨日と代わり映えのしないボンヤリした味のサラダに、塩気があれば大丈夫というコンセプトだけの肉料理。肉はかなりおいしいものが使われているし、お皿は見たことないほど凝った作りだけど、惜しい、惜しすぎる。

「いつかお前にも言ったろ。俺も貴族との食事経験は何度もあるが、材料は贅沢なものを使っているが、基本大味で単調だ。それでもこれまではかなりうまいと思ってたんだがな。正直、お前の料理とは比較にならない。それは、間違いない。あーー、俺も味噌ラーメンが食いてーよ！」

おじさまのラーメン中毒もだいぶ進行しているようだ。実のところ、すでに私もこの食事に飽きており、自分で作ったご飯が食べたくて仕方がない。おにぎりとお漬物と味噌汁だけでいいから、自分で作って早く食べたい。

「おじさまはパレスに家をお持ちですよね」

そそくさと食事を終え、またも書類に向き合いながらおじさまが答える。

「ああ、社交をしないことには、貴族たちと商いをすることは難しいからな。必要経費だと思って、それなりの家は持ってるぞ」

「パレスに着いたら、キッチンを使わせてもらえませんか？」

おじさまが説教モードの顔になる。

「もう、明日の昼には軍部のお偉方との会議だぞ。そんな暇が……」

「味噌ラーメン、用意しますよ」

「二時間以内で終わらせるなら、貸してやる」

これでひとまず、帝都でのキッチンは確保できた。

ちゃんとおいしいものを食べなくちゃ、元気が出ない。大事な会議の前だからこそ、しっかり食事、しっかり睡眠。

（おじさまにもちゃんと寝てもらわないと……）

私はこの日、船内をくまなく探検するつもりでワクワクしていたのだが、展望デッキとサンルーム、会議室以外は、〝機密保持のため〟立ち入り禁止だと言われてしまった。

その上、厨房も、お客様にお見せする場所ではない、と見学を断られた。

がっかりしている私を見て、親切なおじさまは急な出張のせいで、積み残しになっている書類仕事をさせてくれた。私はペンを走らせながら、

（デッキで優雅に、ただボーッと過ごすよりはいくらかマシ）

と自分に言い聞かせ、空の旅の後半を優雅さのかけらもない、仕事漬けで終えたのだった。

そして三日目、散々な空の旅もそろそろ終わりが近づいてきた。その日の朝、快晴の展望デッキから、帝都パレスの姿が見えてきたのだ。

空から見る帝都パレスは壮観だった。高く堅牢な城壁に囲まれた広大な街は、中央に滑走路かと思うほどまっすぐで広い通りが走り、その奥に壮麗な宮殿が見える。

細かい人家が密集しているエリアは、おそらく庶民の暮らす場所。緑が多く建物の少ないエリアは、貴族や富裕層の住む場所だろう。どちらも区画が綺麗に整理されていて、綿密な都市計画の上に作られたことが窺える。

私たちの乗った飛行船は、城壁の外側にある軍事施設内の飛行船離発着用の石畳に降り、そこからは馬車でパレスへ入ることになった。

前後に警備の馬車がつくというなんとも仰々しい一行だが、飛行船で到着した賓客に対しての通常の対応だと言われれば断ることもできず、なんとなく居心地が悪いままに、おじさまの家まで送ってもらった。

ものすごい行列のパレスの入場審査所の横を、このいかにも貴族でございといった馬車でなんの審査も受けずに通るのはなかなか心苦しいが、おじさまは向こうは気にしちゃいない、と涼しい顔だ。

確かに、この街で特権階級の人たちへの優遇措置に、いちいち腹を立てていては生活できないのかもしれない。前後の馬車で家まで護衛のあと、彼らはそのままサイデム邸の警備を担当するそうだ。

(賓客(ひんきゃく)っていうか、なんだかずっと監視されているようで落ち着かないんだけど、彼らもお仕事だ。仕方ないか)

ともあれ、帝都パレスに到着。明日はおじさまのためにも、いいプレゼンができるようガンバロウ!

パレスのサイデムおじさまの家は〝それなり〟どころではなかった。高級住宅が並ぶ周囲と比べても、一際大きく立派な建物で、一階はほぼパーティーを開くためだけの仕様だ。とてつもなく広いホールに並ぶ素晴らしい調度品を見ていると、眩(まぶ)しくて目がイタイ気さえする。

なるほどおじさまらしい、やるからには徹底している。二階はプライベートエリアになっており、私はパレス滞在中、おじさまの家のゲストルームに泊まらせていただく。

「私も商人ですからね、イロイロ秘匿(ひとく)事項があるんです」

お世話のメイドをつけてくれるというのを慎んで断り、鍵のある部屋にしてもらった。部屋の内側には簡単な結界も張ったので、これで、たとえ鍵を持っていても私の許可なく入ることはできない。

（初めての場所だし、これぐらいの警戒はしておかないとね）

とりあえず部屋のクローゼットに《無限回廊の扉》を開くと、すごい勢いでセーヤとソーヤが飛び込んできた。

「遅いです！　メイロードさま」

「いまかいまかと、今日は朝からお待ちしておりました」

ふたりとも、飛行船が飛び立って半日が過ぎ、《念話》が通じなくなった辺りから、かなり不安でやきもきしていたようだ。

「ごめんね、遅くなって」

ひとしきり文句を言ったあとは気が済んだのか、普段と変わらない様子で早速お茶の準備を始めるソーヤと、髪のチェックを始めるセーヤ。切り替えが早いふたりだ。

「村の雑貨店の方は大丈夫？」

髪をとかし始めたセーヤに聞くと、雇い入れた村人三名で回せるようになっているので、生鮮品の在庫を《回廊》から冷蔵庫に移動すること以外は、任せられるという。

「朝晩二回は店の状況を確認いたしますので、ご安心を」

店員さんたちはうちの店のやり方をしっかり覚えてくれているそうなので、店の方は問題なさそうだ。ふたりには帝都にいる間は、この部屋の外では〝隠密行動〟でいてくれるよう頼んでおく。パレスでの拠点が決まって、《無限回廊の扉》が常時設置可能になるまでは、見つからない方がいい。

（おじさまにはまだ《無限回廊の扉》のことは話していないしね）

「それでは、まずはおじさまと警備の方々に味噌ラーメンを作りましょうか。私はご飯が食べたいので、おにぎりとお味噌汁と卵焼きにしようかな、あと浅漬けも」

久々のまともな味の食事に心が躍る。早速《無限回廊の扉》を通ってイスの家のキッチンで下拵えをし、パレスのキッチンに運び込んで作業開始だ。

さすが大掛かりなパーティーも行われるだけあって、パレスのキッチンは素晴らしく立派。〝魔石オーブン〟に〝魔石コンロ〟、〝魔石冷蔵庫〟も完備。〝水の魔石〟を使った水道設備まである。どうも帝都の富裕層の生活水準は、ほかの街とはまったく違うようだ。

キッチンに誰もいないことを確認してソーヤと味噌ラーメンを仕上げ、この家のメイドさんから警備の人たちへ差し入れてもらった。

おじさまの分は大盛り、たっぷりバター入りにして、食堂へ。いまかいまかと待っていたおじさまは、最近私の真似をして食事の前に手を合わせる。必ずパンッと大きく手を打つのがおじさま流。そして、ガツガツと一気に食べて満足げだ。

（ご満足いただけたようでよかった）

このラーメン、皆さんフォークを使って食べるのだが、私が箸で食べているのを見たおじさまは面白がって使い始め、いまではマイ箸もお持ちになり、見事な箸さばきでラーメンをすすっている。フォークだともう食べた気がしないらしい。

（なんだかなぁ……）

「うまかったぞ、メイロード。一日一回はこれを食べないと、どうにも調子が出ないいんだよなぁ。夜食に塩ラーメンも頼む」

「それはいいですけど、深夜の食べすぎは躰に良くないですよ。大盛りはダメですからね」

「えー、なんだよ、いいじゃないか」

（あれ？　なんだか周りの視線が……）

サガン・サイデムと普通に話す子供、それもたしなめてる側って、ヤッパリ変だったらしい。

当然、この豪華なお屋敷にはたくさんの使用人の方々がいて、いまも食卓の周りで世話をしてくれている。

ここで働く皆さんはとても優秀なのだが、彼らの知るおじさまは〝偉くて怖い〟雇い主だ。ひとりで屋敷にいるときはあまり話さないし、仕事の話をしているときは怒号も飛ぶし。基本的に、腫れ物に触るようにお世話している。

そこに、タメ口上等の私が登場したので、〝この子はいったい何者っ？〟と思われたようだ。

「サルム、テレザ、紹介しておこう。アーサーの娘のメイロード・マリスだ」

サルムさんはこの家の家令を務め、テレザさんはこの家のメイド長。

「おお、アーサー様の！　お初にお目にかかります。サルムとお呼びください。生前はお父様に大変お世話になりました。この家でのご滞在中は、なんなりとお申し付けくださいませ」

テレザさんは、涙ぐみながらアーサーを偲んだ。

「そうでいらっしゃいましたか。あのマリス様のお嬢様……。大変聡明な方で、何度助けていただいたことか。お亡くなりになられたと聞いたときには、胸潰る思いでございました。お会いできて光栄でございますわ」

ほかのメイドたちも、一様に涙目になっている。

（メイロードの父、アーサー、ここでもかなりモテていた模様）

「メイロードは、今回仕事に必要な人材として連れてきた。そのつもりで接してくれ。それから、台所や食事に関連する場所は自由に使わせるように」

「承知いたしました。仰せの通りに」

ふたりが頭を下げる。きっとこんな子供が……、という思いもあるだろうに、おくびにも出さないのは、さすがはおじさまの家を長く支える人たちだ。

「サルムさん、テレザさん、短い滞在ですが、どうぞよろしくお願いいたします」

私が頭を下げようとすると、ふたりに止められ、呼び捨てにしてくださいとお願いされた。年上を呼び捨てにするのは気がすすまないけれど、ここはしたがっておこう。

「では、サルム、テレザ、よろしくね」


翌朝、私たちは帝都パレスの荘厳な宮殿に隣接する、帝国軍の参謀本部へと向かった。

ここには、軍部の行動を決定する作戦参謀本部をはじめ、軍隊の後方支援に関係する部署が集められている。今日の会議に出席するのは、参謀本部の調達責任者以下、会社で言えば総務に当たる部署のお偉方だそうだ。

おじさまによれば、商人が直接話をする相手は、いわゆる〝軍人〟とは違う、元いた世界で言えば、〝官僚〟に近い職種の方々だ。

階級付き将校ではあるが、従軍することはなく戦地を踏むこともない。直接作戦に関与することもほとんどない。特にその中でも調達部は、華々しく活躍するわけではない地味な部署だが、莫大な軍費の管理を担っているため、重責を負う。

したがって、この部署にいる人間は主に二種類。まずは、主に国防で功績を挙げて貴族になった上級貴族の身内。彼らは軍属だが、その中にも戦うより頭を使うことを得意とする人たちがいる。いわゆる頭脳労働向きの優秀な人材だ。

もうひとつのグループは、逆に軍人として戦功を重ね高い階級にまで上り詰めた高級将校の中の、現在は負傷や加齢により軍事行動が難しくなった人たち。こちらは当然年長者が多く、官僚的な人たちとは対照的に現場主義でものを考える傾向があるそうだ。

シド帝国の軍費は極めて潤沢であるため、基本的に金額よりも性能重視、高品質な商品を選ぶ傾向にあるという。

「今回の軍人手帳刷新も、莫大な経費節減になるということだけではダメだ。機能性でも優位であることを示す必要がある。突然の無茶振りも当然だから、覚悟しておくように」

その場の思いつきであれこれ言われるのは、いつものことのようだ。

（それで、必死にアイディア出しをして備えていたのね）

パレスの商人ギルドを完全に出し抜くためには、臨機応変に彼らの無茶振りへの対応をしつつ、イスでなければできない技術やアイディアをはっきり示さなければならない。

参謀本部は、さすがに軍事施設だけあって、例の貴族好みのゴテゴテ感がなく、すっきりとした頑丈そうで立派な建物だった。働いている人たちはというと、やはり頭脳派集団だからなのか、いかにも軍人といった雰囲気の、鍛え上げられた恰幅のよい人は少なく、すらりとした知的な感じの方が多い。

「サガン・サイデム殿、遠いところ、ご足労をかけた」

補給幕僚（ばくりょう）参謀ダイル・ドール氏は、にこやかにわれわれを迎えてくれた。彼が今回の手帳刷新の提案者でもある。

サイデムおじさまと同年輩、年齢の高い一線から退いた者が多いこの部署では、比較的若い高級将校だ。だが、若いとはいえドール家は生え抜きの軍属で、彼のお父上は歴戦の勇者、帝国軍右将軍エルム・ドール侯爵様。彼もいずれは侯爵となられるという、とんでもないエリートだ。

「今回の会議、私が全面的に担当することになった。まずは、私に新しい手帳について具体的な説明をしてほしい。本会議では、私がその説明をもとに、参謀総長以下の上層部に採用するかどうかお伺いをたてることになる」

ドール参謀はとてもキビキビとしていて率直。態度からも風貌からも、仕事ができる

人という感じが伝わってくる。襟の高い軍服に身を包んではいるが、やはり軍人というより官僚といった雰囲気の方で細身長身、とても知的。美しい金の髪は上級貴族に多いという。

「ご配慮痛み入ります。私どもの製品、必ずや帝国の守りのお役に立つと信じております。ではまず、現在の軍人手帳のあり方について確認させていただいてよろしいでしょうか」

そう言ったおじさまを制し、私の方に目を向けたドール参謀がにっこり笑って説明を求めた。

「その前に、そこの子供について聞こうか。メイロード・マリスだったな」

私は改めて、恭しく挨拶をする。その後おじさまは、私がイスの商人ギルド最年少登録者であり、成功している商人であること、そして、今回の手帳に盛り込むカレンダーのアイディアの発案者であることを告げた。

「今回、新たなご希望が加わった場合、それに対応できる策を考える人材として連れてまいりました。お役に立つことは保証いたします」

私は微笑むだけで言葉は発しない。これもおじさまの作戦のうちなのだ。

「それでは改めまして、現在の手帳の現状について確認させていただきます」

さて、第一ラウンドの始まりだ。

現行、〝軍人手帳〟とされているものを有しているのは、指揮官以上の将校だけである。これは個人情報や叙勲記録、軍での活動に関する記録などに使われているが、見た目からして重そうで、携帯にも不便、高額な羊皮紙を使ったこの手帳は活用されているとは言えない。しかも素材が高価で加工も面倒なために、この手帳の価格は一般兵の数か月分の給与に匹敵し、全軍が携帯することは最初から想定されていない。

これに対し、一般兵士は木製の識別タグを携帯しているが、こちらは逆に書き込める内容が少なく、十分な情報が載せきれていない。また、軍事行動中に焦げたり割れたり擦れたりと、使い勝手も決してよくはない。

そんな現状を考慮した、安価な紙製手帳の導入による今回の軍人手帳刷新では、すべての兵隊が携帯可能な、軽量で丈夫な手帳を作成する。

予定を記入できるカレンダー及びメモ機能、年間行動予定表をはじめとする情報集約機能、識別のための身体的特徴、階級及び経歴、賞罰などを含む個人情報の記載、以上の機能を今回盛り込むことになっている。さらにオプションで、火に強く安価な火ネズミの皮をなめしたカバーを用意することも提案した。一般兵士は、文字の読み書きが十分でない者もいるため、重要情報には記号を明記し、軍隊用語についての簡単な解説も掲載予定だ。

「識字率については頭の痛い問題であったが、なるほど記号の併用と周知によって、それを補うのはいい案だ。通達に要する時間も節約できるだろう」

これらのプレゼン、ドール参謀への掴みとしては完璧だったようだ。どうやら、いままで〝手帳〟という名前で呼ばれてはいたものの、読み書きする道具としてはほとんど機能していなかった、というのが実情らしい。

今回の手帳は、カバー部分の硬質の紙に薄い冊子をいくつか挟み込んで使用することを想定している。カレンダーや手帳部分は、随時交換できるため、無駄がない。必要なリフィルも仕事ごとに、いくらでも変更できる。

おじさまがノートをすぐ愛用し始めたように、タイトな仕事をする人間にとって、手帳は一度持ったら手放せない便利道具だ。第二の脳と言ってもいい。リフィル販売も事業としてかなり大きくなると私は予想している。

見れば説明の途中にはもうドール参謀も、サンプルとして渡したノートにどんどんメモを書き始めていた。

「この紙束、〝ノート〟というのか。これの納入についても、至急検討させてもらいたい。こちらも早急に頼めるか？」

ここで無理とか、ちょっと待ってとか、絶対に言わないのが商売人。

おじさま、にっこり笑って請け合ってます。

（紙工場の皆さん、ごめんなさい。しばらく寝る暇もないかもしれません）

微に入り細にわたり、みっちり二時間は説明し、やっと本会議の準備が終わった。本会議は昼食後、おじさまと私は端っこに小さくなって座り、説明はすべてドール参謀によって行われる。われわれからはなにも話すことはできず、打ち合わせにない質問があった場合のみ、許可を得てドール参謀と相談できる。直接自分たちでプレゼンが行えない、まったくもってアウェイな状況だ。

こういう会議スタイルなので、われわれに発言の機会がないまま、つつがなく会議が終わってくれることが一番望ましいのだが、そうもいかないようだ。

会議の出席者の中には前例踏襲主義の人物が当然いる。パレスの商人ギルドと密接な関係のある人物もいる。このなんとか現行のままにしておきたい勢力を黙らせなければ、勝ち目はない。

「タガローサの影も確かにちらつくが、だからこそ負けられない。イスは今回の件で、必ずパレスに並ぶ」

テンションMAXのおじさまの隣にいる私は〈サイデム vs タガローサ〉の遺恨試合に無理やり参加させられている気分だ。だが、もうゴングが鳴る。やるしかないのだ。

ダイル・ドール参謀の〝新・軍人手帳〟に関する説明は見事だった。たった二時間のブリーフィングだったにもかかわらず、紙製軍人手帳のすべての機能について細部にわたって淀みなく完璧に説明した上、われわれの説明では足りなかった軍人としての視点も付け加えられていた。

新素材で作られた軍人手帳の優位性は誰が見ても明らかで、現状維持は無益な固執でしかないと、お歴々を納得させるに十分な説明だった。

現状維持派はなんとか穴を見つけてやろうとしていたが、ドール参謀は、われわれの意図通りのプレゼンをしっかりして、反論はことごとく論破してくれた。現状と比較した上で、今回の製品の明らかな優位性を示す手法を取って説明を行い、すべての質問に淀みない回答で応えるその姿は、私たちの代理人として完璧なものだった。

さらに現在の運用のダメさ加減を、オブラートに包みながらもしっかり認識させる、ドール参謀の立て板に水の話し様に、反対派の間には迂闊に発言すると、現状に甘んじていたことの責任問題を追及されるのではないかという警戒心が働き、彼らは滅多なことが言えない状況に追い込まれた。

しかも、本来この計画には期待されていなかった、記号による意思伝達方法や情報共有の迅速化といった、軍が現状苦慮（くりょ）している問題の解決策まで提示されるという劇的な展開。

「正直なところ、ここまで画期的なものが提示されるとは思っていなかった。ひとつの手帳の刷新で、これほどまでにできることが増えるとはな。従来の羊皮紙とは違う〝紙〟という素材、軍部でもかなり使える道具だとみた。それに、素材だけではなく、運用に関しても素晴らしい画期的な試みがあった。この刷新は、わがシド帝国軍の力をさらに高めることになるだろう。イスのなお一層の製品開発に期待する」

と、参謀総長から最大限といえるお褒めの言葉も賜（たまわ）った。これはこれからも、イスと軍部の取引を奨励するという確約だった。

イス、そしてサイデム商会は、パレスに並ぶこの国第一の商人と認められたのだ。この勝負は、完全ノックアウトでおじさまの勝ちとなった。

結局、私は一言も発することなく、挨拶だけをして会議場を出て、ドール参謀と今後の打ち合わせをするため、彼の執務室へ向かった。

「ドール様、誠にありがとうございました。これ以上ない素晴らしいご説明でした」

サイデムおじさまは、ドール参謀のプレゼン力を絶賛した。

「いや、今日の会議がうまくいったのは、この〝ノート〟があったからだ。サイデム殿の説明はすべてノートで確かめられたし、会議までの間にそれを見返しながら、付け加えるべき情報を考え、構成を練り直す助けにもなった。これはすごいことだよ」

ノート大好きのおじさまがその言葉に呼応する。

「我が意を得たりでございます。軽量・安価であることで、使うことへのためらいを感じず、どこでも思考のままに綴れる〝ノート〟は、まさに考えるための道具ですな。私は風呂にも持っていくほどです」

「確かに……風呂での思索中は、思いついてもそのまま忘れがちで散逸していたな。私もそうすることにしよう」

このふたり、かなり気が合っているようだ。ひとしきりノート談義を楽しんだあと、まだまだ商談は続きそうだが、納期やお金の話になると私にできることはないので、一足早く帰ることにする。挨拶をして下がる私に、ドール参謀はせっかく帝都に来て退屈な会議だけでは気の毒だろうと言い、

「皇族も使う、女性に人気の小物の店が近くにあるので、寄っていかれると良い」

と、ご機嫌でその店の場所を教えてくれた。

「ありがとうございます。そうだ、もしよろしければ、今日の夜、私の料理でおもてなしをさせてください」

「君が料理するのかい？」

「田舎料理ですが、おじさまはおいしいと言ってくださいます」

大きく頷くサイデムおじさまを見て、興味をそそられたらしいドール参謀は、今夜サイデム邸を訪れることになった。

「ちょっと手に入りにくい素材も使いますので、お食事の内容については他言無用でお願いいたします」


〝白薔薇の庭〟、そう書かれた、それはそれは装飾過多で立派な看板の店は、目抜き通りの商店街からはやや離れた場所にあった。

この辺りの店は、高級品専門で客を選ぶため、わざと落ち着いた裏通りに店を構えるところが多いそうだ。確かに、完全オーダーメイドのドレス店や魔石道具専門店、高級武具を扱う店など、全体に一見さんお断りな雰囲気が漂う一角だ。

ドール参謀おすすめの（正確には彼の娘さんのお気に入りの店だそうだが）〝白薔薇の庭〟の店内には、大量の薔薇がいたるところに飾られ、赤と白とピンクと金色の装飾の洪水だった。乙女成分過剰で、ただただ甘いだけの、この世界にある高級スイーツを食べたときのような感じがする。

だが、これだけ薔薇であふれているのに、拍子抜けするほど薔薇の香りは弱い。これだけの薔薇があったら、もっとむせ返るような薔薇の香りがしてもおかしくないのだが、花に顔を近づけても微かな香りしか感じられない。見栄え重視で香りのことは考えていないのだろうか。

「お嬢様、なにをお探しでございましょうか？」

商品を目立たせるためか、店員は地味目のドレス姿だが、きっちり教育が行き届いている。さすが高級店、見た目が子供だからといって対応を変えないのはいい心構えだ。

「ええ、参謀本部のドール様に、こちらのお店をお勧めいただきましたので、見せていただきに……」

「さようでございますか。ドール様は奥様やお嬢様への贈り物に、よく当店をご利用いただいております。お嬢様もきっとお気に入りのものが見つかりますわ」

自信にあふれた商品説明に違わず、確かに品揃えは面白い。

基本、すべての意匠に薔薇が使われており、いくつかのデザインがラインで揃えられている。ピンクローズ・シリーズが一番人気だそうで、陶磁器、カトラリー、装身具や化粧品、カーテンやリネン、家具、靴、帽子にドレスまで、薔薇薔薇薔薇、ピンクピンクピンク。

ピンクの洪水、爆発する少女趣味。デザインは盛りすぎの傾向はあるものの、こういうテイストのものが好きな女性が多いのは事実だ。

あまり甘い感じが好きじゃない私でも、ちょっと素敵かもと思う小物もいくつかあった。

思えば以前の世界のクラスメイトにも、シリーズで揃えた綺麗な小物を持っている子はたくさんいた。シリーズ化された商品が、これだけあると、〝揃えたい〟という気持ちが出てくるのが人の不思議。なかなかうまい商売だと思う。

それにしても……商品はカワイイが、ここの値段はまったく可愛くない。

ほとんどが工芸品に近い高級一点物や限定品なので仕方がないだろうが、薔薇(ばら)のレリーフがゴッテリ彫り込まれた櫛が二百五十ポル（二十五万円）、引き手にまで薔薇(ばら)のレリーフがつけられ、左右と下部には、美しい彩色の薔薇(ばら)が鮮やかに描きこまれた三段のチェストは千五百ポル（百五十万円）。確かに〝お嬢様〟と呼ばれる客層以外は買えない値段だ。

「薔薇(ばら)の香りのするものはないのでしょうか？」

私の問いに困ったように、上品なお姉さんは微笑む。

「申しわけございません。薔薇(ばら)の香りは強くない上に飛びやすく、商品にはならないのでございます。また、薔薇の花そのものが貴重でございまして、ここにある薔薇も、半分は造花、半分は魔法で鮮度を保っております」

なるほど、香りの弱さはそのせいか。

魔法のコーティングで腐敗を防げば花は十倍は長持ちするが、香りのような揮発性の成分はずっと早く飛んでしまう。

それに、見た目に美しい薔薇は、香りの弱いものが多いのだ。

（あ、これいけるかも！）

そこで私には閃くものがあった。

どうやらこの世界には、香水を作る技術はないようだし、この店にない商品ができれば、私の店の売り物として人目を引く商品になる気がする。私はパレス向けのアイディアを思いつき、ゴキゲンでその製法をあれこれ考えながらサイデム邸へと向かった。

（さて、お料理をしなくちゃね）

サイデム邸に戻り、サルムとテレザに、補給幕僚参謀のドール様が今夜おいでになることを伝えると、大騒ぎになりかけた。やはり、彼はかなり重要なポジションの人のようだ。

そういう方をいきなりご招待するというのは、下手をすれば大変失礼なことだそうだ。

今回は、私が田舎の子供だったことが幸いしたらしい。

「サルム、テレザ。落ち着いて。今日は、非公式の小さな宴です。それに、私流のおもてなしをしますので、いつも通りに仕事をしてください。なにもあなたたちは特別なことをしなくていいし、特に準備も必要ありません。ドール様がおいでになるということだけ覚えていてくれれば、大丈夫よ」

ただ、できたてが食べられるようにしたいので、キッチンにカウンター席を作ってくれるようお願いし、テレザと一緒に食材の在庫をチェックする。パレスでよく食べられている食材も見ておいた方が献立を立てやすい。

ジャガイモ系の芋が数種類あったので聞いてみると、帝都周辺の軍事施設のため、備蓄と兵士の食事用に大量の芋類が流通しており、パレスの定番食材なのだという。調理法について聞くと、庶民の定番はふかし芋や揚げ芋。

ただ、油は値段が安くはないので、芋のフライは揚げ物の専門店で買うことが多いそうだ。上流家庭でも芋料理は定番で、マッシュポテトを肉料理に合わせたり、細く切って油で揚げる食べ方が人気だそう。

残念ながら、この国で一番文化の進んだ帝都パレスにおいても、調味料の充実やダシを取るといった調理技術はないらしい。シンプル・アンド・ストレートでみんな同じ味、基本は塩。その代わり貴族は材料の産地や塩にはこだわるらしい。

〔イスの外国人街の市場を覗いたり、野山を巡れば、調味料や食材は無限にあるのに、料理人も保守的なのかな？〕

いや、考えてみれば自由に食材が使える高級料理人は主人の望むものしか作れないし、庶民は自由に食材を買うことが難しく、調理法もわからない。しかも、メディアというものがほとんどないから、情報伝播力が著しく低く、知識が共有されにくい。

〔おかげで私程度の家庭料理でも喜んでもらえるわけだけど、もう少しおいしいものへの好奇心を持ってくれるといいんだけどな〕

さて、今回は異世界食材封印（酒を除く）料理で、芋を主役にしてみようと思う。とりあえず、部屋に戻り、イスの家で下拵えを始めよう。

〔ソーヤ、野菜と肉のスープストックを出しておいてくれる？〕

〔了解です！　宴会でございますか？〕

〔そうよ、パレスの幕僚参謀の接待なの〕

〔ではお酒は強めがいいですね。軍人は酒好きが多いものです〕

〔じゃあ、おじさまもお好きなスコッチ中心でいきましょう。じゃ、スコッチのシングルモルトとブレンデッドの樽をいくつか出しておいてね。国産のウイスキーも欲しいかな。ソーヤのおすすめを選んでちょうだい。氷の準備もお願いね〕

〔かしこまりました。どれもいい感じに熟成してますよ。楽しみですね〕

いささか飲みすぎではあるが、うちにある、すべてのお酒をテイスティング済みのソーヤは頼りになるわが家のソムリエだ。

〔今日は一緒には食べられないけど、イスの家に同じものを用意するから、博士とセイリュウを呼んで一緒に食べるといいわ〕

〔了解です。では、そうさせていただきます〕

では、宴会料理を作ろう。せっかくいいお酒をたくさん出すのだから、おつまみになりそうな料理をいろいろ試してみよう。

まずはマヨネーズたっぷりのポテトサラダ、焼き野菜も香ばしくていいだろう。それにオーク肉で作った保存食のリエットがあるから、これも出そう。小さめのコロッケもいいかな。パレスは海から離れているので、魚介は高級品らしいから、白身魚のアクアパッツアにたっぷり野菜を添えて出してみようか。

〔魚の骨から出たダシがおいしいんだ、これ〕

ちょっと驚かせたいから、大きな牛肉を使ってローストビーフも作ろう。バターとミルクをたっぷり使った、滑らかマッシュポテトにグレービーソースを添えて。そして〆は、あれ……だよね。

ドール参謀には、素晴らしいプレゼンをしてもらったし、いい商品のアイディアもいただいたし、感謝を込めて、ご接待することにしよう。

おじさまとドール参謀がサイデム邸に到着したのは、夜八時を過ぎた頃だった。仕事熱心なことだ。博士とセイリュウは、六時前にはイスのマリス邸で飲み始めているというのに。

キッチンでふたりを出迎えた私は、いつもの口上を述べようとした。

「今日は本当にありがとうございました。心ばかりの料理ですが、お楽しみください。ただし……」

「料理や酒についての質問はなしで、だな？　サイデム殿にも言われたよ。口の固い商売人は信用できていいが、いまだに自分も酒の出所を教えてもらえないと」

ドール参謀が、楽しそうに笑う。こういう状況を面白がれる人とは、おいしい食事ができる。早速、今日の成功に乾杯したあと、スコッチのロックを相好を崩して飲むふたりに、つまみについて説明していく。

「パレスの方々には、芋が馴染み深いとお聞きしましたので、本日は、芋を使った料理をいろいろ作ってみました。こちらのポテトサラダには、私の住む村の特産品マヨネーズを使用しております」

ドール参謀が、ひとくち食べただけで虜になったのがわかった。塩味の利いた、ほろほろのオーク肉のリエットは、本来保存食で、雑貨店で売りに出そうかと思って作ってあった試作品だ。冷暗所なら冷蔵庫がなくても三か月近く保存できるし、パンにのせれば酒のつまみに最高。肉は一度塩漬けし、さらに香味野菜と合わせて火を入れているので、風味も抜群だ。

「いや、この酒も飲んだことがないコクで最高にうまいが、このつまみがたまらんな。どこでこんな料理を？　いや、質問はなしだったな。うーん……」

次は小さな芋をよく洗って皮付きのままフライパンで炒りつけるように火を通し、最後に砂糖と味噌で味をつけたもの。ホックホクで香ばしいので、これもお酒によく合う。

（さすがに調味料だけは、異世界産を解禁にした。でないと、味が単調すぎる）

「普段食べ慣れた芋に、こんな食べ方もあるのだな。熱くてネットリとしてうまい。この香ばしい匂いがたまらんな」

ソーヤの言う通り、ドール参謀はやっぱりお酒にはめっぽう強いようで、とても楽しそうにジャンジャン飲んでくれる。今回の軍人手帳刷新は、参謀が手がけたいままでの大規模調達の中でももっとも大きな金額が動く仕事になるそうで、今日の会議は、百戦錬磨のエリートである幕僚(ばくりょう)参謀にとっても非常に緊張するものだったという。

「この手帳は、毎年更新するものも含め、継続的に納入してもらうことになる。これから長い付き合いになるだろう。よろしく頼む」

何度目かの乾杯をしながら、この刷新についての苦労話をしてくれるドール参謀は、軍属のせいなのか、貴族にしては非常に率直で話しやすい人だ。おじさまとの相性もぴったりだし、長くいい関係が築ける相手だと思う。

料理はすべてに驚いてもらえた。特に、ローストビーフのしっとりした肉汁あふれる食感とグレービーソースの組み合わせを絶賛してくれた。マッシュポテトについても、普段、パレスで食べられているものとのあまりの違いに、レシピを聞きたそうだった。

そして……〆(しめ)に出した味噌ラーメン。また、ラーメンにハマる人がひとり増えた。

おじさまは得意満面で、イスの商人ギルドでしか食べられない（村の居酒屋でも一部出してますが）味を自慢し、ドール参謀を悔しがらせていた。

「この味噌ラーメンの味、夢に見そうだ。いままで食事にさして興味はなかったのだが、いや、認識を改めた。食にはこのような世界があったのだな」

ドール参謀は、この料理をすべて私が用意したと知って、さらに驚愕（きょうがく）していた。

（それは、まぁ、今更なんだけど、やっぱり初めての人は驚くよね。私、まだ子供だし）

「まったくもって感服した。私にもメイロードと同年輩の子供があるが、貴族の娘の常で、消費することしか知らぬ。あれも、いつかそなたのように聡明で創造的な者になってくれると良いがなぁ……」

おそらく、貴族のお姫様は〝白薔薇（ばら）の庭〟の高級品を買い漁っているのだろう。財力があるなら、それもいいと思うけれど、貴族であると同時に経済に明るい軍人でもあるドール参謀としては、いろいろ考えるところがあるようだ。

「教えていただきました〝白薔薇（ばら）の庭〟、大変興味深く拝見いたしました。私もこれから、小さな店を持つことになると思いますので、その節はぜひお立ち寄りください」

私の言葉に、本当に子供の私が商人なのだと再認識したドール参謀は、唸りながらも楽しみにしていると言ってくれた。お土産にノート十冊と私の作った木の実入りのクッキーをお渡しして、ご機嫌のドール参謀はお帰りになり、この長い一日は終わった。

次はパレスの拠点作りをしなければ。

「さておじさま、ちょっと広い土地で農場にできる場所、貸してくださいませんか？」

パレスから馬車で二時間ほど離れると、なだらかな起伏のある草原地帯になる。民家もまばらな、芋（いも）や小麦農家などが多い穀倉地帯だ。今日はセーヤ、ソーヤと一緒に、目前の広大な空き農地を使って、新しい商品のための実験をしてみようと思う。

私がいま立っている場所は、農地としてサイデム商会が所有しているものだが、現在は特に用途がなく、休眠状態の土地だ。おじさまから好きに使って構わないという承諾は得た。もちろん契約も結んだし、賃貸料もお支払いする。

融資の担保とか、急にお金が必要になった富裕層（ふゆうそう）や貴族から買い取ったものなど、サイデム商会には、こういう土地や不動産はあちこちにあるらしい。パレスから離れているとはいえ、ほかの場所の農地に比べると帝都と近いというだけで賃貸料はお高めだ。

この実験が成功したら、次はもっと安い土地を借りた方がいいかもしれない。私の新事業が成功したら、最終的には農家の新しい稼ぎ口になるように持っていけたらいいな、と思っている。いろんな土地で栽培が盛んになったら選択肢も増えるだろうし、その日が楽しみだ。

土地の様子を見ている間に、ソーヤが管理小屋の掃除をしてくれた。農機具倉庫と作業用の小屋、それに一応宿泊可能な母屋もあるそうだ。建物にも十分な広さがあり、これからする作業に問題なさそうだった。

そこでまずは《無限回廊の扉》を設置し、回廊倉庫内のいままで私が《鑑定》しながら採取したものを保存しているエリアに向かう。これまでの旅で採取してきた鑑定済みの植物や鉱石もかなりの数になっており、さながら博物館の倉庫のような状態だ。

その中から薔薇を選び出して持ち出す。苗や種合わせて二十四種類が保管されていた。さらにパレスやイスの種苗店で購入した十二種類。〝白薔薇の庭〟の店員さんも言っていたが、確かに薔薇の苗や種は、一般の種苗の十倍近い高値で、とても高価なものだった。種苗店の薔薇は観賞用のものばかりで、野薔薇と違い、とても育てるのが難しい。さらに大量の肥料も必要なため、富裕層の一部が庭で育てているぐらいで普及はしておらず、薔薇の花卉農家はごく少数しかないという。

私はこれからの作業のために揃えた合計三十六種類の種を、区画を分けて蒔き《緑の手》を発動した。数分で、例のカオスな花畑、薔薇バージョンが出現し、びっしりと色とりどりの花が開いた。育てるのに苦労されている方々には、なんだか申しわけないほどあっけなく、簡単な作業だ。元いた世界には絶対なかった色の花もちらほら見えるのは、さすが異世界。

三人で手分けをして、それぞれの薔薇について情報を書き記す。《鑑定》だけでは香りなどの微妙な評価はわからないのだ。傾向として花弁が大きく美しいものは、あまり香りがないようだ。

香りが強かったのは、私が冬山で見つけた小さな赤い薔薇とイスの種苗店で買ったやはり小さな花弁のピンクのもの。それから、私が山中の洞窟で見つけた虹色の大きい花弁の花からは、薔薇と桃を合わせたような不思議で甘い良い香りがした。

これらは《鑑定》しても、どれにも固有の名前がなかった。この世界では、有益とされていない植物に名前をつけるのにあまり熱心ではないらしい。とりあえずこの三種をローズ1、2、3としておこう。

次にこの香りのよい三種をどんどん育て、大量の種を取る。周りに人の目がないので、《緑の手》を大盤振る舞いして、百万本単位の種を一気に作る。広大な土地に蒔けるだけローズ1、2、3の種を蒔き、《緑の手》発動。

(最高の香りの薔薇よ、蕾をつけて)

私の祈りに呼応するように、種からは間髪を容れずに芽が伸び、緑の枝を伸ばしていった。そしてその数分後には、くらくらするような香りの薔薇が敷き詰められた広大な空間が、目の前に現れることになった。

「お見事でございます。メイロードさま」

セーヤが褒めてくれた。私は微笑みながらこう返す。

「せっかく褒めてもらったから、あとも一気にやっちゃうよ！」

そして範囲を指定し、薔薇の蕾に《的指定》の魔法をかける。本来は、複数の攻撃目標を指定して攻撃するための魔法なのだが、私の使い方は違う。範囲内の《的指定》すべてを空気の玉で打って蕾を落とした瞬間に、ローズ1の区画の中で風を発生させ、薔薇の蕾を刈り取るように巻き上げるのだ。

それを畑の横に大量に置いた、下部をすのこ状にした巨大な樽へと入れていく。それがいっぱいになったら樽に蓋をし、下から蒸気を当てて蒸す。しばらくして蓋に繋いだホースから蒸気が出始めたら、香り成分の抽出準備完了だ。

この状態で〝氷の魔石〟を使いホースを冷やせば、冷却された香り成分がホースの先から容器へ溜まっていく。上澄みは香りの強い香油、下の水分の層はローズウォーターと呼ばれる薔薇の香りの蒸留水になる。

だが、ここまで大量に作っても、香油はそうたくさんは取れない。百万本から取れる量はわずか三、四キログラム。だからこそ価値があるのだが、こうして作ってみるとその希少性を実感する。

でも、香水を作りたいわけじゃないのだ。ここまでのことならば、時間さえかければ誰でもできるし、いずれは真似されてしまうだろう。

「どうせ作るなら、もう少しこの世界っぽいものを作りたいと思わない？　ねぇ、ソーヤ、セーヤ」

私は両手に巨大な樽をのせて涼しい顔で運んでいるふたりに、これから作ろうとしているものの構想について説明を始めた。

◆◆◆

アタシの名はマルニール、ちっとは知られた職人だ。アタシの住むここ帝都パレスは特殊な街で、多くの貴族や金持ちが住んでいる。だから金がかかる仕事を請け負う、ほかの街では成り立ちにくい商売も工房も十分に仕事ができる。ここは腕のいい職人には商いがしやすい街だ。

うちの先祖は、ドワーフの鍛冶屋だった。腕が良く、軍属の方たちに贔屓にしてもらい、羽振りがよかったのだが、親父の後継ぎが女のアタシだけだったため、工房は親父の一番弟子に継いでもらい、アタシは工房の一角で別の仕事を始めることにした。

もともと手先の器用さには自信があったアタシが作るのは飾り物。剣につける金属製の飾り帯や紋章のレリーフは評判が良く、それだけでも十分仕事になった。

あるとき、その技術で本格的な宝飾品を作ってみないかと贔屓の軍属の大将に勧められ、技術の修練にもなるかと思い、奥様のためにネックレスを気合を入れて作ってみた。これが大変喜ばれ、目が飛び出るほど高額な報酬をもらえたのだ。

その報酬でいまの工房を立ち上げた。こうしてアタシの〝マルニール工房〟は、大貴族からの注文も多い高級宝飾品専門の工房になった。

金属の細密レリーフと細い金鎖を組み合わせたペンダントやネックレスはアタシの得意技で、ほかの工房には真似できない技術だと自負している。

そんなアタシの工房にある日、ちっちゃな客がやってきた。ドワーフのアタシは、二十歳を過ぎても人族に比べれば身長はだいぶ低いが、そのアタシより背の低い客は初めてだった。

「お時間を作っていただき、ありがとうございます。私はメイロード・マリスと申します」

てっきりご大身の貴族のお姫様かと思った、とんでもなく可愛らしいお嬢さんは、イスの商人で、参謀本部のドール様の紹介でここに来たという。

参謀本部のドール様のお父上は、いまは退かれているが、帝国軍の右将軍エルム・ドール侯爵様。私にこの道を教えてくれ、この工房の資金の元となったネックレスを注文してくださった大恩ある方だ。

「とても精密な加工のアクセサリーが作りたいとご相談しましたところ、こちらをご紹介いただきました。私の話をお聞きくださいますか？」

年齢的にはかなり下だと思ったが、なんだか勝てる気がしない雰囲気のある子だ。ものすごく丁寧で賢そうで、だけど押しが強い。

「ドール様のご紹介となれば、できることならばお受けさせていただくつもりです。お話を承りましょう」

おそらくアタシにも初めてになる仕事だろうと言って、彼女がまず取り出したのは、いくつかの小さな石だった。

「まず、指輪についてお伺いしたいのですが、金や銀製の指輪に石をつけることはありますか？」

「ああ、綺麗な石を削ったり、貝殻を削ってはめたりします。宝石に分類される貴重な石もありますけど、綺麗な石は産出量が多いので、割と気軽に使えます。貴族の方にとっては手軽なものですね。そういう意味では魔石の方がずっと価値が高く、守りにもなる大事なものと言えますわ」

そう、魔石はとても希少価値があり美しい。だが魔石には、指輪や宝飾品としては使いにくい致命的ともいえる欠点がある……硬すぎて加工が極めて難しいのだ。

通常の研磨ではまったく歯が立たないため、自然の形を生かしつつ、デザインに取り入れて作るぐらいしか手をかけることができないのだ。そうなると飾りとして使うには制限が多くなり、宝飾品としての美しさを犠牲にすることになる。

それにいいサイズの魔石を、デザインに合わせて選べるほど揃えること自体が難しく、仮にそれを試みようとすれば莫大な費用がかかってしまう。一介の職人の工房では、そんな贅沢な仕入れはとてもできない。たとえ小さくとも、魔石の価値は色石のようには低くないのだ。

「この石のカットはできますか？」

アタシの話を真剣に聞いたあと、頷いた少女が差し出したのは、小指の先ぐらいのサイズのくすんで緑がかった石だった。加工してみてほしいというので、試しに工房で削ってみると、普通の宝石用の石に比べれば硬いが、細工できないほどでもなかった。簡単に楕円形に整え、待っていた少女に渡すと、明るい笑顔でとても喜んでくれた。

「素晴らしい技術ですね！　やはりあなたにお願いできてよかったです」

　そういうと、微笑んだまま少女は、そのくすんだ色石を手の内に握り込み、すぐその手を開いた。その手の中を見たアタシはあまりの驚きに息をのみ、少女と色石を何度も繰り返し見つめた。そこにあったのは、確かにアタシが楕円に整えた色石。だがそれは深い緑色が鮮やかに揺らめく〝風の魔石〟に変わっていた。

「ちょっ、ええええ‼」

　マルニールさんは、顔を激しく上下させながら、何度か私と私の手の中の石の間を往復したあと、口を開いたまま固まったように動かなくなってしまった。私が苦笑しながら、彼女の手の上に、その魔石化した〝タネ石〟を置くと、今度はまじまじとずーっと見続けている。

「これは、確かにアタシのカットだ。カットだけど、なんで魔石がカットできるんだ？　いや、あの手応えは、魔石じゃなかった。これって……」

　私は種明かしをする。

「これは〝タネ石〟というものです。魔法力が封じ込められていますが、活性化していない状態の石です。いま、私が自分の魔法力を注ぎ込んで〝魔石化〟させたのですよ。思った通り、やはり〝タネ石〟状態なら加工できるのですね」

私がこのことに気づいたのは本当に偶然だった。《無限回廊の扉》に保存してある大小様々な〝タネ石〟を分類整理していたとき、ついひとつを落としたのだ。そのとき、下にも整理途中の大きめの〝タネ石〟があり、偶然ふたつがぶつかることになった。そのとき、上から落ちた〝タネ石〟が欠けたのだ。

魔石が硬いのは知っていたので〝タネ石〟もそうだと思い込んでいたのだが、このとき、〝タネ石〟の状態なら加工できるのではないかと思いついた。

どうやら、その推測は当たっていたようだ。これで、思った通りの商品が作れる。

「私は、これからいままでにない、ちょっと面白い宝飾品を作ろうとしています。非常に高価なものになりますので、最高の技術を持つマルニールさんに、ぜひその加工をお願いしたいと思っています。しかし、これからお伝えする内容は、企業秘密満載になりますので、厳しい守秘義務が課せられる契約をしていただくことになります。それでもお願いできますか？」

まだじっと〝凪の魔石〟となった元・〝タネ石〟を見つめていたマルニールさんは、実に楽しそうな笑顔になって頷いてくれた。

「ぜひやらせてください。こんな仕事ができるなんて夢のようです。魔石に加工の可能性があるなんて、夢にも思いませんでしたよ。では、メイロードさまは、これを使ったいままでにない美しい守護のアクセサリーをお作りになるのですね」

私は、これからパレスに店を出そうと思っていること。そこで、富裕層向けにアクセサリーを販売したいということ。そして、その店でしか買えない、どこにも売っていないだろう、新商品の秘密を語った。

「どう、欲しいと思ってもらえそうかしら？」

マルニールさんは瞳をキラキラさせながら、満面の笑みで頷いてくれた。

「買えるのならばもちろん欲しいです。すべての女性の憧れの商品になりますよ！　絶対です！」

私はいくつかのデザインを提示して、あとは好きに作ってみてほしいと、材料を机に置いた。極小ではあるが、袋の中には大量の〝タネ石〟、おそらく数百個が入っている。実はこの〝タネ石〟はセイリュウの住んでいる北の山頂付近に大量にあったものだ。

今回の計画をセイリュウに話したところ、いい場所があると教えてくれ、そこから採取してきた。そこには今回持ってきたような小粒の〝タネ石〟が、本当にザクザクとあり、《索敵》で探すまでもないほどだった。普通は誰も行かない場所な上、一種の神域なので、まったく手付かずのまま数千年放置されていたらしい。使い方によっては貴重品の〝タネ石〟も、セイリュウにとってはただの石、いくらでも持っていっていいと言われている。

(もちろん、ありがたく採取させていただきましたよ)

袋いっぱいの〝タネ石〟が、魔石化したらいったいいくらになるのかとマルニールさんが考えているのが、彼女の手の震えでわかる。魔法力量の少ない普通の人には小粒とはいえ、魔石化は難しい貴重品だ。下手にやろうとしたら命が危ないので、それだけは伝えておく。

(ホント、死んじゃいますから)

「その活性化した〝風の魔石〟はサンプルに差し上げますね。その大きさならペンダントヘッドにしても素敵かも。売っても構いませんので、お好きにお使いください。仕事の報酬とは別ですから、ご安心を」

私はいい商談ができたことに満足しながら店を出て、大きく背伸びをした。そして、軽い足取りでパレスのサイデム商会へと向かう。

「さて、次はお店の場所を決めなくちゃね！」

「パレスの商人ギルドの許可はいらないんですか？」

マリス商会パレス支店の物件の候補が揃ったので、パレスにあるサイデム商会の事務所で、物件の選定をすることにした。そこで、おじさまに改めて聞いてみる。

「ああ、帝国内ならば、どの街かの商人ギルドに登録があれば問題ない。お前はイスの商人ギルドの登録証があるだろう。それで、どんな申請でも出せる。まぁ、パレスの商人ギルド独自のルールや規則の順守は求められるかもしれんが、特に難しいものはないはずだ」

登録情報はギルド間で共有されているということらしい。ルールも一部のローカルルール以外は統一されているそうだ。

「少し時間はかかるが、《伝令》の窓口が各ギルドにあるから、照会はいつでも可能だからな。場所はあまり重要じゃないのさ」

（あ、そういえば、まだ《伝令》を試していなかったな。あとでやってみなくちゃ）

ギルドの登録証を持っていれば、ギルド経由で《伝令》を使わせてもらえる。もちろん料金はかかるが、通信手段が少ないこの世界で、これはとてもありがたい。

それに、ギルドではお金も預かってくれる。手数料はあるものの、どの街のギルドからでも引き出すことができるそうだ。これも店舗を持たない商人が多いこの世界では、とても助かることだろう。

「では、私は例の、おじさまとあまり仲の良くないタガローサ幹事とお会いしなくてもいいわけですね」

「パレスでのお前の商売がうまくいったら、すぐに向こうから会いに来るさ。あいつは節操のない奴だから、真似できそうならすぐに似たものを作ってくるぞ。貴族のくせに品性は下劣なんだよ、あの一族は」

おそらく昔、なにか真似されたことがあるんだろうな、とは思うが、深く追及するのはやめておこう。

「じゃあ、ずーーっとおじさまに張り付いている目のこともご存知ですよね」

イスにいた頃から、おじさまの周囲を《索敵》すると、どうにも怪しい影がいくつも張り付いていた。産業スパイのようなものだろうとは思ったが、ギルドや店に入れる者は厳しく選定され、身分を明らかにしなければギルドの窓口以外には入る資格がないため、放置していた。

(イス警備隊もかなり優秀だしね)

こういうのは、潰しても次が来るだけでキリがないのだ。

「実害はないから、勝手にやらせておいて、ときどき嘘情報を流してやってる。奴ら律儀に報告するから、タガローサがトンチンカンなことをしてきて笑えるぞ」

さすがおじさま、お人が悪い。ならば、パレスでも引き続き放置しておこう。

　さて、選定の結果選んだ店は、〝白薔薇の庭〟と同じ通り沿いの一軒だった。商店としてはかなり小さい物件だ。でも、置く商品は絞るし、在庫は《無限回廊の扉》の中に保存できるし、これで十分だ。二階には簡単なキッチンとリビングもあるし、なによりこのエリアは治安がいい。

「家賃も相場より安いし、これにしましょう」


　外観はシンプルに白一色、ドアに一輪薔薇のレリーフをつけよう。

　契約を済ませて改装について指示をしたあと、部屋に戻った私は、グッケンス博士に《伝令》を送ってみた。手の上に作り出した空気の玉の中に音声を保存する。

「パレスにお店を作ります。そこで特殊な薔薇の宝飾品を売ってみることにしました。なにかいい店名はありませんか？」

　次はその玉を《索敵》と《地形把握》で決めた地点へ誘導する。空気の玉を打ち出すイメージを強く持つとなぜか空気の玉に羽が生えて、ものすごい勢いで飛び立っていった。それから十分後、《無限回廊の扉》を通ってきたのだろうグッケンス博士が、私の部屋へ現れた。

「え？　もう《伝令》が届いたんですか、博士」

「なにをいうか、お前の《伝令》が早すぎるのだ。だが、あの羽の生えた伝令はいいな、わしも使うことにしよう」

どうやら私の《伝令》は、ものの数分で博士の農場へ着いたようだ。どうやらあれには、追加呪文として《疾風の翼》という上級魔法が付与されていたらしい。私のイメージが極めて鮮明だったので、基礎魔法が合成されたそうだ。

「消費魔法力が大きいが、打ち出す速度が尋常じゃない上、《疾風の翼》を付与すれば、ここまで早く着くのだな。いい勉強になったわ。相変わらずのバケモノぶりだの」

博士は花の女神フロレンシアの名を冠するとそれらしいのではないか、というアドバイスをくれて、ついでにパレスに用事があると言って出ていってしまった。博士のアドバイス通り、店の名前は〝パレス・フロレンシア〟に決めた。帝都の花の女神、いいと思う。

◆　◆　◆

侯爵というのがどういう地位なのか、そういう階級社会にいなかった私には、イマイチ理解しがたいのだが……この広大な城の有り様はただごとではない。表門を入ってからダイル・ドール参謀御一家がお住いの東の離宮まで、ゆっくりとはいえもう馬車で十分近く走っている。

「このお城、どれだけ広いんですか？」

目を剥いて驚きつつ、周りをキョロキョロ見る私に、少し落ち着けという表情でおじさまが説明してくれる。

シド帝国軍の右将軍エルム・ドール侯爵は、現在は前線を離れているとはいえ、その勇猛さで知られる最強の騎士のひとりであり、影響力は絶大、名実共にこの国の中枢にある人物だ。パレスに近接する広大な領地は肥沃で、さらに多くの鉱山も有し、莫大な富を得ている大貴族中の大貴族。しかも、侯爵夫人は前皇帝の妹の子。皇族とも縁戚というまさにもっとも皇宮に近い一族のひとつだ。

これから訪れるのは、そのエルム・ドール侯爵のご長男である、ダイル・ドール様が住まわれる離宮だ。つまりダイル・ドール参謀はほぼロイヤルと言ってもいいほど高い地位の方である。ただし、お父様とは違い頭脳労働専門で、末は作戦参謀本部の長になるだろうと言われている。

（そんな方に味噌ラーメンとか食べさせちゃって、よかったんだろうか）

今更ながらそんなことを考えつつ、やっと着いた東の離宮はこれまた荘厳でやたらと広い。スケールの違いに脳がついていかず、いちいち驚いてしまう。

（迷わないように気をつけないと……）

係の方に案内され、皆様がお待ちのサロンに向かう。堅苦しくならないようにとのご配慮で、軽いお茶会形式にしてくださったそうだ。貴族の作法などまったく知らない私には、大変助かる心遣いだ。

（ありがとうございます、ドール参謀！）

開かれた扉の向こう側はサンルームと直結した作りで、外光眩（まぶ）しいティーサロンになっており、部屋の中には多くの植物が配置され、温室のような雰囲気があった。いくつか置かれたエレガントなテーブルの奥には、ドール参謀とその奥方であるルミナーレ様、そしてお嬢様のアリーシア様が、お座りになっている。

私とおじさまは膝を折り、お招きいただいた礼を述べ、本日の来訪について口上を始めた。

「本日は、ご多忙の中お時間をいただき、慶賀の至りにございます。奥様、お嬢様にはお初にお目通りいたします。私はイスの商人であり、商人ギルド統括幹事を務めさせていただいております、サガン・サイデムと申します。横に控えておりますのは、今回、帝都にて新しく店を始めることとなりました、メイロード・マリスにございます。先日、ドール様よりご紹介いただきましたマルニール工房は、この新しい事業のために、素晴らしい仕事をしてくれました。これも偏にご紹介くださいましたドール様のおかげでございます。本日は御礼も兼ねまして、これから発売を予定しております未発表の首飾りと指輪を、まず奥様とお嬢様に献上させていただきたく、まかり越しました次第です」

私のことはドール参謀から、お聞きになっていたのだろう。ルミナーレ様は目を細めて私を見ている。

「おお、本当にまだ幼い少女なのですね。なんと可愛らしい。サイデム殿が見込まれているという方の作る新しい宝飾品、とても楽しみにしておりましたのよ」

「お父さま、お母さま、私早く見たいわ」

挨拶口上の長さに待ちきれないアリーシア様が、つい声を出す。非公式とはいえ、相手がきちんと礼をとっている場面で、これはあまり褒められた振る舞いではない。ルミナーレ様は、少しだけ顔を曇らせてため息をついた。

「アリーシア、あなたはもう少し我慢というものを覚えなければなりませんよ」

だが、母の小言にもまったく怯まないアリーシア様は、本当に楽しみにしていてくれたようだ。

「だって、まだ誰も持っていない品なのでしょう？　見たくてたまらないのです。どんな美しい首飾りなのか、昨日からずっと楽しみにしていたのですもの」

　さらに深いため息をつくルミナーレ様の横で、苦笑いを浮かべていたドール参謀が、召使いを促してくれた。

　私が献上品の入った四つのケースを恭しく差し出すと、彼はケースを確認したあと、側仕えの女性へ指示を出し、ルミナーレ様がいらっしゃるテーブルの上にきちんと並べさせた。上流階級を代表する貴族の女性である、このおふたりの反応いかんで、この商品の成否が決まると言ってもいい。私にとってはいわばこれが商品の最終テストであり、最初の消費者反応テストでもある。さあ、いよいよ私が説明する番だ。

「うわぁ、なんて綺麗な首飾りなんでしょう！」

　アリーシア様の目は机の上に釘付けだ。

「まぁ、さすがはマルニール、素晴らしい細工ね。こんな繊細な金銀を織り交ぜた細工物は見たことがありません。これは、宝石と真珠？　いえ、真珠の色ではないわね」

　ルミナーレ様もご興味を持たれたようだ。

「首飾りを支える全体の台座は金細工のアーチで作り、銀で羽を模した意匠と薔薇の意匠を施しております。左右には赤い石を、中央には青い石をバランスよく配置、それぞれの周りを飾る美しく形を整えた石は魔石でございます」

「こんなに美しく形の整った魔石があるのか？　まさか……魔石の加工だと！」

今度はドール参謀が、驚きの声を上げた。私はにっこり微笑み、ぜひ奥様につけてみていただきたいとお勧めする。

「ええ、ぜひつけてみたいわ。誰か鏡を持ってきてちょうだい」

側仕えたちが、慎重に首飾りを奥様の首元へ運ぶ。ルミナーレ様の美しいデコルテに、首飾りは完璧な華やかさで似合い、吸いつくようだった。

「お母さま、なんてお似合いなんでしょう。素敵ですわ」

「おお、素晴らしいよルミナーレ、この首飾りは君の美しさをさらに引き立ててくれているよ！」

娘と夫からの絶賛に、ルミナーレ様も嬉しそうだ。ひとしきり、首飾りとルミナーレ様の美しさを讃えて盛り上がったところで、この首飾りの仕掛けについて話すことにした。

「ルミナーレ様、中央の青い石の横の魔石を起動していただけますか。ごく弱くで結構です」

「こうかしら？」

ルミナーレ様が、首飾りに手を当て、起動したのは〝風の魔石〟。魔法力がそれに伝わった次の瞬間、サロン内に、薔薇の芳醇な甘い香りが一気に広がった。さながら、香り高い薔薇園の中にいるような優雅な香りだ。

「まあ！　なんという素晴らしい香りなのかしら。お母さまのネックレスから薔薇が咲いているようですわ」

私は、さらに説明する。

「ルミナーレ様は、魔法力も十分お持ちなので、いまは少し強めだったかも知れません。もう少しばかり抑えても、よろしいかと」

ルミナーレ様が再び〝風の魔石〟を操ると、香りは彼女を中心に漂い、彼女の動きに合わせるように香りを撒いていった。

「これはエレガントだな。素晴らしいよ。そして君にふさわしい！」

ドール参謀もべた褒めだ。

「これは最上位の高級品になりますので、右側、左側にも別の薔薇の香りを仕込んでございます。この真珠のような光沢をした色石を囲む玉は、希少な薔薇の香りを封じ込めたもので、ローズボールと名付けました。ご気分に合わせて、香りを選んでいただいたり、複数の魔石を使って三つの香りをお好みで混ぜるようにしても、また、お楽しみいただけます」

お三方は、心から感心したような顔で私の方を見ている。

「これをあなたが考えて作られたのね。なんということでしょう。本当に見事と言うしかありませんわ。私だけのものにして、誰にも教えたくないぐらいよ。ありがとう、最高の贈り物だわ」

ほのかな薔薇の香りを堪能しながら、奥様はとても幸せそうだ。美しい方には薔薇の香りが良く似合う。

「指輪はこんな使い方ができます」

私が自分の着けていた指輪を起動すると、指輪から水があふれ、少しだけティーカップへ注がれた。すると一瞬で、紅茶は香しい薔薇の香りを纏ったローズフレーバー・ティーへと変化した。

「こうすれば薔薇のお茶や薔薇水が、いつでもお楽しみいただけます。女性の美容や健康にはとても良いのですよ」

早速、アリーシア様が試して喜んでいる。

「素敵、素敵!!　ああ、なんていい香りなのかしら」

楽しげな女性ふたりの横で、少し考え込んでいたドール参謀が話を切り出した。

「メイロードに心から感謝する。ふたりをここまで喜ばせてくれた贈り物は初めてだ。それでだな……贈られた物の値段を聞くのは大変失礼だと思うが、この首飾りはいくらで買えるのだろうか」

「そうですね。これで大金貨五枚と考えております」

五千万円は材料費を試算すると、そう法外でもない。もちろん、今回持ってきたものは、最高品質の製品なのでこの値段なのだ。魔石は、私が採取してきた〝タネ石〟から作り出しているので、厳密な原価計算をすればもっと安いのだが、実際に市場で売られている価格で計算しないと、値段のバランスが不自然になってしまう。それに、ローズオイルと貝の粉末を練って、魔法で圧縮した香球であるローズボールの価値が、これまたとてつもなく高い。

「大金貨十枚」

「はっ？」

「今年の皇妃様のお誕生日に、このネックレスと指輪のセットをお贈りしたい。受けてくれるな、メイロード」

「やったじゃないか！　もっと喜べよ、メイロード!!」

帰り道の馬車の中で盛大にため息をつく私に、サイデムおじさまは不服そうだ。

「確かに、今回のローズボールを使った商品は富裕層向けに開発しましたけど、物価の高いパレスで事務所が維持できるぐらいの稼ぎでいいんですよ。王様とか……ありえない」

「王様じゃなくて、皇帝陛下な。それに贈る相手は皇妃様だ」

「王様でも皇帝陛下でも、どっちでもいいです」

まさか、皇宮に献上する品を発注されるとは思いもしなかった。ドール侯爵家から皇宮への献上品に採用されたとなれば、これ以上のステイタスはない。つつがなく納めることができれば〝パレス・フロレンシア〟の成功は間違いのないものになるだろう。

確かにマルニール工房の腕ならば、献上品としてまったく問題はない。しかし、今回献上した、あの首飾りの倍の値段の付加価値をどうやって出すか、さらにもう一捻りしなくてはならないだろう……。仕方がない、それはおいおい考えることにして、もうひとつの懸案事項をおじさまに提案しなければ。

「おじさま、実はもうひとつ商品になりそうなものがあるんですが、そちらはそれなりの生産量が見込める商品なんです。珍しいものですが、ちょっと高価な日用品ぐらいの値段で作れますので、多くの女性が使える価格で出せると思います」

それは、薔薇の香油を抽出する際、副産物としてできる薔薇水、ローズウォーターだ。とても素敵な香りがするのだが、持続性が低くつけた瞬間から香りが飛び始めてしまう。それでも、いままでまったく香りを楽しめなかった女性にはとても癒される美容グッズになるだろう。

数を売る商売にはマリス商会は不向きなので、おじさまの流通網で売ってもらおうと思う。私はこれで利益を得るつもりもあまりないので、おじさまには原価を伝えて、あとはお任せする。

「ただしひとつ条件があります。絶対に〝メイロード〟の名前は使わないでくださいね」

情報をメモっていたおじさまが〝チッ〟って言うのが聞こえた。

(やっぱり、使う気だったか)

「しかし、ただ薔薇の香りがするってだけで売れるのかね?」

さすがのおじさまも女性の美に対する感覚は理解しがたいようだ。

「おじさま、女性の美に対する執念を甘く見ないことです。このローズウォーターは化粧水としても使えますし、飲むこともできます。女性の躰のバランスを整える効果もあるといわれているんですよ。賭けてもいいですが、価格と量の調整をしっかりしないと、あっという間に在庫切れになりますよ。ただし防腐剤や保存料が入っていないので、小売の際は消費期限を厳密に設定しておいてくださいね」

そういえば、この世界のコスメはあまりバリエーションがない。おじさまの高級店にあったのも、天然紅を使った口紅や、植物や鉱石からできた白粉ぐらいだ。一般の女性は、ほぼノーメイク。

でもだからといって、興味がないわけじゃない。通りを歩く女性たちは、髪飾りに工夫したり、服に手刺繍を入れたり、みんな可愛くなるための工夫をしている。特にイスやパレスのような都会の、余裕のある生活を送る人が多い地域ではその傾向が強い。需要は目の前にあるのだ。

「パッケージのデザインは、必ず女性の意見を聞いて反映してください。売り上げが確実に変わりますから」

しきりに頷きながらメモを取り続けるおじさまは、〝女性の美への執念〟という新たな商いの鉱脈に開眼するところがあったらしく、先ほどからメモを見てはブツブツとつぶやき、この新しいビジネスのための考えを巡らし始めている。

（おじさまに新たな商売ネタをあげてしまった。躰を壊さないか心配だなぁ）

「確かこんな感じだったと思うんですが……」

私の記憶をもとに描いてみた、設計図というかデザイン画というか、そんなものをおずおずと工房の応接室の机の上に差し出した。細工加工のプロであるマルニールさんは、私の渡したその紙をジーっと睨（にら）んで考え込んでいる。

今日はマルニールさんと、皇妃様のお誕生日に侯爵家から贈られる大事な首飾りについての打ち合わせをしている。

すでに提示されている買い取り額はドール夫人に献上した品の倍の金額で、当然、前回以上のクオリティーを要求されることになってしまい、そのための追加装飾について相談に来たのだ。

今回の秘策として考えたのは、最高のカッティング技術を使い、キラッキラに仕上げた宝石を散りばめた首飾り。いわゆる〝ブリリアント・カット〟というやつを再現できないかと、マルニールさんに持ち掛けた。

私が〝オバちゃん〟だった頃、代々続く医者の家系で地元の名士だった我が家には、〝外商〟さんが常に出入りしていた。〝外商〟とは、デパートなどの小売店の得意客専門部門。うちにあった調度品や装身具は、ほぼ〝外商〟さんに頼んだり薦められたりして、祖母や母が買ったものだった。

幼い頃から私も対外的には〝お嬢様〟であったので（実際は主婦もしくは家政婦）、〝外商〟さんは私にもそれは丁寧で、宝石についてもよく教えてくれた。未来の顧客と考えてのことかもしれないが、実際に宝石を見ながら教わるのはなかなか楽しかった。

オーバル、ラウンド、マーキスといったブリリアント・カット（研磨方式）の種類やエメラルド、スクウェアといったステップ・カットぐらいの見分けはついたし、遊びでデザイン画を描いたこともあった。そのデザイン画を見せたとき、〝外商〟さんが絶賛してくれたことをよく覚えている。

彼はわが家の複雑な事情もわかっていたので、（祖母がいないときには）手放しで褒めてくれた。祖母が亡くなったあとは、あまり時間は取れなかったが、贈り物のやりとりも多い家だったので、それでも一番話す機会の多い大人だったかもしれない。

「どうですか、できそうですか？」

私の書いた図面を睨んでいたマルニールさんは、ニカッと笑って頷いた。

「この複雑なカットはアタシ以外には無理ですよ。面白い。石自体じゃなく光を使って輝かせるという斬新さは、皇妃様でもご覧になったことはないでしょう。イケますよ！　これならイケます！」

この世界のどこにもない光と香りの首飾り。マルニールさんの言う通り、これならいけるかもしれない。

「店に置く方のペンダントと首飾り、それに指輪はどうなってますか？」

「指輪はサイズがあるから見本用の三点だけ、首飾りは十点、ペンダントは二十点。来週末には納品できますよ」

（おお、さすが！　献上品に比べれば単純な細工とはいえ、緻密な作業が要求されるのに仕事が早い）

「ありがとうございます。では、その次の週には開店できるよう準備しますね」

〝パレス・フロレンシア〟の開店もいよいよ迫ってきた。

当初の予定よりもだいぶ大事になってしまったけれど、最初から大口の仕事もいただけたし、幸先がいいと思っておこう。

一方その頃、サイデム商会はある商品を売りに出した。上品な薄桃色のガラス瓶に薔薇の花の形の蓋のついた、いままでにないデザインの容器に入った薔薇の香りがする液体。

〝パレス・フロレンシア〟謹製、ローズウォーター〝淑女の夢〟五ポル。

メイロードの忠告にしたがい、店頭で実際に香りを試せるキャンペーンをしたところ、猛烈な勢いで売れ始め、初回ロットは瞬く間に店頭から消えた。

生産調整をしながら購入制限もかけて小出しにしているが、すでに予約待ちが年単位で発生する事態になっている。

当然、この成功を見て追随した商品を出そうとする商店はあとを絶たなかったが、どれもメイロードが直接作り出した原料とは品質に差がありすぎた。購入者をがっかりさせる結果にしかならず、どこも新商品を出しては撤退を繰り返している。女性の目は思った以上にシビアで、しかも美容に関しては品質重視だ。

後発の商品のできの悪さは〝パレス・フロレンシア〟のローズウォーターのブランドイメージを高める結果になり〝淑女の夢〟はますます売れていった。パレスの女性の憧れの逸品となった〝淑女の夢〟、そしてその製造元〝パレス・フロレンシア〟の名は、女性たちの心に深く刻まれる。そしてその店が手がける宝飾品店オープンの噂も、池に落ちた一滴の水の波紋のようにじわじわと、帝都中に広がっていったのだった。

「メイロードさま、あと一回収穫できれば目標達成です」

セーヤが教えてくれる。

「了解！」

私は本日十二回目の薔薇の収穫作業を行っている。

魔法力的には全然問題はないが、広大な薔薇園を作っては刈り取り、作ってはまた刈り取り、と同じ作業を繰り返しているとだんだん飽きてくる。今回は三日かけて、半年分の在庫を確保した。これで当面のローズウォーター不足は解消できるはずだ。

ローズウォーターが好評なのは嬉しいが、どうして毎度、こうなってしまうのか。

メイロード・ソースのときの二の舞で、私の立場は工場の付属品から畑の付属品に変わっただけになっている。特に、今回計算外だったのは、マヨネーズ工場のようにすんなり普通の生産方法へ移行するわけにはいかなかったという点だ。

思った以上に薔薇の大量生産のハードルが高く、要求される量をコンスタントに提供できる規模に薔薇農家が増えるまで、しばらくは私が生産を支えなければならない。

（《緑の手》のせいで、薔薇作り舐めてたわ）

ソースと同じく消耗品なので、継続した需要が見込めるのはいい点なのだが、計画的に生産調整をしないとすぐ需給バランスが崩れる。前回の轍は踏みたくないので、今回は初回ロットを売り切ったところで、生産計画を見直し、発売直後の予約一年待ち状態をそうそうに解消した。

いまは〝やや不足気味〟程度で商品が推移することを目標に、在庫維持できるよう働いている。

あの特徴的で美しい容器についても、すでに高い技能と量産技術のあるシラン村のガラス工房群が請け負ってくれているので安心だ。中身の品質管理も食品製造で培った技術が役立っている。

これらの独自技術を応用できるメリットが大きかったため、結局、ローズウォーターの製造に関してはシラン村が請け負うことになった。今回は、サイデム商会からの依頼で製造をシラン村協同組合が担う、という契約だ。

そして、おじさまと村長がどうしても譲らず、ローズウォーターの純益の五割は私に入ることになった。メイロード・ソースのような数ではないが、単価が高いのでなかなかの利益だ。

サイデム商会は、香料及びコスメ分野を新たな商売として大々的に行う計画を推進し、女性用商品部門を新設、薔薇（ばら）農家の支援にも力を入れている。

おかげで薔薇（ばら）を栽培する農家は急速に増えているし、私の進言でイスに研究施設も立ち上げる予定。この施設にはとても期待しているので、ローズウォーターで得た資金を投資させてもらった。私は研究が進めば薔薇(ばら)の生産方法はすぐに改善されていくだろうと楽観している。

こうしてローズウォーター〝淑女の夢〟が話題になる一方で、〝パレス・フロレンシア〟は、なんの宣伝もすることなくひっそりとオープンした。

それでも、ショーウインドウに飾られたマルニール工房渾身(こんしん)の宝石と薔薇(ばら)の首飾りの美しさはインパクトがあったらしく、見に訪れてウットリしている女性は一日中絶えることがなかった。軒下の見えない位置に〝風の魔石〟とローズボールを配置して、一日中微かに薔薇(ばら)の香りが漂う演出をしたのも、話題になっているようだ。

でも店の中に入る人はほとんどいない。最低でも金貨を必要とする商品となると、ドアを開けられる人はごく限られるのだろう。

ちなみに、パレスの高級店のショーウインドウはどこもゴリゴリの結界魔法で守られ、警備員もいるのが当たり前なので、リスクが高すぎて盗もうとする者はまずいない。もちろん〝パレス・フロレンシア〟のショーウインドウにも私が《聖魔法》でガッチリ結界を作ってある。破ろうとすると雷(いかづち)が直撃する仕様なので、どうか気をつけていただきたい。

この店は、月に二、三アイテム売れてくれれば十分成立するし、大量に販売するような商品ではないので、来客のベルが鳴るまでは、料理したり、教科書の執筆や魔法の訓練をしながらのんびり過ごせる。

まだ開店間もないが、ありがたいことに、〝パレス・フロレンシア〟で一度接客し、商品を手に取り、実際にその効果のほどを試した方々は、ほぼ全員ご購入いただいている。そして、リピーターが多い。ほかでは絶対手に入らない品物なので、一度試してしまうと、香りのしない宝飾品に戻れなくなるらしい。

しかも、マルニールさんの努力で、カッティング技術も凄まじい勢いで洗練されてきている。香りに頼らずとも美しさだけでも、並ぶもののない一級品だと私も自負している。

そして三か月後。皇妃様への献上品をドール侯爵家に納めた数日後のことだった。〝パレス・フロレンシア〟に、皇妃様直筆のお褒めの言葉が書かれたお手紙と、〝皇宮御用達〟を表す二匹の竜と二本の剣が彫り込まれたエンブレム、そして新年の行事のための新しい首飾りの注文書が届けられた。私の小さな宝飾店は、シド帝国皇宮から認められた〝帝国皇宮御用達〟の高級宝飾店となったのだった。

今朝、それはそれは可愛らしい招待状が〝パレス・フロレンシア〟に届けられた。差出人はアリーシア・ドール。ドール侯爵家のご令嬢にして、私の最重要顧客ダイル・ドール参謀のお嬢様だ。

「このご招待は断れない……気がする」

それはこの姫君の九歳の誕生日パーティーへの正式なご招待。しかもご両親からアリーシア様への特注のプレゼントもこの店、〝パレス・フロレンシア〟で請け負ってしまっている。

「行くしかない……よね」

私は大きくため息をつく。避けられないのはわかっていても、貴族との付き合いは緊張の連続なので、できるだけ回避したいのだ。しかも、皇族に近しい大貴族中の大貴族が開く大パーティー。招待客が多いため立式なのが救いだが、マナー以前に、まずドレスコードがわからない。

（絶対、こまごまと複雑なしきたりやら制限があるはず、うーん、困った）

そうして唸っていてもラチがあかないので、私と同じく招待されているはずのおじさまのところへ相談に行く。やはりおじさまのところにも、ピンクに染められた封筒に薔薇が象られた封蝋の招待状が届いていた。

「そういうことなら、賓客対応担当のセイツェに聞かないとな」

ラベル・セイツェさんは、シド帝国のとある公爵家に長く勤め、執事頭として家令を任されていた方だ。その知識を買われ、退職後サイデム商会パレス支店で高貴なお客様への対応に当たるアドバイザーをされている。

おじさまに呼ばれて部屋に現れたセイツェさんは、綺麗な白髪をきちんと整えた、スラリとされたとても姿勢の良い方で、思わずこちらが居住まいを正してしまうような上品な物腰だった。

「セイツェ、噂はもう聞いているだろうが、これがメイロード・マリス。〝パレス・フロレンシア〟の経営者だ」

「ラベル・セイツェでございます。メイロード・マリス様の御高名はかねがね承っておりました。この度は、ドール侯爵令嬢アリーシア様のお誕生日祝いの宴のご招待を受けられたとお聞きしております。その対応でございますね」

セイツェさんの言動には、こちらの心が落ち着くような優雅さがあるが、でもキビキビとして無駄がない。

「貴族の、しかも侯爵家の行事に伺うのに不備があっては、後々の仕事にも差し支えます。私のすべきことを教えていただけますか」

私の切実な問いかけに、彼は微笑んで頷くと、丁寧に対応方法を教えてくれた。

セイツェさんによると、まずすべきなのは、当日の趣向と主役であるアリーシア様の衣装についての情報を、侯爵家の使用人に確認すること。

その際、当日飾ってもらうための花を一緒に持っていかなければならない。これはセンスが問われるので、非常に重要とのこと。

次に、絶対してはならないことがある。主役のアリーシア様と同系色の衣装を着ることだ。これは似合う似合わないということとはまったく別問題だそうで、基本的に招待客はその日の主役であるアリーシア様より目立ってはいけない、というのが暗黙の了解なのだ。

また、当日のテーマや趣向がはっきりしている場合、それに合った装いであることも要求される。

開催日の一日前には、当日のデザートとして〝菓子〟をお届けすることも、必ずしなければいけないことだそうだ。

「皆が同じような菓子を同じ店に発注する傾向があるため、最近では〝御菓子代〟という名目で金貨をお届けし、主催者に菓子の選択をお任せしてしまう方も多くなってございますが、本来は目新しい菓子をお贈りして、ご成長された一年とこれからの一年へのお慶びを申し上げるためのものでございます」

「そのお祝いの菓子に規定はありますか？」

「そうでございますね……甘いものという以外に特に決まりごとはございませんが、やはり祝いの品でございますので、華やかで皆様にお楽しみいただける趣向がよろしいかと思います。品物はアイテム・ボックスへ保存されますので、生ものでも問題はございません」

なるほど、そういうことならば張り切ってデザートを作ってみよう。パレスでなら乳製品を使ったものでも、不自然でなく受け入れられそうだから、アレを作ろうかな。

ウキウキとお菓子の作り方を考える私に、視線が当たる。

「……ここまではよろしいのですが、ひとつ、大きな問題があるかもしれません」

セイツェさんが、とても困ったような顔で私を見ている。

おじさまも思い当たったのか、頭を掻いて苦笑いをしている。

「なにが問題なんですか？　直せることならなんとかしますが？」

私の言葉に、ため息をついたセイツェさんは意を決したように話し始めた。

「問題と申しますのは、直すことが難しい事柄なのです。率直に申し上げます。問題なのは、あなた様がお美しすぎることなのでございます」

引き続いておじさま。

「しかも、今回の主役はお前と同年輩のお嬢様だ。お前の方が目立っちゃ絶対まずいんだよ。だが、お前は絶対目立つ！　アーサーとライラの美男美女夫婦の娘だからな。まだ子供だし、自覚は薄いだろうが、正直アリーシア姫よりずっと姫っぽいんだよ」

「しかもその御髪(おぐし)でございますからねぇ……」

私の長い緑の髪を見て、セイツェさんがさらにため息をつく。

（そんなこと言われても、じゃ、どうすればいいの？）


私の髪は、セーヤの努力と執念によって、細くてとても長いにもかかわらず、一本の枝毛もなくうねりもない、ツヤツヤのストレートだ。

さらに、セーヤが扱う異世界のヘアケア商品も充実している。超高級タオル、オイルにパックに、あとなんだっけ？　そういえば、魔石ドライヤーも、いまでは欠かせないアイテムになっている。

とにかく、髪フェチ……もとい凄腕(すごうで)専属ヘアスタイリストによる日々のお手入れの結晶だ。

その上、この深い緑の髪は、稀(まれ)にしか現れない高貴な色として有名なんだそうだ。高名な魔術師に多い髪色なので、〝魔術宿る髪〟とか〝魔法宿る髪〟ともいわれている。それはそれは人々の関心を呼びやすい髪色。

（まぁ、否定する要素もない、その通りではあるんだけど……）

「目立つよなぁ」

「目立ちますね」

おじさまとセイツェさんが、ため息交じりでつぶやいている。

引き続き、ドール家の誕生日パーティー対策を話し合っているわけだが、どうやら私の存在そのものが問題というところに話が行き着いてしまい、その対策を考えなければいけなくなったようだ。

「これは、よくある悩みではあるのですよ。特に身分の低い貴族のご家庭にお生まれになった美しいお嬢様方は苦労されます。大貴族の不興を買うことは、お家の大事になることもございます、禁忌ともいえる事柄でございますから。とはいえ、メイロードさまは、すでにドール侯爵家の皆様とお目通りしておられますし、ドール家がそこまで狭量なことはされないとは思いますが……。それでも今回の場合、アリーシア様より目立つことはよろしくないと思われます」

会議の結果、経験豊富なセイツェさんに、〝メイロード、ジミ地味大作戦〟のプロデュースをお願いすることになった。まず当日着るドレスは、色やデザインを地味にするのではなく、人々の中に〝埋没〟させた方が目立たないということになった。

そこで、当日参加予定の家々の関係者から聞き込みを行い、一番多いデザインと色を参考に、目立たず埋没するよう調整されたドレスが用意された。

アリーシア様のドレスが白とピンクだとわかっているので、赤系は避けられ、一番多かった青系ドレスを選択。アリーシア様はフリルたっぷりの甘々デザインだと予想されるため、ほかの出席予定の方々は、フリルの少ないデザインが大多数だった。私のドレスもそれに準じて青系でフリルなしのシンプルドレス。私は、この方がむしろ好みなのでまったく問題ない。

遠目でも目立ってしまう髪はひっつめてお団子にし、地味な色合いの大きめのヘッドドレスで、不自然でない程度に顔も半分隠す。何度か衣装合わせをして、試行錯誤しながら〝地味度〟を上げげつつ、私は並行してセイツェさんに教えてもらった事前準備に勤しむ。

まず取り掛かったのは、最初に届けなければいけない花について。お祝いにお贈りする花は花瓶ごとお渡しし、奥様とお嬢様が当日の配置を指示されるのだそうだ。どこに配置されるかで贈り主との関係性が推測されるため、少しでも目をかけてもらいたい人々は花選びにも手を抜けず、それは豪華なものが大量に贈られるそうだ。

別に花瓶に名前が入っているわけではないのだが、貴族は紋章、それ以外も屋号などを表す印の入った花瓶が多いので、事情に明るい者たちにはおおよそ誰が贈ったものかわかるらしく、しかもそういうことをチェックするのがお好きな方が多くいるのが貴族社会だそうだ。

（階級社会の序列とか、ああ、面倒！　私は市井のちっちゃな商店主なんでそんなことはどうでもいいけど）

ともあれ、せっかくのお誕生日なのだから、楽しんでいただきたい。

私はアリーシア様の乙女な嗜好を考えて、花瓶にも工夫をさせてもらった。花は、香りのいい薔薇を探して実験栽培したときの資料から、形と色の美しさを基準に選び、お誕生日らしく華やかに美しく活けた。私が見つけた帝都でも売っていない色をした薔薇も織り交ぜたので、かなり目立つと思う。

（私が目立つわけにはいかないけど、花には目立ってもらいましょう）

花瓶はベースをマルニール工房に持ち込んで、そこに薔薇（ばら）の花のレリーフとローズボール、そして小さな〝風の魔石〟をあしらってもらった。美しさは花で楽しみ、香りは花瓶から漂わせるという趣向だ。

次は、前日までに搬入するスイーツ。試作を重ね、ソーヤの太鼓判ももらったところで搬入した。数が多いのでなかなか大変ではあったけれど、一度は作ってみたかったので、楽しい作業だった。ドール家から依頼されていた誕生日プレゼント用の品も、私からの贈り物も準備できた。セーヤは完全に髪を隠すアレンジに文句タラタラだが、それでも綺麗にセットしてくれた。

準備完了だ。さぁ、パーティーへ出かけよう。

侯爵家の門に近づくと、見たこともない数の馬車がひしめいていた。どれもこれも素晴らしい装飾がなされたきらびやかな一流品。六頭立てや八頭立てが当たり前で、しかも毛並みの揃った名馬ばかりだ。

「うわー、壮観ですね」

馬車の中から私は思わず声を上げる。横にいる着心地悪そうに正装に身を包んだおじさまは、うんざり顔だ。

「地位の高い家が優先だからな。この調子だと、俺たちも門前でしばらく足止めだ。毎度のこととはいえ、時間の無駄だよな。俺は動き出すまで寝るから起こすなよ」

ただ待つほか、なにもできることはないので、おじさまは仮眠することに決めたようだ。すでに寝息を立てている。

（どこでも一瞬で寝られるって、うらやましい体質だわ）

私は初めての体験で、すべてがもの珍しく、馬車の窓から外の様子をずっと観察していた。確かにあとから来た立派な紋章付きの馬車が、先にいた馬車を押しのけどんどん先に進んでいく。

（あれが貴族の馬車なんだな）

しばらくそんな状態が続いたあと、エントランス周辺のすべての馬車が位置を移動し、大きく道を開け始めた。そこを護衛の馬車を先頭に、ひときわ大きな馬車がゆっくりと通過していく。紋章にはこの国の国旗と同じマーク。

（皇族だ）

乗っている人物はわからないが、皇族も列席することは間違いない。私はヘッドドレスを目深に整え、地味行動を徹底することを改めて確認した。

皇族の通過を最後に貴族の入場は終わったのか、やっと少しずつ馬車の列が動き始めた。そこからさらに一時間半ほどして、やっと私とおじさまはパーティーの行われる建物の入り口へたどり着いた。馬車を降りると、エントランスでコートを預け、招待客のチェックを行う執事による名前の確認を終える。すでにやれやれという気分だったが、これで会場に入ることができた。

そこに待っていたのは想像を超えた空間だった。おじさまのパーティー仕様の家も笑ってしまうほどの豪華さだと思ったが、華やかな音楽が流れるそこは、まったくの別世界。天井は高すぎて見上げようとすると首が痛いほどで、壁の金装飾のひとつひとつは職人の手仕事で隙間なくびっしりと施されていた。

そこかしこに、壊したら一生かかっても弁償できなそうな国宝級と思しき調度品が飾られ、ご先祖や家族の肖像が、豪華な額に入れられて並んでいる。

下からは見にくいが、中二階に楽団のためのスペースがあるようだ。左右から心地よく優雅な弦楽器を中心にした演奏が絶えず流されている会場には、きらびやかな衣装に身を包んだ人々がひしめいていた。

会場の部屋は大きく四ブロックに分けられており、中央には主催のドール家をはじめとする大貴族のためのソファー席が設えられ、周囲には贈られた大量の花々が所狭しと飾られている。その左右と背後に三つのブロックがあり、左は中級貴族、右は下級貴族、そして背後が私たちのいる平民のための場所だ。

どの場所にも十分な飲み物と軽食が配置され、見たところ食べ物や飲み物に差はない。純粋に階級によって場所を分けるのが慣例ということのようだ。この世界では常識であり、特に差別的なことをしている気もなさそうだ。

私のいた世界の常識に照らせば露骨に差別的なのだが、確かに気が楽だし、私の〝ジミ地味大作戦〟にも都合がいいので問題ない。どのブロックでも優雅な音楽が聞こえてくる中、みんな談笑しながら開始を待っている。

「これはこれは、皇族の皆様方も使われるマグレム工房のご衣装ですか。いやいや、ご立派だ。馬子にも衣装ですな」

私たちの前に現れたのは、エスライ・タガローサ。

「これはこれは、タガローサ子爵様。ここは平民のための会場でございます。尊い御身にはふさわしくない場所でございましょう」

嫌味は華麗にスルーし、まったく動じることなくにこやかに対応するおじさま。さすがだ。

「イスの幹事様のために挨拶に来たまでだよ。君がこちらには来られんからな。では失礼」

わかりやすく見下した感じで笑うと、タガローサは去っていった。この世界の常識として、こういった会場では直接呼ばれない限り、地位の低い者は上位者の会場へは入れない。逆に、爵位を持つタガローサは、庶民のスペースに来ることができるのだ。

（お前と俺は身分が違うんだよ、とわざわざ言いに来たわけね。躰はでっぷり大きいくせに、器がちっさいなー）

私がおじさまを見上げると、おじさまも――

（だろ？）

という顔で私を見て笑った。タガローサが商売でおじさまに勝つことは永遠にない、と確信できるいい笑顔だった。

そこからさらに三十分ほど待つと、ドール家現当主にして、帝国軍の右将軍エルム・ドール侯爵から、この宴の招待に応じてくれた諸氏への感謝を述べる挨拶と乾杯の発声があった。それに合わせて音楽がひときわ大きくなると、やっと誕生日パーティーの開始だ。

優雅な音楽が流れるメインフロアでは、偉い方々からお祝いの言葉が語られたあと、誕生日プレゼントの披露が始まった。基本的には贈られた品物を紹介して、アリーシア様が、

「素敵な贈り物をありがとう」

と言う。この作業が延々と続くのだ。私は貴族も大変だと思いつつ、一味足りないポテトコロッケ風の軽食をつまみながら、初めてのパーティーを興味津々で見ていた。ドール参謀夫妻から愛娘へのプレゼント披露は最後なので、私の出番も最後になる。私からのプレゼントもそのときおまけとして渡す予定だ。それまでは食べる壁の華になって、楽しませてもらうことにしよう。

プレゼントとして定番らしいのは、ドレスのための生地、アクセサリー、地元の領地の名産品。多少リサーチしている方は、アリーシア様ご贔屓（ひいき）の〝白薔薇（ばら）の庭〟の商品を贈っている。

パーティーの行われている裏のスペースで、私がのんびり様子を聞きながら軽食の味チェックを続けていると急に歓声が上がった。プレゼントがそんなに驚くようなものだったのだろうか。

（贈り物され慣れている人たちを驚かせるとは、なかなかだね）

他人事ながら感心しているといきなり背中を叩かれ、思いっきりむせてしまった。

「アリーシア様がお呼びだ！　すぐ行くぞ‼」

「さ、サイデムおじさま。わ、私の出番はずっとあとじゃ……」

「いいから、決して走らずゆっくり急げ!!」

「え、ええ、あ、はい」

なんだかわからないが、お呼びらしいので急いで移動する。

華やかなメイン会場の一段上がった場所には、ドール侯爵ご一家が勢揃いされている。皇族の方がすでに帰られていたことだけは救いだが、壇上の人々もそれに次ぐ高貴な立場の方ばかりだ。ひな壇の下で礼をとると上がってくるよう促された。

(ええ! せっかく〝ジミ地味大作戦〟決行中なのに……でも行くしかないのか)

一応恐れ多いと辞退はしてみたが、さらに壇上に来るよう主役のアリーシア様に声をかけられてしまった。こうなると直接のお呼びをそれ以上断る手段はない。渋々上がっていくと、ものすごく楽しそうなアリーシア様がいたずらっ子のような顔で迎えてくれた。ふと目をやると、私の贈った薔薇の花瓶が、もっとも目立つアリーシア様のすぐ側に飾られている。

アリーシア様の説明によると、今回も〝白薔薇の庭〟の素敵な薔薇グッズをたくさんプレゼントされた。その並べられた豪華な薔薇グッズをご覧になったお友達の姫君たちが、

「これだけ薔薇の装飾に囲まれると薔薇の香りがするようですわね」

と言ったのに、いたずら心を出したアリーシア様が、花瓶に仕込んだ〝風の魔石〟を強めに起動し、一気に会場中に薔薇の香りを放ったのだ。

「では、素晴らしい贈り物に、素晴らしい薔薇の香りを纏わせて差し上げましょう」

ローズオイルを使った香球から放たれた濃厚な薔薇の香りは、この世界ではまだほとんど知る者のない夢のような芳しさだったようで、先ほどのどよめきはこのせいだったらしい。いまもアリーシア様は得意満面でほかのお嬢様方からの賞賛を受けている。

（自分だけが知っている素敵なこと。そりゃ自慢したくなるよね）

私が微笑ましく見ていると、アリーシア様が自分の隣に座るようにと私に席を勧めてこられた。もちろん全力で恐れ多いとお断りするが、ドール参謀とルミナーレ様からも促され……退路は絶たれた。諦めて、仕方なく席に着く。

（ああ、目立ってる。めちゃくちゃ目立ってるよぉ〜）

突然現れて侯爵家の方々に家族のように親しげにされている〝謎の少女〟。

（まずい、まずい、絶対まずい）

そんな私の心とは関係なく、噂話は静かに、でも確実に広がっていく。

「やっぱりこうなったか」

最初から、ある程度覚悟は決めていたらしいおじさまが唸る。

「あれはそういう定めにある者だの」

隣にはなぜかグッケンス博士。

「大丈夫なんですか。こんなところに現れて」

「わしを誰だと思っておる。心配いらんよ。それより、メイロードを心配しろ。あれは人を喜ばせるのが好きすぎて、無自覚にサービス精神過剰なのだ。やれやれ、ますます目立っていくぞ、この調子だと」

私は上流貴族のお嬢様からの質問攻めにあいながら、

(どうすればいいの～、タースーケーテー)

と思いつつも笑顔で対応し続けていた。


「さすがはドール家、アリーシア様ですわ。花瓶にまでなんという優雅なお心遣いでございましょう」

「ええ、薔薇の香りがこんなにも濃厚で華やかなものでございましたとは！　これはどういう仕組みなのでございましょうか。想像もつきませんわ」

アリーシア様は、みんなの賞賛に心底嬉しそうに頷いている。

「百万本の薔薇を刈り取っても、ほんの少ししか取れない希少な香りを取り出して使っているのですわ」

「まぁ、百万本！」

（お嬢様方、ナイスリアクション）

淡々とプレゼントをもらうための儀式をしていたアリーシア様も上機嫌になり、残りの分をつつがなく受け取っていった。私はどうしても抜け出せず、アリーシア様の隣で伏し目がちに曖昧な笑みを浮かべているしかない。

そしてプレゼント披露の最後に、ダイル・ドール様ご夫妻より、アリーシア様への贈り物が公開された。

「メイロード、説明を」

ドール参謀に促され、私は説明を始めた。

「めでたく九歳を迎えられましたアリーシア様が、美と知性にますます磨きをかけられますよう、楽しく読み書きができる美しい机を、とのご依頼をお受けいたしました」

大きな箱から取り出されたのはライティングデスク。左右に金と銀の薔薇のレリーフが上品に施され、机についた文箱の取っ手まで蔦が絡まった薔薇のデザイン。デスクの上部には、左右から薔薇の木が絡みついたイメージのモチーフに支えられ、金のシェードが取り付けられた横長の試験管のようなガラス細工の筒があり、その中には白くキラキラと光るガラス状の粒が入っている。

それに私が軽く触れると、中の粒は徐々に光を帯び、机の上を明るく照らし始めた。

周りからはどよめきが起こる。

「なんて綺麗なのかしら。こんな真っ白な明るい光は見たことがないわ」

机の前に座り、意匠をひとつひとつ愛でながら、ウットリとするアリーシア様。

「アリーシア様のお勉強が捗(はかど)ればなによりでございます。私からの贈り物は文箱の中に……」

文箱の中に入れておいたのは、日記帳。すべての紙をピンクに染め、薔薇(ばら)を随所に散りばめて印刷、ローズオイルも染み込ませてある。表紙にはアリーシア様の横顔のレリーフを薔薇(ばら)モチーフで囲み、可愛らしい鍵も掛かるように作った。鍵のついた素敵な日記帳って、妙に乙女心を揺さぶるよね。別にそんな大層な秘密はなくてもね。

〝ザ・乙女〟のアリーシア様にはどストライクだったらしく、なんだか涙目になっている。

「お父さま、お母さま、ありがとうございます。私、この机にふさわしい女性にならなくてはなりませんね。ありがとうメイロード、私、今日から日記を書くわね。この素敵な日記帳に負けない内容を書けるようになりますわ」

会場の方々からは拍手が起こり、周りにお座りのお嬢様方まで感激の涙を流されてい

る。ドール家の方々も、ものすごく嬉しそうにこちらを見ていた。

すべての招待客の目が壇上に向けられ、しかもその多くが私に注目していることが、さすがに私にもわかった。

（こちらを……まずい‼）

（目立ってるよ、もう全員から見られてるよ！　せっかくの〝ジミ地味大作戦〟がぁ……）

私が引きつりながらパニックになっていると、グッケンス博士が、一計を案じてくれた。

いつの間にか、お得意のステルス状態で私の横に立っていた博士が計画を伝えてくれる。

「このままだと壇上を降りた瞬間から取り囲まれるぞ。大量の薔薇の陰に入ったところで、わしが《迷彩魔法》をかけてお前の姿を完全に消すから、そのままどこか目立たない部屋のドアを使って家に戻れ。お前の妖精にも仕事があるぞ」

私は頷くと、丁寧にドール家の皆様にご挨拶をして、しずしずと薔薇の陰に入った。

「あれ、あの少女はどこに行った」

「なんでも、緊張しすぎて気分が悪くなったそうだよ」

そんな声が会場でいくつか聞こえ、さもありなんと納得した人々は、すぐ興味を失ってパーティーは進行していった。

〔セーヤ、ソーヤ、ありがとう〕
〔簡単なことでございます〕
〔私の声色もなかなかでございましょう〕
〔博士の作戦通りね。じゃ、帰りましょうか〕
〔すぐお側に参ります〕
〔ここのお料理、大しておいしくなかったですね〕
〔ふふ、私も食べた気がしないわ。帰ったらなにか作りましょう〕
私たちが会場を去ったあと、デザートのお披露目があり、アリーシア様のドレスをイメージしてピンクと白でフワフワに飴がけをしたクロカンブッシュが登場した。
大量の小さなシュークリームを積み上げたその可愛さと、シュークリームの皮の食感、それに中のクリームの滑らかさは人々を驚愕させ、パーティーの話題をさらったようだ。アリーシア様にも、最高のデザートと絶賛され、後に礼状までいただいた。
そしてパーティーの次の日から、ぜひクロカンブッシュの作り方を知りたいと、多くの貴族や会場にいた人たちから〝パレス・フロレンシア〟に招待状が届くようになった。
おじさまに相談すると、
「金になりそうなものはタダで教えるな」

というありがたいご託宣(たくせん)をいただいたので、〝秘伝〟と理由をつけて全部断ることにした。

もちろんタガローサ幹事からのご招待も。

「お前の作った机のあの明かり、あれは増産できるものか？」

（そうきましたか、おじさま）

蝋燭とランプの世界って、現代の光とは比較にならないぐらい暗い。慣れかもしれないけれど、読んだり書いたりするには、私にはちょっと辛いのだ。それで、明るい照明ができないか研究してみたところ、アレになったわけだ。

私のオリジナル魔石家電〝魔石ライト〟は、魅力的な商品だと思う。仕事人間(ワーカホリック)のおじさまは、深夜でも手元の小さな明かりだけで仕事をしているし、目に悪そうだと常々思ってはいた。アレは役に立つだろう。

「そういえば、おじさまって魔法力あるんですか？」

「いきなりだな。ああ、そこそこあるぞ。嫁に行くのに有利な程度だがな」

（確か魔法力が三桁あると、嫁入り先には困らないんだよね。百以上あるなら問題ないかな）

魔法力量の確認ができたので、私はあのガラスのような粉の入った、筒状ライトの仕組みを説明した。

「〝雷の魔石〟の微細粉末？」

「そうです。それを起動します。微細粉末でもかなりの量ですから、それなりに魔法力を消費しますので誰にでもはお勧めできませんけど。もともと魔法力の多い貴族や、おじさまのように魔法力量のある方以外には危険で使えませんね。起動には十五から二十ぐらいは必要ですから……」

説明では濁したが、本当は〝タネ石〟を砕いて細かい粉末状にしてから、私が魔石化した。〝雷の魔石〟も微細な粉末になると、帯電するほどのエネルギーはなくなり、発光するだけになることを利用したものだ。その辺は、秘密なのでおじさまには言えない。魔石化のために五百ぐらいは魔法力を使っている、ってことも言えない。

いろいろな意味で大量生産は無理な商品だ。でも、微細粉末化によって、魔石に違う使い方ができることを発見できたのは、とても有意義だった。ほかの魔石粉末についても、これから実験をしていこう。

「そういうわけで、お仕事にするのは無理ですが、おじさまにはプレゼントしますね」

（でもますます仕事量が増えるのではないかと、ちょっと心配だけど……）

「それから、私、そろそろ村に戻ります」

「え、店はどうするんだ」

「そこは、いろいろツテがあるので大丈夫です」

「ツテねぇ」

それで思い出したらしいおじさま。

「そういえばグッケンス博士がパレスに来てるぞ」

（パーティーのときも助けてもらったっけ。神出鬼没だなぁ、博士）

「なにか用事があるらしいですよ」

「出版絡みかもしれん。一度、会っておかないといかんな」

私から博士に連絡して、近いうちに食事をしながら話し合いをすることになった。私の悪目立ち問題とか、牧場の進捗状況など、確かに気になっていたのでちょうどいい機会だ。

おじさまがイスに戻るタイミングで食事会をすることを約束して、私は陸路でシラン村まで帰る、ということにする。実際は、ドアを開ければ村に着くが、それも秘密だ。《無限回廊の扉》については、おじさまに言うかどうかずーっと迷っていて、まだ結論が出ない。

一度訪れた場所に入り口を作りさえすれば、いつでも行き来ができる某有名アニメの道具のようなこのスキル。

言ってしまいたい衝動に駆られることもあるのだが、これをおじさまに使わせるには、おじさまは有名人すぎるし、忙しすぎるのだ。

だから当然の帰結として、おじさまは知ればコレを使わずにはいられない、それもわかっている。そしてもし、おじさまがじゃんじゃん《回廊》での移動を始めたら、私が《回廊》持ちであると露見してしまう可能性が極めて高くなる。やはり、おじさまには秘密にするしかない。

では《無限回廊の扉》以外の移動手段がないかと〝魔術師の心得〟も熟読したが《リープ》とか《ゲート》といった魔法は運用に厳しい制限があるらしく、独学で習得する強者（ツワモノ）を除き、使用できないし学校でも教えない。

どうやら博士は使えるらしいが、魔法力をごっそり削られる上に、迂闊（うかつ）に使うと軍が魔法を使って常時張っている結界魔法を応用した《網（ネスト）》と呼ばれる警備網に捕らえられる可能性がある。

なので、〝仮に〟これらの魔法を習得したとしても、パレス周辺や軍事施設近辺では、絶対に使わないように言われているのだ。こういった魔法は窃盗や諜報（ちょうほう）活動、さらには暗殺に使われる可能性が高いため、とても警戒されている禁止魔法というわけだ。

（そうなると、やっぱり〝飛行船〟に行き着くんだよね）

すでにダメ出しを受けている飛行船だが、なんとか抜け道がないか、私の〝作ってみたいものノート〟にとりあえず載せておくことにしよう。

第三章　冒険者ギルドの聖人候補

「なんだか人が随分と多くない？」

久しぶりにシラン村の家の窓から外を見ると、人も荷車も馬車も確実に以前より増えている。辺境の田舎であるシラン村に〝仕事がある〟ことを聞きつけた近隣の村や集落からの入植者が、徐々に人口を押し上げているのはわかっていた。

最近ではローズウォーター用ガラス瓶製造の特需で、ガラス関係の職人の流入も激しいと聞いている。正確な人口は村役場で聞けばわかるだろうが（うちの店の売り上げの推移を見ても）、実感として人口の急増は明らかだ。シラン村からシラン町になりつつある……これは私のわがままに村人を付き合わせてしまったせいでもある。辺境の村の急な発展は、村人や周囲にどんな影響を与えてしまうのだろうか。

（ちゃんと見守っていかなきゃね）

私はパレス土産の飴がけ木の実を持って、久しぶりにみんなに会いに行くことにした。まずは、増築されて以前よりずっと立派になった村役場だ。

一階の申請窓口周辺には、移住申請に来た人たちが列を作っていた。

この村では、以前セーヤとソーヤが確認した情報をもとに〝マイナンバー〟に近いものを始めている。シラン村の村民は、すべての人が村発行の身分証を持つようになったのだ。これがないと村で仕事をする際の手続きが面倒になるし、村営の風呂の割引も受けられず、子供を学校にも通わせられない。

さらに、私の雑貨店とハルリリさんの薬屋も村民割引に参加することになった。ほかの店や工房も参加する方向で調整中だ。工房側への優遇措置も考えてあるので、どちらにとっても損はない。近いうちに、おそらくすべての店が参加することになるだろう。

〝村人であること〟がこれだけ有益だと、未申請のまま住もうとする人はおらず、この制度はうまく機能している。店も人も増え、いろいろと変化がありそうなので、来年は村内の状況に関する〝国勢調査〟のようなものをすることも、村長に提案しているところだ。

さて、村役場の二階にはメイロード・ソースの事務所がある。来る度に人員が増えているところを見ると、相変わらず商売は拡大中のようだ。これ以上急速に商いは大きくしない予定だが、じわじわと売り上げは増え続けており、増収増益右肩上がりが続いている。こうなると、製造はともかく販路の調整や財務管理など、手に負えないほど複雑になってくる。

だが、村にはそういうことに明るい人材が少ない。そこで、サイデム商会に純益の八パーセントを払い、業務提携及びアドバイザー契約を結んだ。

おじさまにまた〝コンサルタント〟という儲け口を教えてしまったが、まあいい。おかげで、タルクさんの負担が随分軽くなったし、資金の管理や運用など村では難しいことを効率的にできるようにもなってきた。

「メイちゃん、久しぶりだね」

村長室のタルクさんは、いつもの大きな声で迎えてくれた。

「ええ、ちょっと帝都まで出かけていたので。これ、お土産です。木の実の飴がけなんですが、なかなかおいしいですよ」

「メイちゃんがおいしいと言うなら間違いないね。ありがたくいただくよ」

「村の運営は、順調ですか？」

私の問いに、タルクさんはちょっと考えて答えた。

「いくつか困ったことがあってね」

村営事業でのタルクさんの負担が軽くなった一方で、人口が増えたことによるトラブルは増加していた。ほとんどは近隣トラブルがこじれた程度のものだが、この村の公式裁定者が村長なので、増え続ける案件に対応ができていないというのだ。

荒事であればカラックさんたち自警団が対応できるが、家の境界線の引き直しとか、買った商品が説明と違ったとか、旦那が家のお金を女に貢いだ、とかそういうことには対応できない。

「そういえば、この国の法律ってどうなっているんですか」

気にしたこともなかったが、この国ではどうやってトラブルを解決するんだろう。

「そんなご大層なものはないよ、村のことはその村の長老の裁量だ」

〝帝国法〟というものはあるらしい。だが、軍隊の規律のためのもので、一般市民に適用されるものとは違う。

ただ、凶悪殺人、大規模な窃盗、貨幣偽造といった国家を揺るがしかねない犯罪については、〝帝国法〟が用いられ、裁判が行われるそうだ。

パレスやイスのような大きな街はそれぞれ独自の〝自治法〟を制定し、内情にあった規律を作っているという。

小さい街は、大きな街の〝自治法〟に準じる対応のところが多く、それより小さな村や集落の場合は、村の実力者による判断で裁定をするそうだ。

いま、シラン村の人口はその境目ぐらいにある。

「では、イスの自治法に明るい方を雇い入れて簡易裁判所を作る、というのはどうですか」

「おお、それはいい。早速、イスのギルドに紹介してもらえるよう、頼んでみるよ」

村が大きくなると必要な施設も増えていく。それは仕方のないことだろう。

「おおそうだ。それから新しい教会が欲しいという声が上がっているのだが……」

「いいんじゃないですか。……この国の宗教ってどんなものでしたっけ？」

「国教は〝聖天真教(せいてんしん)〟というが、下々は土着の神をそれぞれ勝手に敬っているよ」

〝聖天真教〟には主神マーヴをはじめ、様々な神がいるのだが、その中の特定の神に祈る人たちも多いそうだ。例えば、イスの大通りの名前にもなっている商売の神さま〝ヘステスト〟は、イスで深く信仰されていて、お祭りもあるしヘステスト大聖堂という立派な教会もある。

〝聖天真教〟の神以外でも、魔物を信仰する人々、動物、植物に精霊、祈りの対象は幅広い。そういえばセイリュウの一族も信仰の対象になっている。

「それで、拝みたいと言うのだが、……どうする？」

「どうするって、なにを……」

（あ、これはダメだ）

「……絶対やめてください」

「そう言うと思っていたよ」

タルク村長は笑っているが、笑いごとじゃない。道を歩く度に拝まれるなんて絶対にごめんだ。

「メイちゃんが来てから、村が豊かになり、みんなが健康になり、生活も充実している。村の繁栄がメイちゃんと共にあることは、誰の目から見ても明らかなんだよ。懸命に隠そうとしていることはわかっているが、村人もなんとなく感じてはいるのさ」

そう言われると困ってしまう。私は自分のために村を良くしたかっただけ。

とはいえ、私は自分の立ち位置について、少し考え直す必要がありそうだ。

「メイちゃん、なんだか久しぶりだね～」

（ああ、こののんびりした声、癒されるぅ）

私の薬の師匠であり命の恩人でもある、うさ耳ハーフエルフのハルリリさんが経営する薬局の、この複雑にハーブが混じった香り、なんだかホッとする。

「お久しぶりです。ちょっと帝都に行ってました。これ、お土産です」

飴がけの木の実を机に置く。

「すごいね、帝都に行ってきたんだ。面白いことはなにかあった？」

私はパレスでの食べ歩きの話、そして新しい仕事を始めた話をかいつまんで話した。

「皇宮御用達？」

「なんかそういうことになっちゃいました」

一般の人には貴族、まして皇宮などまったく接点がない雲の上のものなので、ハルリリさんのポカンとした反応は至極真っ当だ。パレスで大成功した宝石商が、辺境の村に住んでいることの不思議さに、ハルリリさんがクスクス笑う。

「でも、この村にいるのね」

「もちろん。ここが私の家ですから」

今度はふたりでにっこり笑う。

実際のところ《無限回廊の扉》を持つ私には、一度行ったことのある場所なら距離的制約はない。パレスの店もイスのマリス邸もセイリュウの住む神域の高山も、ドアを開ければいいだけだ。それでも、やはりシラン村は特別で、とても大事な場所。メイロード・マリスという新しい人生が始まったこの村には、平和で住みよい場所になってほしい、と思わずにはいられない。

　こうして向かい合って、ハルリリさんブレンドのおいしいハーブティーを飲んでいると、ここでの出来事がいろいろ浮かんでくる。

「そういえば、薬作りの修業もまだ半ばでしたね。〝エリクサー〟への道は長いなぁ」

「その薬師修業のことなんだけど、ちょっと問題が出てきてね」

　高度な薬作りでは、必要になる素材の品質やレア度が格段に上がる、とは聞いていたのだが、困り顔のハルリリさんによれば、いくつかのそうした素材について、手に入らない状況が続いているという。

　いま、もっとも深刻なのは〝再生の林檎〟という木の実。治癒系の薬の効果を高める高級素材でエリクサーにも必須の材料だ。この実が取れる木は、特定のダンジョンの地下深くにある〝聖霊湖〟と呼ばれる特別に祝福された水辺にしか自生しない。

　したがって、これを手に入れるためには深いダンジョンに潜らねばならないが、高額で取引される素材のため、力のある冒険者たちによって採取活動が定期的に行われ、いままで流通が滞ることは少なかったのだ。

　ところが、いま明らかになっている採取可能な三か所のダンジョンのうちのひとつが、水源の枯渇(こかつ)で採取不能になった。さらにもうひとつは、実の乱獲によって林檎の木が激減し、現在採取禁止に追い込まれている。

そして、いま現在採取可能な最後のダンジョンも、地殻変動による崩落でダンジョン内部の様子が変わってしまったのだ。しかも、その地殻変動後のダンジョンは、以前にも増して踏破が厳しい場所となってしまい、まだ誰も〝聖霊湖〟までたどり着けていない状態なのだという。

「一度踏破されたダンジョンは、地図ができることで攻略対策が立てやすくなるから、踏破するのが格段に楽になるの。初踏破者が完成させた地図は冒険者ギルドに売却もしくは委託されるから、同じダンジョンに挑む冒険者は閲覧料を払ってそれを写しとったり、写してもらった地図を買ったりできるの」

なるほど、非常に合理的でいい仕組みだ。ダンジョンを最初に攻略するのは、なんの手がかりもなく難しいことだけれど、成功すれば採取品以外の印税収入みたいなものが得られるわけだ。

「しかも、この状況が長く続くことを恐れたイスにある老舗(しにせ)の薬種問屋が、このダンジョンの地図に多額の懸賞金をかけているの。踏破できればひと財産ね。でも、それでも……」

まだ、〝再生の林檎〟が市場に出てきていないということは、攻略はうまくいっていないのだろう。

「早く踏破してくれる人が現れるといいですね」

「本当にね」

そのあとは、シラン村の警備隊長カラックさんと美人で気立てもいいと評判の学校の先生との見合いがうまくいかなかった話とか、〝マリスの湯〟を拡張したいというので提案したサウナが大人気で、予約がないとなかなか入れないとか、識字率が上がったおかげで薬の説明が楽になったとか、そんな最近の村のいろいろな噂話を聞いて、久しぶりののんびりとしたお喋り（しゃべ）りを楽しんだ。

（なかなかお嫁さんが見つからないみたいだけど、カラックさん、ファイト！）


今日は博士の牧場産の新品種、さし多めの牛肉で、すき焼きを作ろうと思う。私の魔石家電シリーズ〝魔石卓上コンロ〟も、すでにスタンバイしてある。すき焼き鍋にちょうど良さそうな浅い鉄鍋をマリス邸のキッチンで発見したので、ずっと作ってみたいと思っていたのだ。

焼き豆腐と白滝は異世界から購入。醤油や砂糖は常備してある。ネギと春菊など野菜は、ほぼ同じものがあるので大丈夫。関東風に割り下を作って（マヨネーズに使う卵は私が衛生指導しているシラン村産の新鮮なものだから、使ってもいいんだけど）、なんとなくそのまま〝生〟で食べるとなると、日本のおいしかった卵が使いたくなり、贅沢だが十個五百円の高級な卵を買ってしまった。

お酒はぬる燗の日本酒、純米でほどよい辛口のもの。つまみにはきんぴらとお浸し、どちらもこちらの野菜で作っているが、いい感じに仕上がっている。お漬物も出しておこう。

「メイロードさま、この甘辛味、凶悪でございます。ご飯が止まりません！　しかも、このスッキリしたお漬物で口の中がさっぱりすると、またいくらでも食べられてしまいます。味の染みた〝ヤキドウフ〟がこれまた……オソロシイ……しかも辛口のほどよい口当たりの燗酒が、肉の旨味に合うこと！　合うこと！　かーーー!!　たまらんです。キンピラも歯ごたえがシャクシャクと、ああ気持ちがいい、そして酒がうまい！」

ソーヤ、いつもの通り全開で喋りながら食べている。博士とセイリュウも、ぬる燗をチビチビやりながら満足そう。

「わしの牛もいい味をしているな。メイロードに出会うまでは、牛の料理で満足感を得たことはなかったのだがなぁ。だからわしの牛は本当にうまいのか、その味について疑問があったのだが、お前さんの料理を食べるうちにすっかりわしの疑念も払拭されたわ」

万能の天才といわれる、グッケンス博士の唯一の苦手分野が家事全般。特に料理が壊滅的。あの料理では食べることに興味が持てなかったのも致し方ないと思う。

「博士は別としても、この世界の方は食に保守的ですよね。探せばおいしい素材がたくさんあるのに」

私は、ずっと疑問に思っていたことを聞いてみた。

博士によれば、建国以前からの血で血を洗う戦争に勝ち残った猛者たちは、劣悪な環境での戦いに明け暮れていたため、質実剛健であることを尊び、結果食事に時間を使うことを良しとしない気風が根付いてしまったのだという。さらに、食材に関する情報も乏しく、料理人には味よりも迅速な調理が最優先で求められた。

「だから貴族連中もいまだに、大してうまくもない芋料理ばかり食べておる。上がそんな状態では、下々の食生活も知れたものよ」

セイリュウも大きく頷いている。

「数百年にわたって、食べ物を確保するだけでも重労働の時代が続いたからね。戦争で畑は焼けるし、食べられればなんでもいいって時代が長すぎたんだよ、この国は」

（貴族という生き方と食の貧相さのアンバランスには、そんな事情があったのね）

「うまい酒とうまい飯、与太話できる食卓。僕、いまが一番幸せだよ、ホント」

辛いことをたくさん経験し、孤独なまま絶望の中消えようとしていたセイリュウ。異世界のお酒や私のご飯がセイリュウの癒しになってくれたなら、私の異世界料理もまんざらではないと思える。

「まぁ、この世界にここ以上に、贅沢な食事はなかろう」

博士もゆったり燗酒(かんざけ)を口に運び、ニンマリ笑っている。

「ところで、さっき言ってた薬修業ができないという話だけどさ……」

「はい。ダンジョンの攻略が終わるまでは待つしかないですね」

〝エリクサー〟への道は思ったより遠そうだ。

「そのダンジョンに付き合ってあげるから、自分で行ってサクッと獲ってきちゃえば？」

セイリュウがとんでもないことを言い始めた。

「やですよ。私冒険者じゃありませんし、戦ったりできません」

やっといくつか攻撃に使えそうな魔法を習い始めたところなのだ。ダンジョンで魔物と戦うとか無理。体力的にもまだダメダメだし、長い行軍はできないし。私ができない理由を話していると、今度は博士がこう言ってきた。

「確かにお前さんにダンジョンは厳しかろうが、《索敵》と《地形探査》の精度を上げるのに地図情報は多いほどいいぞ。そういう意味では一度冒険者ギルドへ行ってみるのはいい経験になるだろう。機会があれば、大きな冒険者ギルドで地図を見せてもらうとなおいい。かなり高値だが、お前なら問題なかろうしな」

なるほど、そういうことなら興味ありだ。ぜひ見せてもらおう。また旅に出たいとは思っているし、その場所を決める役にも立ちそうだ。

「じゃ、近いうちに行ってみます」

そういえば、私は〝冒険者〟について、いまだにほとんど知識がない。カラックさんから少し情報をもらってから冒険者ギルドへ行ってみることにしよう。

ハルリリさんの話によると、どうやらお見合いに失敗してしまったらしいので、傷心でガックリきているかと心配していたのだが、シラン警備隊の隊長レストン・カラックさんは今日も元気に剣を振り、訓練に余念がなかった。

「カラックさん、お久しぶりです。ちょっとお伺いしたいことがあるのですが、いまよろしいですか？」

隊長の休憩の掛け声に、一緒に訓練に参加していた隊員や村の自警団の人たちは、荒い息をして膝をついた。なかなかハードな訓練だったようだ。みんな、立ち上がれないほど疲労困憊なのに、カラックさんは涼しい顔、さすがクラス1冒険者は鍛え方が違う。

「メイロードさま、お久しぶりでございます。帝都でもご活躍だったそうですね。サイデム様からお聞きしております」

（おじさまになにを聞かされているのやら）

「おじさまの言うことは話半分に聞いておいてくださいね。それで、少し冒険者ギルドについてお伺いしたいのですが……」

それから、ギルドの持つ地図についていろいろ聞いてみた。カラックさんによると、冒険者ギルドは三段階の地図を販売しているそうだ。まず、〝全図〟と呼ばれるシド帝国国内の大まかな要所が示されたもの。これがないと国内の移動が困難になるため、初心者は必ずこれを購入する。

羊皮紙と木簡の二種があり、お金のない初心者は、不便で重くても大抵木簡地図を買うことになる。

次に〝細図〟と呼ばれるもの。地方の細かい村まで記載されており、その精密さは羊皮紙数百枚に及ぶ。冒険者たちからの情報を使って常にアップデートしているそうで、更新頻度も非常に高い信頼できるものだという。ここは《地形把握》の高度なスキルを持った専門職の出番で、ギルドが冒険者から購入した地図情報を彼らが統合し、日々更新しているのだ。

誰かが倒れたら大変なので、必ず数人で情報を共有しながら更新作業を日々続けている、とても重要な役職だ。

（人間バックアップか、なるほど）

すべての地図は羊皮紙に記され、保管もされているので《地形把握》のスキルがあれば見るだけで情報が得られる。だが、そんなスキルはない人がほとんどなので、基本的には必要な地域の部分地図の、木簡への写しを買うそうだ。

そして最後が特殊地形図、通称〝ダンジョン図〟。実際はダンジョンだけでなく、〝魔物が生息する地域にあり、攻略することで希少な物品を手に入れることができ、すでに踏破されたことがある場所〟の地図全般のことを指す。

この地図がほかと違うのは、危険箇所や生息する魔物、得られる物品の情報などが細かく記載されている点だ。出現する危険や魔物の情報が事前にわかっていれば、踏破できるレベルかどうかの判断もつけやすく、また、効率的な事前準備が可能だ。そのため、この地図は見せてもらうだけでもかなり高額で、閲覧料は金貨、モノによっては大金貨を要求されるものもある。

「最初の踏破者たちの苦労を考えれば、当然とも言えるし、高い地図にはそれ以上の見返りがあるということですね」

（見るだけで百万から一千万円か。でもあるとないとじゃ天国と地獄だよね）

こういった〝ダンジョン図〟を使って挑む人たちは、〝採取屋〟と呼ばれ、同じダンジョンを何度も往復するので、たとえ高額な地図でも元は取りやすいという。こういった地図を使う採取屋は、危険性の高い未踏破のダンジョンには決して挑まない。そのため、未踏のダンジョンに挑む冒険者たちからは〝ハイエナ〟と呼ばれ、あまり快くは思われていない。

だが、イスの商売人たちから言わせれば、品物の扱いのぞんざいな一般の冒険者より、採取屋の方が納品が定期的で、品物の扱いも丁寧、よっぽどプロだとか。

そういう評価のせいなのか、多くの大きな冒険者グループの拠点がパレスにあるのに対して、採取屋と呼ばれる大手グループの拠点はほとんどイスにあり、商人ギルドにも籍を持つ者が多い。彼らはギルド経由の依頼で特定のアイテムを採ってくるよう依頼されたりすることもあるが、そういうときの地図料金は依頼主持ちだそうだ。

「依頼する方にもかなりの資金力がいるってことですね」

「そうです。ダンジョンはできる限りの準備をしても、なにが起きるかわかりません。帰らぬ者も多い、とても危険な場所です。その危険を減らすためには準備だけでもかなりの経費が要りますね」

冒険者の世界も複雑だ。貴重な素材が採取可能なダンジョンの初踏破に成功すれば、そのダンジョン内の地図だけでもかなりの収入を継続して得られるし、もちろん最初に入った者は確実にもっとも貴重なアイテムを数多く入手できる。

しかしリスクはとても大きい。命を懸けた挑戦だ。

それに対し、後続の採取者たちは、ダンジョンの復元作用による再生成動向を見ながら、計画的に必要なアイテムを採取する（ダンジョン内にいるほとんどの魔物や生物は、ダンジョンの持つ不思議な力で、定期的に復活する。この仕組みはダンジョンに満ちる地脈の持つ魔力によるものだとされていて、その魔力が枯れるとダンジョンもなくなってしまうそうだ）。そのため、比較的攻略も安全で、リスクは中程度。そして安定した収入が得やすい。

最悪なのは少数のなにも考えていない冒険者。ギルドに計画書すら出さず、ダンジョンで乱獲する者もあとを絶たない。こういう連中は、ときにダンジョン全体をダメにしてしまう。

現在では、冒険者ギルドに登録されているダンジョンに計画書を提出しないまま入ることは、盗掘行為として犯罪となる。ほかの冒険者に迷惑をかける、こういった行為には容赦ない刑罰が科せられ、罰金も多額の上、長期の強制労働となるそうだ。

だが、戻ってこられた者たちはまだましで、そうした盗掘者の多くは、その無謀な行動によって命を落とすことになる。こうした自らの実力も考えず、ダンジョンの危険も〝なんとかなる〟で飛び込んでしまう、一獲千金を狙う自称〝冒険者〟の無法者はなかなかいなくならないそうだ。

「冒険者ギルドは、ダンジョンで採取される貴重な素材が枯渇しないよう、計画書を受け取り、ダンジョンの再生成状況を見極めて許可を出しています。そうしないと、そこでしか得ることのできない素材の安定した供給は難しいですからね」

冒険者ギルドは思ったより複雑に彼ら〝冒険者〟の利益を守り、サポートしているようだ。

（ちょっと冒険者ギルドそのものにも興味が湧いてきたな。イスのギルドへ行ってみよっと）

いろいろ面白いことを教えてくれたカラックさんに御礼を言った帰り際、《索敵》の上位スキルである《地形把握》は、なかなかレアな能力だと教えてもらった。これを冒険者ギルドで迂闊に見せると間違いなく強烈な勧誘をされるので気をつけた方がいい、という忠告ももらってしまった。

（危ない危ない、気をつけよ）

イスの冒険者ギルドは、パレスに次ぐ規模だ。だが、商人が牛耳るイスでは、冒険者は供給者という立ち位置で、生産しない代わりにいろいろなものを獲ってくる人たち、という感じで捉えられている。軍事中心のパレスでの地位の高さに比べると、ちょっと扱いが軽いのだが、実は金銭的な優遇という面では明らかにイスの方が冒険者を大切にしている。

実際、イスの冒険者ギルドの買い取りは、買い叩いたりせず正当な査定をすると定評があり、遠い地域からわざわざイスまで出向いて品物をさばく冒険者も多い。

「建物は立派だけどなんか、こう……地味だよね？」

商人ギルドの一階では一年中なんらかのイベントが行われているので、華やかだし活気があるのだが、冒険者ギルドは、なんだか埃っぽい感じがする。

人はわさわさいるのだが、雰囲気もまったく違う。傷だらけの人や包帯を巻いた人、武器を携帯している人たちがたくさんいるし、浅黒くマッチョな人が多い。

（まぁ、当然か）

一階には様々な申請窓口があり、〝ギルド登録〟、〝請負申請〟、〝特殊討伐申請〟などの札が下がった窓口が並んでいる。〝買い取り〟という札が下がったカウンターが一番多く、どこもかなりの行列だ。

地図を見せてもらうには、ギルド登録をしなくてはいけないらしいので、まずは〝ギルド登録〟の札のあるカウンターへと向かうことにした。

受付にいた綺麗なお姉さんは、カウンターに背が届いていない私に対して、あからさまに〝間違ってやってきた子供〟扱いで対応してきた。こちらも慣れているので、そのあやすような喋(しゃべ)り方を無視して、書き終えた申請書を笑顔で彼女の前に置いた。

直前まで〝おやおや〟といった表情だったのだが、その差し出した申請書の名前を見て、彼女はいきなり態度を変えた。

「大変申しわけございませんが、二階の応接室でお待ちいただけますでしょうか」

断る理由もないので二階に上がり、案内された部屋で待つこと数分。地鳴りのような足音がして、ノックもなしにドアが開き、女の人が入ってきた。一瞬ビクッとしたのは、その人の大きさだった。

現れたのは、百九十センチ以上はあるカラックさんと同じくらい背の高い女性、しかも美魔女な感じの人だったのだ。長くゆるやかなウエーブのかかった豊かな髪は真紅で、女性的な素晴らしいスタイル。それでも筋肉質なのだろう、あまり身体のラインに柔らかさが感じられない。キリッとした整った顔立ちの隙のない美形で、笑っていると優しそうだが、睨まれたらかなり怖い気がする。

どんどん近づいてきたその人は、いつの間にか私の手を取り、満面の笑みを浮かべている。私の小さな手を包んだ彼女の手は綺麗だけど、やっぱり大きい。

「あなたが噂のメイロードちゃんね‼　やっと会えたわ。サイデムのアホがちーーっとも会わせてくれなくて！　会えて嬉しいわぁ」

これだけ大きな人に迫られると、女性でもなかなか怖い。

「は、はじめまして。シラン村で雑貨店を営んでおります、メイロード・マリスです」

迫力に気圧されながら、なんとか挨拶する。

「おお、そうだ。私も挨拶しなきゃね」

この圧倒的な迫力の美魔女さんは、イス冒険者ギルド代表幹事レシータ・ゴルムさん。

戦闘民族ゴルム族の末裔で、かつては冒険者として名を馳せた有名人らしい。いまは冒険者を引退し、冒険者ギルドの運営に携わっている。

「ソースを作って大儲けしたり、盗賊団を一網打尽にしたり、帝都で皇族にも認められたり、そんなすごい女の子がいるって聞いて、会いたくて会いたくて。何度も紹介してって言ったのに、サイデムのバカが、忙しいとか言って取り合ってくれなかったのよ！」

一気にまくし立てる彼女は、なかなかの情報通のようだが、どうやら私には会ってみたかっただけらしい。

「サイデムおじさまのこともよくご存知なんですね」

「まぁ、いまはイスの代表者同士だけど、若い頃は一緒に冒険したのよ。危ないダンジョンにも随分潜ったわ」

おじさまも最初からいまの地位にあったわけじゃない。地道に資金を稼ぐため、危険なダンジョンに潜ることもあったのだ。

「あの頃は、一生腕一本で冒険者として生きていこうと思っていたんだけど、サイデムやアーサーと旅するうち、いろいろ考えるところがあって、冒険者を助けることにしたの」

それまでただの互助組織にすぎなかったギルドに、詳細地図の販売やダンジョンの申請システムなど、冒険者の助けになるものを積極的に取り入れたのはレシータさんだった。いまでは帝国のどこでもそのシステムが使えるようになっている。この人もなかなかの凄腕だ。

「私はまだ子供ですし、冒険ができるわけではないのですが、知識を深めるために地図を拝見したいと思い、お邪魔しました。私の申請はどうなりましたか？」

大きさ的に、並んで座ると彼女が抱いている人形、みたいな感じに見えていると思われる。しかも、なんか自然に頭を撫でられてるし。

「知っていると思うけど、冒険者には階級があるのね。地図へのアクセス権もそれに連動してるの。いまのあなたは申しわけないけど、冒険者としての実績なしだから見られません。買えるのも国内の〝全図〟だけね」

（そりゃそうか。地図って貴重品だから、信用や実績がないと見せられないんだな）

そこでレシータさんが、いたずらっ子のような顔になってこう言った。

「でもね、ひとつだけ抜け道があります」

どうやら彼女は、最初からその抜け道を使わせてくれるつもりだったようだ。話のわかる人で、ありがたい。

「ぜひ教えてください」

「メイロードちゃんの村を襲った盗賊団って、かなりのワルでほぼ全員お尋ね者だったのは知ってるよね」

「ええ、そう聞きました」

「これって、半分冒険者ギルド案件なんだな」

依頼が張り出される掲示板には、お尋ね者に関する情報も張り出されている。警備隊だけでは捜しきれない者を、冒険者の力を借りて捕まえるためのシステムだ。お尋ね者を捕まえれば、当然ギルドから賞金が出るし、クラスも上がる。

「この捕り物の計画を立てたのはメイロードちゃんなんでしょ？　なら、グイドを含め四十七名の賞金首を獲ったことになる」

「実際は、なにもしてないんですけどね」

「固いこと言わなくていいって。カラックもメイロードちゃんの功績だって言ってたし、話は聞いてるから」

（カラックさん、この人に凄まれたらなんでも話しそう）

冒険者は初心者のクラス10から始まり、その成果に応じて徐々にランクが上がるが、大物の盗賊を含む四十七名の賞金首なら文句なくクラス1に上がれる実績だそうだ。クラス1ならばすべての仕事を請け負えるので、地図の閲覧もフリーパスになる。

（クラスとしては、その上に特級という〝伝説の冒険者〟用の階級があるそうだ）

「冒険者ギルド、クラス1最年少記録おめでとう！」

レシータさんは豪快に笑いながら、私をクラス1にすることを決めてくれた。

（いいんだろうか。また妙な最年少記録を作ってしまった）

「実際、私は攻撃すらしていないので、大変心苦しいですが、地図を見せていただくための超法規的措置として受け入れます。冒険者にもなりません。名誉称号だと思っておきます。ありがとうございます、レシータさん」

地図の販売所と閲覧室は地下にあり、書庫を思わせる構造になっていた。静かな閲覧室では、冒険者たちが地図を見ながらなにかを書き写したり、筆写してもらう地図を選んだりしている。

「サイデムの〝紙〟のおかげで、いま地図販売が大きく変わりつつあるのよ」

レシータさんによると、高額な羊皮紙は大きさの制限もあり、増えてくれば重量もかなりのもの。しかも分割された地図しか作れず、全体像が把握しづらいといった問題をずっと抱えてきたという。

サイデムおじさまの紙事業が始まったとき、レシータさんはどこよりも早く、速攻でおじさまに地図用の紙の供給を依頼し、いますべての図版が紙に移行しつつあるという。

「いままでより精度が高い〝全図〟も安価で提供できるようになったし、初心者の金銭的負担もグッと減ったわ。これはサイデムに感謝ね」

（さすがのレシータさんも、紙ビジネスが私から始まっていることまでは掴んでいないようだ。彼女に知られていないなら、この秘密は完璧に守られていると思っていいだろう）

私は地図販売所の係りの方から、まず〝全図〟を見せてもらった。紙製で新聞を広げたほどの大きさのそれには、主要な道と港、移動の際の重要な目印、そして主要な街や施設も書き込まれていた。冒険者必携であることも納得の地図だ。

こうして見たことで、もう私の脳内地図はきっちりアップデートされたが、ほかの人と話すときにも便利そうなので購入することにする。

「地図の料金のお支払いはどうしましょう」

「その地図はプレゼントするわ。それに、見るだけなら全部見ていってもいいから」

レシータさん、とんでもないことを言い出した。

「紙製になって値段が下がったこともあるし、超高額なのは〝ダンジョン図〟ぐらいだから。それ以外の詳細地図なら全部見てってちょうだい。でもこれ、タダで見せるってことじゃないのよ。メイロードちゃん、盗賊団の捕り物のときの賞金一切受け取ってないでしょ。あれを受け取っていたら、ここの地図、全部見てもお釣りのくる金額だったのよ」

（そういえば、報賞を受け取るときに名前が出たりするのが嫌だったので、辞退したんだった。村の人たちにも〝盗賊が現れたけど、警備隊が追い返した〟ぐらいしか伝えてないし……）

どうやら、受け取らなかった賞金の代わりに、地図情報を見せてくれるらしい。

「あなたみたいに人を助けて村を良くして、そんな風に頑張る子が私は大好きなの！　応援してるからね」

どこまでカラックさんから聞き出したのか知らないが、美魔女の情報網はなかなか侮れない。でもご厚意は嬉しいので、ありったけの地図を見せてもらうことにする。

（もしかしてレシータさん、私の《地形把握》スキルも知ってるんじゃないだろうか？）

そんな疑問もよぎるが、まあいい。これで、私の国内旅行に死角なし！　ほぼ完全なナビ機能を手に入れる機会だ。ありがたく見せていただこう。

道路地図を端から見ていった私に、地図を見せてくれていた係の方が、ほかに見たい地図はないかと聞いてくれた。〝ダンジョン図〟というのも見てみたいという私の希望に、係の方は例の〝再生の林檎〟のダンジョンの地図を出して見せてくれた。

「こちらは地殻変動がございまして、現在の状況がまったく変わってしまったため、地図としては機能しておりません。どうぞご自由にご覧ください。以前でしたら金貨七枚相当の地図でございましたが、いまとなっては価値がございません。いろいろな情報が地形に付帯しておりまして、魔物の種類や生息域なども細かく書かれているのですが、それもどう変化しているか、いまは知るすべもございません。採取できる品物については、これまでのダンジョンの傾向ですと、そう大きく変化はしないのではないかと思われますが……」

《南東部アラグラ村近郊ダンジョン――生命の泉》

そう書かれたダンジョン地図。右上には赤い判子で〝過去地図――特殊地形図としての使用不可〟と押されている。早速アップデートした脳内地図でアラグラ村を探すと、イスとシラン村の中間辺りを南下、いくつか山を越えた場所に確かにある。

(脳内地図はしっかり働いてくれているね、よしよし)

さて、この旧ダンジョン図によると、崩壊前のこのダンジョンは全二十階層で、それぞれの階層はかなり広く、十二階層まで水・食料の内部調達はほぼ不可。討伐対象は生きものというより、エネルギー体のような魔物エレメンツと、人や動物が死んでから変化した亡者アンデッドで食用になりそうな動植物なし。かなり過酷な条件のダンジョンのようだ。その代わり取れるアイテムは、どれもかなりの高額商品。

〝生命の泉〟というダンジョン名の通り、再生や回復に関連する希少な薬素材や物質が得られる。素材は売却してもいいが、冒険する上で所持していると心強い薬を作るための素材採取場所としても貴重なダンジョンといえる。

十二階層に魔物のいない空間があり、ここには友好的な小人族と妖精たちが住んでいたようだ。冒険者相手に商売も行い、宿もあったと書かれている。

（ここの住人は大丈夫だったのかな。無事だといいけど……）

この過酷なダンジョンを再度踏破するのは、確かに大変そうだ。

係りの方も、おそらくしっかりした地図が整うまでには数年を要すのではないかと言っていた。

（〝エリクサー〟に挑戦できるのはだいぶ先になりそうだな）

私は礼を述べ、地図売り場をあとにする。とてもいい経験になった。せっかく来たので、ギルド内を一通り見ていくことにする。

おじさまと同じく、なかなかの激務に追われているらしいレシータさんは、すごく悲しそうに仕事に戻っていき、代わりの説明役の方をつけてくれた。美魔女レシータさんの補佐役だというサキアさんも、これまた美女。レシータさんより若いし、理知的で優しい笑みを浮かべているのに、やっぱりキリッとした迫力がある。

荒くれ者もいる冒険者ギルドでは、こういう人じゃないと仕事にならないのかもしれない。

「レシータ様がいろいろと失礼いたしました。ずっとお会いになりたいと熱望されていた方に突然出会えて、取り乱されたようです」

上司のはっちゃけぶりを苦笑いで謝罪する彼女に、私は微笑んでこう言った。

「まったく気にしていません。むしろ、いろいろとお気遣いいただき、ありがたく思っています」

私の言葉に、サキアさんはため息をつきつつ笑った。

「わがギルドの幹事もあなた様ぐらい落ち着いてくださると、私たちも助かるのですが……さすがは文武両道の貴公子、アーサー・マリス様のお血筋ですわ」

（ああ、ここにもアーサー・マリスのファンが。父よ、どんだけモテてるんですか、あなたは！）

「では、買い取りに関する場所からご案内いたしますね」

さあ、冒険者ギルド見学ツアーに出かけよう。

買い取りカウンターのバックヤードには、とんでもない量の雑多な物資が積まれていた。ここで仕分けされた品物は、一部の直売品を除いて専門業者に買い取られる。

海千山千のイスの商人と渡り合っている、ここの冒険者ギルドの買い取り担当はプロ中のプロで、査定がしっかりしていると評判が高い。しかも、売りどきも考えた上で業者と交渉できるプロバイヤーだ。

冒険者から買い取った様々な品物を、彼らが適正価格で他所へ売ることで、ギルドは莫大な利益を挙げ、それを冒険者たちのサポートのために還元している。

冒険者たちは鉄火場での切った張ったには強くとも、こういった交渉に向かない人が多い。ギルドが間に入ることで冒険者の利益を守り、迅速に彼らの収入を確保する。商人の街らしい発想の素晴らしいシステムだ。

「やはり、いまは回復系の素材は品薄なんですか？」

買い取り担当の方に聞いてみる。

「そうですね。〝再生の林檎〟がもっとも深刻です。これ以上市場から減ると、軍から統制物資に指定される可能性があります。そうなると、さらに市場に出なくなってしまうので、その前になんとか再攻略を成功させていただきたいのですが……でも、今日、かなりの数を買い取れましたので、しばらくは余裕が出ました」

プールしておいた分を、いまの高値に乗じて売った人がいたのだろうか。なんにせよ、当面の危機は回避できているようでなによりだ。

「でも、ほかの回復系アイテムも軒並み品薄ですので、市場は荒れてますね」

私の〝ハイパーポーション〟とか、ものすごい高額で売れるだろうな……。でも出所を探られるリスクを考えたら、いくら簡単に複製できるとはいえ安易に売るべきじゃない。

「ちなみに、ポーション系はどれぐらいの値段になってますか？」

買い取り担当の方によると〝ポーション〟の材料はそれほど影響を受けておらず、やや高めの四十～五十ポル、〝ハイポーション〟は最低でも四百五十ポル、〝ハイパーポーション〟は三千ポルでも市場にあまり出てこないという。

仮に〝エリクサー〟が市場に出た場合、大金貨五枚からのセリになるだろうし、どこまで値段が上がるかわからないという。

（〝ハイパーポーション〟百本売ったら、日本円で三億相当か。額が大きすぎて、ますます売り物にはしちゃいけない気がする）

次は二階にある〝依頼紹介所〟へ向かう。壁一面の大きなボードにはびっしりと様々な依頼が書き込まれた〝わら半紙〟が貼り付けられていた。依頼書はすべてナンバリングされ、管理されているようだ。

「つい最近まで木製の薄板だったんですが、やっと紙に変更できまして、本当に楽になりました」

受付のお姉さんの心から喜んでくれている姿に、私も嬉しくなってしまう。皆さんのお仕事を楽にできたのなら、本当にいいことだ。

紙もまとまればそれなりに重いが、木の板よりはだいぶマシだろう。

さて、依頼を探している冒険者は、この大きなボードの紙を剥がして受付に持っていってもいいし、受付でもその冒険者に適した依頼を見つける相談に乗ってくれるそうだ。

「ランク10の初心者への依頼ってどんなものになりますか？」

サキアさんに調べてもらうと、簡単な採取や害虫駆除、子供の送り迎えに冒険者のサポート（荷運び）といったものだった。

（冒険者である必要はなさそうな仕事が多いね。いかにも使いっ走りって感じ。あ、コレとコレとコレは在庫が《無限回廊の扉》の中にあるから、受けてすぐ完了できるな。でも、依頼料がかなり安いなぁ）

「初心者クラスへの依頼は、失敗したり時間がかかったりすることが織り込み済みなので、依頼料は下げています。受ける方も経験のため、と割り切ってますね。採取はお馴染みさんが増えると信頼度も上がり、徐々に料金も働きに見合う金額になります。中級以上の素材の依頼になると、指名されるようになりますから、料金もかなり高額になりますね。もちろん素材が貴重になるほど、クラスが上がりやすくなりますが、危険も増えます」

私の心を読んだように、サキアさんが教えてくれる。

探してもらったクラス6～4向けの依頼は、魔物討伐、ダンジョン踏破、特定希少品採取、キャラバン警護、犯罪捜査なんていうのもあった。盗まれたものをどうしても取り戻したいとか、誘拐された子供を助けてくれとか、切実なものもある。

（冒険者の存在は、困った人たちの最後の砦でもあるんだなぁ）

お金次第というのが世知辛いけれど、仕事として受けてくれる人がいるというのは心強い。

この世界、イスには警備隊があるものの、どこの街にも警察みたいな公的機関があるわけではないし、個人の事件までは自警団もなかなか捜査できていない。腕に自信のある人の出番は多いのだろう。そんな話を聞いていると背後からどよめきが起きた。

「どうやら、掲示板に高額の緊急案件が出たようですね」

《南東部アラグラ村近郊ダンジョン——生命の泉》攻略
元十二階層に位置した居住区セーフエリアまでの踏破、及び対象者警護と道案内
準備金大金貨一、成功報酬大金貨十五
ただし、三日以内に出発。十日以内に完遂希望

これはいろいろな意味でどよめくのも仕方がない。一億円超えの報酬の高額さはもちろんだが、条件がめちゃくちゃだ。

先ほどギルド内ツアー中にサキアさんに聞いた話では、難関ダンジョンの攻略となれば、仲間を集め計画を練り、物資を揃え、と準備だけで数か月を要することもあるという。

それを三日で準備して十日以内にセーフエリアまで連れていけとは……大体ここからアラグラ村まで一週間はかかるはず。

「金は欲しいが、めちゃくちゃだ」

「準備金だけもらって逃げちまおうぜ」

「バカが！　ギルド追放されてぇのか」

「大体、地殻変動後のいま、セーフエリアがあるのかもわからんだろうが」

「無理無理、大金貨十枚でも二十枚でも、できないことはできないんだよ！」

有名ダンジョンなだけに、その攻略の難しさについてもよく知られている。いくら高額の報酬であっても、ここまで無茶な依頼に踏み込む者はいない。

「お願いです！　本当に時間がないんです！　どなたかお願いできませんか!!」

悲痛な声で掲示板の前に立ったのは、まだ年若い、見た目はソーヤたちぐらいの少年だった。私よりずっと明るい新芽のような緑の髪で、旅装束に身を包んでいる。
（ダメだ！　気持ちはわかるけど、大金を持っているのにひとりで身を晒したら危険だよ！）
少年には伴う人もなく、めぼしい武器も携帯していない。見ているこちらがハラハラしてしまう無防備さだ。
〔ソーヤとセーヤ、ギルド内なら大丈夫だと思うけど、一応、あの子の身辺警戒してあげてくれる？〕
〔了解です。アレはおそらくほとんどダンジョンから出たことのない者ですね。きっと妖精たちの住む階層にいたのでしょう〕
〔無茶な上に警戒心もないって、あんなのに大金持たせるとか、なに考えてるんでしょうか？〕
〔あの子の種族はわかる？〕
〔おそらくハーフエルフではないかと。それもかなり珍しいタイプのようです〕
報酬は魅力的なので、もう少し期間を伸ばせないかとか、準備金を上乗せしろとか、いろいろ交渉しようとする者はいたが、少年は譲らず交渉は難航、状況は膠着しているようだった。気の毒には思うが、私たちにできることもないので、再びギルド観光ツアーに戻る。

ギルド内に宿泊施設はないが、食事ができる広いスペースはある。雇い主との打ち合わせや仲間との待ち合わせに使われるようで、酒もあり、料理もおいしいそうだ。最近は、買い取られたばかりの新鮮な肉を使ったスパイシーな料理が人気とのこと。

（よく聞いたら、その味付けに使っているのは私の作った食べるラー油モドキだったけど……）

銀行業務に警備部、簡易病院、訓練用の施設も冒険者ギルド内に併設されていた。

「やはりクラス８～10の初心者の死亡・事故率は飛び抜けて高いので、彼らには訓練とテストを受けることを推奨しています」

レシータさんが幹事就任後にできたこの制度は、テストに合格すると星がつき、星の数で依頼料が上乗せされ、紹介される仕事も増えるというものだ。突っ走りがちな若者をなんとかしたいという気持ちの伝わる制度だと思う。テスト合格のために基礎訓練に時間を割く者が増え、この制度ができてから死亡率は目に見えて下がっているそうだ。

（これはいいシステムだ。レシータさん、すごいな）

感心しながら話を聞き、食堂脇を通り過ぎて周りを見渡し、ギルド内にいる人々を観察してみた。冒険者ギルドには屈強な人が多いが、魔法使いらしき人もちらほら見える。

「そういえば、冒険者ギルドでの魔法使いの立ち位置ってどんな感じなのでしょうか？」

サキアさんによれば、魔法使いは需要に対して数が少なく、パーティーを組んでいる冒険者の間では、いざこざの原因になっているそうだ。

喉から手が出るほど欲しい人材だが、使える魔法使いは少ないからだ。故に強引な引き抜きは日常茶飯事。取った取られたという話が常につきまとう。魔法使い側もそれを知っているので、気に入らないことがあると、すぐパーティーを抜ける者が多い。

「このような状況ですと、同じ冒険者同士でも信頼関係が築きにくいようですね。自分たちの拠点を持つぐらい大きな冒険者グループでも、魔法使いは必要時にだけ頼むことが多いようです」

どうやら魔法使い側にも冒険者側にも問題があるようだ。

（魔法使いはやはり孤立しがちなのね）

その後、隣の建物にある冒険者たちの持ち込んだ食品を扱う店（ここは冒険者以外も利用できる）を見学してツアー終了となった。

「サキアさん、長い時間付き合っていただき、ありがとうございました。とても参考になりました」

「いえいえ、とんでもございません。またぜひ遊びにおいでください。レシータ様もお喜びになりますので」

私はまたの訪問を約束して冒険者ギルドをあとにした。いろいろとためになる話も聞けたし、楽しい一日になった。

（とりあえずマリス邸に戻ろう）

そう思ったとき、気になってさっきの少年を追尾していた《索敵》に胡乱(うろん)な影が現れた。それと同時にふたりからの《念話》が入る。いつでも悪い予感は当たるのだ。

第四章　ダンジョンを行く聖人候補

〔やっぱりつけられてますよ、あの少年〕

〔かなりタチの悪そうな四人組です〕

〔ああ、やっぱり。外れてほしい予感は当たるね〕

あんなに多くの人前で、大金を持っていることを触れ回った少年にも非はあるが、だからといって襲われてもいいなんていう道理はない。子供の懐を狙おうなんて連中に容赦(ようしゃ)する気もまったくない。

怪力のソーヤとセーヤ、それに魔法使い（見習い）の私で消えたまま攻撃すれば、負けることはないはずだ。

少々痛い目にあわせて、冒険者ギルドの警備隊に引き渡せば、あの少年もむやみに襲われることはなくなるだろう。

〔姿を消したまま少年に話しかけて、狙われていると伝えて。その後、次の角を左へ、その次を右に進んで〕

〔了解です〕

〔了解です〕

脳内地図が完璧になったおかげで、瞬時に的確な指示が出せる。指定した路地で、私も姿を消して待ち伏せていると……

「ここは僕に仕事をさせてもらおっかなー」

相変わらず緊張感がない感じで、貴公子然としたセイリュウが突然現れた。

「メイロードが面白いところに行ってたんで、君の〝目を盗んで〟一緒に見学してたんだけど、あの少年が気になってさ」

「目を盗むって、私の目に映った映像を見てたってこと？　そんなことできるのね」

セイリュウは片目をつぶって、いたずらっ子のような顔で笑った。

「君とは守護の契約で結ばれているからできるのさ。状況がわからないと、助けに行くとき困るからね」

なるほど、と感心しているところへ、ソーヤとセーヤに導かれた少年が走り込んできた。少年の背後からは、先ほどから私の脳内地図に反応が出ていた四人の大柄な男たちが全速力で追いかけてきている。その男たちよりさらに背の高いセイリュウは、やってきた男たちと対峙し、心底からの蔑みの目で見下ろしたあと、嘆息した。

「ああ、揃いも揃って金に目の眩んだ濁った目をしてるな。屈強な冒険者が子供の懐を狙って追いかけっことは、ゲスいねぇ。人を傷つけてあぶく銭を得るのはそんなに楽しいかい？」

セイリュウが男たちの注意を引いている隙に、私は少年を魔法で見えなくする。

「あいつ、どこに行きやがった‼」

少年の姿がないことに気がついた男が、剣を抜きながら野太い声で叫ぶ。

「小僧をどこへやった。言いやがれ‼　色男さんよ‼」

今度はもうひとりがセイリュウに向かって凄む。

四人に囲まれたセイリュウは、挑発的な微笑みを浮かべて言った。

「イ・ヤ・だ・ね」

その言葉に、男たちはすぐ反応し斬りかかってきた。

だが、彼らが動き出す直前にセイリュウが手を振る。するとその手には薄刃で光沢ある長剣が現れ、セイリュウはそれで一番手前にいた男の頭を躊躇なく真横に切った。

剣は男の首ではなく頭をかすめ、男は一瞬死んだとでも思ったのか、硬直したままカッパのように頭頂部だけ髪の毛のない状態でダラリと立っている。

あまりに間抜けな姿に、私は隠れながら、必死で笑わないよう耐えていた。

セイリュウは、隣の男の服の背面を上から下までザックリ切り落とし背面丸出しに、さらにその横の男の顔半分の髪と眉と髭を一瞬で剃り落とした。

最後の男は服を真っぷたつの上、髪を縞模様にカットされている。

男たちは、一歩の行動を起こす隙すらなかった瞬間に、その身に起こったことを、互いを見て察した。そしてそのまま叫びにならない叫びを上げながら、自らの状態を確認し、また叫び声を上げげた。もはや、戦う意思は完全に消えている。

セーヤとソーヤは、そんな強盗たちを慣れた手つきで縛り上げ、情けない姿の彼らを冒険者ギルドへ護送していった。

（あの姿で少年ふたりに大通りを引きずられるように護送されるって、ある意味、殴られたりするよりずっと恥ずかしい見せしめだよね。セイリュウ、グッジョブ！）

私が少年にかけた魔法を解くと、一部始終を呆然と見ていた少年は私たちに慌てて礼を述べた。

「あ、ありがとうございました。大事なお金を盗られてしまうところでした。感謝いたします」

「トムタガになにかあったのか？」

唐突なセイリュウの一言に、少年が驚きの表情を浮かべる。

「祖父をご存知なのですか？」

まだ彼を狙う者がいないとも限らないし、ここで立ち話もなんなので、マリス邸に場所を移して話を聞くことにした。ハーブティーとショートケーキで一息つくと（セイリュウは酒を飲みたがったが当然却下）少年は語り始めた。

彼は《南東部アラグラ村近郊ダンジョン――生命の泉》元十二階層居住区の住人、アタタガ。セーヤたちの予想通り、ちょっと特殊な妖精族だった。敬称をつけられると落ち着かないというので、アタタガと私も呼ぶことにする。

この階層に住むのは、小人族と妖精、それにエント。エントは木人とも呼ばれ、樹木と人の性質を併せ持つものだ。幼い間は人間のように暮らすが、長じると徐々に木の性質が強くなり、長い寿命を樹木として過ごす。

実はこの世界にはたくさんいるエントなのだが、一見普通の樹木にしか見えないので、存在すら気づかれることなく、いろいろな森に静かに住んでいる。そして、このダンジョン最下層の〝生命の泉〟を支え守っているのは、彼らエントが浄化した清水なのだ。

「ですから、もし居住区がなくなっていたら、〝生命の泉〟もなくなっているはずです。……それにエントの森がなくなるなんて、そんなことは絶対ないと思っています」

力強くそう言うアタタガは、まだほぼ人として活動できる年若いエントだ。しかも母はピクシーという小妖精なので、飛ぶこともできるし独特の魔法が使えるという。そんな彼がなぜ遠く離れた大都会イスにいるかというと、それもまた例の〝再生の林檎〟の価格高騰が、ことの始まりだった。

ここ数年、ほかの〝生命の泉〟を持つダンジョンが相次いで使えなくなり、アラグラ村のダンジョンに潜る冒険者が急増した。急激な冒険者の増加は、ダンジョン内部のバランスを崩し、その自助作用による回復だけでは内部の維持が難しくなり、遂には持ちこたえられなくなった。

影響は居住区にも及び、水質悪化、気の流れも悪くなり、ダンジョン内に強く荒廃の兆しが出始めた。エントの長老たちの体調不良もひどくなり、立ち枯れの危険が迫り始めたのだ。

「ここまでひどい状態になったことは、長老たちも覚えがないそうで、ただごとではない気配があったのです」

〝生命の泉〟への清水の供給が滞れば、ダンジョン全体の危機に繋がると考えた十二階層の住人たちは、エントの活力を取り戻すための魔法薬の調達に行くことを決めた。

そこで、なんでも小型化できる能力を持ち、飛ぶこともできるアタタガに白羽の矢が立ったのだ。彼には、〝再生の林檎〟をはじめとする素材を売り、代わりに質のいい〝植物活性薬〟を大量に買ってくるという使命が与えられた。

だが、アタタガが出発してしばらくした頃、懸念されていたダンジョンの〝大崩落〟が起こってしまった。

「もうすでに〝大崩落〟から半月が経っています。みんなが心配なのはもちろんですが、僕自身もあの場所から離れたままでは長くは生きられないのです」

アタタガもエント、土と清水から長く離れればやがて枯れるように死ぬ運命だという。そこで、冒険者ギルドに所有しているすべての素材を売り、冒険者を雇おうと思ったらしい。

どうやら〝再生の林檎〟を大量にギルドへ持ち込んだのはこの子。気持ちはわからなくもないが、やはり無謀だ。お金だけで早急に動けるような案件じゃない。

「トムタガもかなり悪いのか」

「はい。浄化しきれない悪い気が澱のように溜まってしまい、葉が枯れそうでした」

セイリュウは、聖なる場所の守護を天界より任された一族だ。〝生命の泉〟へも何度か足を運び、エントの長老トムタガさんとも顔なじみだそうだ。

「僕が行こう」

こともなげにセイリュウが言う。

「本当ですか、セイリュウ様！」

滂沱の涙を流しながら俯いていたアタタガの顔が、ぱーっと明るく輝いた。

「あと、メイロードも来てね」

「ええ!!　ちょ、ええ!!」

（さらっと爆弾発言しないでください。ダンジョン未経験の初心者を、こんな高難度なところへ連れていく気ですか！）

「君の《緑の手》がなければ、おそらくトムタガは助からない。頼む、来てくれ」

「お願いいたします。メイロードさま、どうぞ祖父とエントたち、あの階層に住む者たちをお救いくださいませ！」

私の前で、涙で潤んだ目をして祈るように見つめてくるアタタガの視線がイタイ……

「う～」

(私には神さまとも約束した〝命大事に〟という基本ルールがあるので、簡単には請け負えないけど、助けてはあげたい)

「わしも付き合ってやるから、さっさと行って助けてこい」

そんな私の背中を押したのはグッケンス博士だった。

(相変わらず神出鬼没)

マスター・ウィザードと聖龍、こんなドリームチームに背中を押されたら、もう行くしかない。

しかも《無限回廊の扉》を持つ私がいれば、事前準備もほぼ必要ない。

(覚悟は決まった。助けましょう！)

「わかりました。この依頼、お受けしましょう。では、準備金の大金貨をいただけますか」

慌てて大金貨を取り出すアタタガ。

「セーヤ、ソーヤ、このお金で、街中の薬種問屋から〝植物のための薬の材料〟をできるだけ多くの種類、ありったけ買ってきて。なるべく力のある材料を揃えてね。足りなければ私のお金もいくら使ってもいいわ」

〔イスで不十分なら、《回廊》を使って帝都の薬種問屋も探してきてね〕
〔すぐ行ってきます〕
〔では、私は帝都へ行ってきましょう〕
　ふたりが俊敏に駆け出すのを、ポカンと見ているアタタガに、私は予定を伝える。
「私は植物のための魔法薬に詳しい薬師から、明日一日で、エントの皆さんの役に立ちそうな薬を学べるだけ学んできます。明後日にはアラグラ村へ向かいますので、必要な準備をしておいてくださいね」

「……というわけで、ダンジョン内で苦しんでいるエントを助けることになってしまいました」

　私の事情を聞いたハルリリさんは、ものすごくびっくりしつつも、エントたちのために協力は惜しまないと言ってくれた。

「ありがとうございます。とりあえず、手に入った材料を持ってきました。教えていただいて残った分は、報酬だと思って受け取ってください」

　私とソーヤは大量の素材を取り出して並べる。

「ちょ、ちょっと待って。なんだかすごい高級素材があるんだけど、これいくらかかってるのかな？」

大金貨一枚分以上と伝えたら絶対受け取ってくれないので、そこは濁しておく。

「それは、まぁ、いいじゃないですか。時間もないので、ご教授お願いします」

エントは人と妖精、そして植物としての性質を併せ持つ、非常に複雑な種族だ。

〝聖性〟を持ち、土地を浄化する能力を持っている、ある意味〝聖龍〟に近い神の祝福を受けた種族である。彼らは多くを語らず、地の清浄を保ち聖域を守り、やがて自然に還っていく。

「身体的には植物の特性が強いはずだから、躰の毒素を排出する力を強くしてあげるといいの。根の力の強化薬も重要ね。それから、広域の土の力を回復する薬も有効なはず」

以前聞いた通り、農業関連の薬に精通するハルリリさんは、エント用治療薬のリストを作ってくれた。リストにある薬の材料は、セーヤとソーヤが頑張ってくれたおかげで、すべて揃っており、すぐに調合に入ることができた。

「メイちゃん、相変わらずいい手際だわ〜、その調子！」

薬の作り方の基礎編は習得済みなので、覚えるのは必要な材料の種類と量。土系の薬は滅菌しない方が有効なものが多いというのが、ほかと違う特徴かも知れない。滅菌しない薬は腐敗が早いため、厳密な管理が必要。アイテムボックスに入れての保管が基本だ。それができない場合は、すぐに廃棄する。

「新鮮な食材のように管理しないとね」

ハルリリさんは作った薬を大事そうに置く。さらに、エントの治療には〝ポーション〟もある程度有効だろうということと、周りの環境を見極める必要もあることを教わった。

「植物は環境の変化に弱いの。実りが悪くなったり、花が咲かなくなったり。土地が変わるとトラブルが起きがちだから、薬で改善されないようなら、場所に原因があるかもしれない。慎重に周囲の状況を探ってみてね」

「ありがとうございました。とても参考になりました」


植物治療の知識と薬の作り方を頭に叩き込んで、ダンジョンへ向かう準備は整った。アラグラ村近郊のダンジョンまでは、アタタガが運んでくれることになっている。

「それでは、こちらの箱の中にお入りください」

アタタガが、地面に置いた十センチ四方ぐらいの箱に祈りを捧げると、内部が広いリビングになった大きな四角い家が現れた。机や椅子もあり、床はフカフカ、ドアも窓もあり、壁には絵も飾ってある。

「急いで飛びますので、二日あればアラグラ村までたどり着けます」

「あまり無理しないでね」

私は《裂風》と《強筋》の魔法をアタタガにかけ、〝ポーション〟を渡した。これで風の影響は受けにくくなるし、飛行能力も向上するはずだ。強い〝ポーション〟を渡すと無理しすぎそうなので、栄養剤程度と思って普通の〝ポーション〟にした。

アタタガはかなり気持ちが焦っているので、無茶をするのではないかと心配なのだ。着くまでに体力や気力を使いはたして、倒れられても困る。

「これで、飛ぶのはかなり楽になるはずよ」

「ありがとうございます、メイロードさま」

彼は大事そうに〝ポーション〟を受け取ると、私たちに箱の中の部屋に入るよう促した。

再びアタタガの祈りが聞こえる。特に変わった気配はなかったのだが、ちょっと箱が揺れたあと、窓からアタタガの巨大な目が見えたときには心臓が止まるかと思った。

「なるべく揺れないように飛びますね。では行きます！」

窓から見える景色は瞬く間に遠くなる。

「メイロードさまの魔法、すごいです。こんなに気持ちよく高速で飛べるなんて！　これなら一日で着けるかも知れません」

（それはよかったけど無理しちゃダメだからね）

ハラハラする私の気持ちも知らず、アタタガは実に楽しそうに空を駆けていく。気がつけば雲の上、気流を利用してさらに加速しているようだ。こうして、セイリュウと博士、ソーヤとセーヤ、そして私は、伝説のエントを助けるために、遠い南部の未踏破ダンジョンへと旅立ったのだった。

セイリュウが、ただ乗っているのは暇だとうるさいので、小宴会を開始することになった。こんなこともあろうかと料理は当然準備してきたので、食べてもらうとしよう。ランチだし、昼間から強いお酒もどうかと思うので、やたらと飲む人たちにはコスパが悪いというケチな理由で封印していたビールを《異世界召喚の陣》で購入。

（ガラス工房に特注していたピッチャーがこんなところで役立つとは……）

「まずはプレミアムなあれにしますか」

ピッチャーになみなみと注がれた琥珀色の液体から立つ泡。大変に美しく、魅惑的だ。

（子供じゃなければ、私もぜひいただきたい。別にこの世界なら飲んだって誰も止めないけど、個人的倫理観でアウトなんだよね。お酒は二十歳（ハタチ）になってから！　ぐぐぐ）

ピッチャーを睨（にら）んで唸る私に、

（早く飲ませろ！）

という視線が四方から突き刺さってくる。私は潔く諦めて、これも特注で作ってもらったビール用ジョッキへ注ぐ。

つまみは、彩りよく野菜を詰めた肉巻き、茹で卵をたっぷり散らしたミモザサラダ、かぼちゃと鶏の和風あんかけに、白身魚の味噌焼き。それにこの間、やっと成功したソーセージ。粒マスタードは異世界から。定番のポテトフライも用意した。

私はお漬物とおむすびを食べながらお茶を飲む。ぐぬぬ。

（ソーセージとビール、いいなぁ……）

「この素っ気ないポテトフライの塩味が、ビールの喉越しと一体となると、なんと甘美な！　メイロードさまお手製のソーセージが、これまた……なんという食感でございましょう。パリッと弾けた内側からあふれ出す肉汁の官能的な旨味！　ああ、ビールがぁ〜」

今日もソーヤの食レポは延々と続く。ぐぬぬ。

博士もセイリュウも、ビールの苦味が気に入ったようで、私はガンガン飲み続けるみんなのため《異世界召喚の陣》に張り付いて、ビールを提供し続けた。

「ピルスナー！」

「ペールエール！」

「ヴァイツェン！」

何度か挟んだ休憩のとき、（ビール以外の）用意した食事をアタタガにも食べてもらった。エントは大人に近づくにつれ、いわゆる〝食欲〟はなくなっていくそうだが、まだ年若い彼は人と同じものが食べられる。人から植物へと変わっていく、なんだか不思議だがそれも悪くない気がする。

「人間の食事が楽しめる子供のうちに、こんなにおいしいものを食べる機会をいただき、ありがとうございます。僕はほとんど外の世界を知りません。これほどおいしいものを食べたのも初めてです」

そこへソーヤが合いの手を入れる。

「それはとても幸せなことです。この世界でも、これだけの美味な料理を作られる方は、ほかにいらっしゃいませんよ。このかぼちゃと鶏のあんかけのおいしさ！　この滋味と旨味！　最高ですよね」

ソーヤの言葉に頷きながら、ニコニコとおむすびを頬張るアタタガに、少し緊張がほぐれてくれたのを感じて、私はホッとしていた。

（そうそう、おいしいものを食べて、リラックスして、英気を養ってね）

再び飛び始めるアタタガには余裕が感じられるようになった。おいしいものをゆっくり食べると、気分が落ち着くよね。

中の宴会はさらに続き、酒はスピリッツに切り替わった。ザルしかいない宴会では、ビールだとずっと召喚し続けなきゃいけないので、面倒になった、というのもある。とりあえず、透明で強い酒を数種類と、それに大量の氷を出しておく。あとは、好きなだけ飲んでください。

私は窓の側に座り外の景色を眺める。

（あと少し、頑張って飛んでね。私たちが助けるから、大丈夫だよ）

外に見え始めた南部の山々と森の景色を脳内地図で確認しながら、薬の作り方を反芻（はんすう）しているうちに、私はいつの間にか気持ちよく眠ってしまった。

ダンジョン入り口付近には、物売りの屋台が三つと簡単な造りの小屋がひとつあった。屋台はアラグラ村近郊で採れた新鮮な食料品を売る店、ロープや松明などダンジョン内での消耗品を扱う店、そしてその両方を扱う店だった。ここで商売になるということは、かなりの数のダンジョン挑戦者がいるということだ。

ダンジョン入り口の小屋には〝冒険者ギルド出張所〟の看板が掲げられている。ここはギルドから派遣された人が常駐し、ダンジョンに入る許可を受けているかどうかをチェックする場所だ。ここのように特に重要視されるダンジョンには、必ずこういった監視施設があるのだという。

「踏破目的ではなくて、居住区階層までの到達ですか？　はあ、なるほど、こちらにお住まいの妖精の方のご依頼ですね……」

そろそろ老齢という雰囲気の元冒険者と思しき担当者は、依頼書とそれに押された判子を確認すると、ダンジョンへ向かうみんなに言っているだろうことを説明してくれた。

「ようこそ〝生命の泉〟ダンジョンへ！　現在、このダンジョンは地殻変動により内部構造が以前と変わっております。既存のどの地図も役に立たず、中にどのような魔物や怪物がいるかもわからない状態です。いま現在も何組か攻略に挑戦中でございまして、七階層までの地図はおおよそ完成しております。かなり高額となりますが、もしご購入になるようでしたらお声をおかけください。また、お戻りの際、より深い階層までの地図ができましたら、ぜひご提供くださいますよう、お願いいたします。では、お気をつけて行ってらっしゃいませ。無事のお帰りをお待ちしております！」

繰り返し言っているせいか、立て板に水すぎて、某ランドの人みたいな抑揚がついている。どうも緊張感に欠ける感じだ。

「あ……りがとうございます。では、行ってきます」

一応挨拶して通り過ぎようとしたところで、ダンジョンから八人組の冒険者がヨレヨレで出てきた。

「ここまで変わってちゃ、あれ以上は無理だよ」

「まぁ、五階層でそれなりの収穫はあったから、赤字にはならなかったし、いいとしようや」

「高い地図買ったんだから、七階層までは行けると思うじゃないか！　一度は踏破できた場所だったのに……難しくなりすぎだろ？」

（どうやら中の変化は、地形以外にも及んでいるみたいね）

通り過ぎる彼らに耳を傾けながら、ダンジョンへ入る。われわれだけになったところで、博士と私で全員に《迷彩魔法》をかける。さらに《沈黙の歩法（サイレント・ウォーク）》と《強筋》、《裂風》を重ねがけ。《夜目》という暗いところでも目が見えるようになる魔法も追加。

いまは戦っている時間が惜しいので、やり過ごせる敵と戦う気はない。消耗を最小限に、最短ルートで進む計画だ。

「やはり、冒険者ギルドで見せてもらった地図とはまったく違いますね。博士、一階は北から迂回（うかい）して西方向に進むのが最短みたいですが、地下二階はどうですか」

博士は私より《鑑定》関連のスキルがかなり高く、《地形把握》もいまいる場所の上下階の状況まで把握できてしまう。私も早くそうなりたいものだ。

「崩落の影響だろうが、行き止まりがかなり多いようだ。地図を精査して、最短ルートを割り出しながら進むとしよう」

《地形把握》が使える人間がふたりもいるということだけでも、われわれはありえないほど有利なパーティーといえる。おかげで地図を精査する時間も大幅に短縮でき、《索敵》も併用しているので、敵との遭遇も最小限に抑えることができてしまう。

（しかも敵からは見えないから横をすり抜け放題。不意の敵に遭遇したとしても相手からは認識されないので、まったく戦わずに進んでいくことが可能だ。魔法バンザイ！）

私たち一行は、姿も音もなくかなりの速度で、洞窟のような地下へ向かうダンジョンを進んでいく。途中、いくつかの冒険者グループとも遭遇したが、当然彼らにもまったく気づかれない。

四階層に到達するまでに二時間。周りは、以前からいたというエレメンツとアンデッドがいるだけで変化なし。

だが五階層に入ると、様相が変わった。聞いていなかった種類の魔物が大量に湧いている。それは大型の〝ロックバイター〟という石でできた魔物だ。博士によれば、〝土のエレメント〟の力が強くなりすぎた結果、岩を依代（よりしろ）に魔物化したものだろうとのこと。

「エレメンツはもともと物理攻撃が効きにくい。それにさらに岩の衣を纏（まと）われたら、魔法の使えない冒険者だけのグループでは、かなりの苦戦を強いられるだろう。先ほど入り口で出会った冒険者たちの判断は、まったくもって正しいと言えるの」

引き際の判断が正確にできるというのは、冒険者にとって重要な素養だ。踏み込みすぎれば、すぐそこに死が待っている。このダンジョンが以前よりかなり厳しくなっていることもわかった。私たちも気を引き締めて進まなければ。

とはいえ、私たちの行軍は順調だ。順調なのだが、七階層を過ぎた辺りから、ときどき絶叫や大声が聞こえるようになってきた。いまいる階層のどこかで、勝てない魔物と遭遇してしまった冒険者たちのものだ。

(うまく逃げてくれればいいけど……)

「冒険者たちも、なんの覚悟もなしにこんなところには来ないって。退路も考えてるだろうし、そう心配しなくてもいいんじゃない？」

私の気持ちを感じたのか、セイリュウが慰めてくれる。

(確かに、ここは彼らの仕事場で、この難しい場所に挑もうというプロなのだから、そう簡単にやられはしないと思いたいけどね)

若干暗い気持ちになりながら進み続けたが、魔法でいくら強化しても子供の私の体力の限界は早く、八階層から九階層への入り口で力尽きた。そこで私は博士のマジックバッグに入れてもらっていた、簡単なドア代わりの板を目立たない行き止まりの壁に立てかけ、《無限回廊の扉》を開ける。

アタタガは、セーヤやソーヤのように普段人からは見えない妖精とは違い、聖性の高いエントの血を引いている〝半妖精〟だ。でも人とは違うので、私が手を引いてあげれば、回廊内を通過できる。

「アタタガ……気は急くだろうけれど、私も子供なので無理はできないの。ごめんね。明日は居住区へたどり着けるといいけど……」

私の言葉にアタタガは大きく首を横に振る。

「とんでもありません、メイロードさま。誰ひとり受けてくれなかった依頼に、応えてくださったことだけでも、本当にありがたいです。しかも急ぐ私のために、すぐに出発してくださいました。今日も私ひとりでは、見知らぬこの八階層をわずか一日で抜けることは到底無理だったでしょう。本当に感謝しているんです」

アタタガ自身、このダンジョンのことはよくわかっている。いまのダンジョンが、以前より危険になり難しくなっていることも、今日の行軍で体感したのだろう。

こんな危険な場所に、女性のしかも幼い少女である私を連れていくことにも、申しわけないという気持ちがあるようだ。

「さあ！　しっかり食べて、ゆっくり休んで、明日また頑張ろうね！」

もうすでにお風呂に入って、飲み始める準備万全の博士とセイリュウの前にビール（今日はラガー）のピッチャーとジョッキを置き、それに作り置きしておいた煮物や漬物、チーズ各種、きのこのバターソテーなどをタタンと並べた。

この人たちは、これを先に出してしまえば文句ないので、ある意味楽だ。あとはビールがなくなった頃、強めの酒を用意すればいい。

アタタガにはオムライスとサラダを用意した。ふんわり卵に甘いケチャップは癒し効果抜群だし、甘さが疲れた躰に染みるのだ。

「おいしいです。こんな料理は食べたことがありません。本当に甘くてふわふわで……すごく食べるのが楽しい」

普段どんなものを食べているのかはわからないが、あまり充実した食生活が送れているとは思えないアタタガの環境。楽しく食べてくれたら、これ以上嬉しいことはない。

「そうでございましょうとも！　それでなくても、メイロードさまのオムレツのおいしさは天下一品なのでございます！　バターと生クリームを贅沢に使ったフワッフワのオムレツに覆われた、崇高なるケチャップとご飯！　小気味いい食感の野菜ときのこ、そして鶏の旨味。一口食べる度に、幸福を感じる味！　完璧でございます」

我が意を得たりとソーヤは、マシンガントーク。それを楽しそうに聞いているアタタガに、少しホッとする。

（早く居住区に到達しなくちゃね。エントの皆さんも無事だといいのだけど……）

私は食事をそうそうに済ませ、あとの仕事をソーヤに任せると、マイ温泉で躰を癒してから、早めに寝ることにした。

足手まといにならないよう、頑張らなければならない。明日は十二階層にたどり着く。そこに居住区は、まだあるのだろうか。まだ見ぬエントの森を想像しながら、私は眠りについた。

今日は地下九階層からの出発だ。昨日と同じ手順で全員に魔法をかけ、全速前進で行軍予定。もちろん、今回も一切戦闘はしない〝コソコソ作戦〟を継続する。

とにかくいま大事なのは、居住区の住民がどういう状態にあるのかを、一刻も早く確認することだ。体調が悪かったというエントの長老たちがどうしているのか、それが一番の心配。急がなければならない。だが急ぎたい気持ちとは裏腹に、ダンジョンの様相は厳しさを増していく。

「博士、強い酸性の池とか、針を吐く植物とか、なかなか凶悪なトラップが増えてきましたね」

「おそらく酸を吐く魔物も出てくるだろうな。メイロード、結界を張りながら歩けるか」

「大丈夫です。ではみんなの周りに結界を張りながら進みます」

私は対物理攻撃用の強力な結界を、移動させながらずっと維持し続けた。なかなか魔法力量のいる結界だが、こんなところでケチっても意味はない。この結界なら、たとえ剣で突き刺されてもビクともせず、がっちり守ってくれるはずだ。

九階層の入り口からは、この私の結界で酸や異物の侵入を防ぎ、進んでいく。ときどき、なにかの飛沫（ひまつ）が飛んできて、結界に当たり〝ジュッ〟という音を立てる。

おそらくあの酸が躰に付着すれば〝鬼蛭（おにびる）〟にやられたとき以上の怪我になるだろう。魔物に出会わないように、これだけ気を使いコソコソ動いていてコレなのだ。ダンジョンというのはつくづく恐ろしいところだと思う。

（こんな危険な穴倉に宝探しに来る冒険者って、すごい人たちだなぁ。私には無理です）

そして、残念なお知らせ。酸や針などのトラップをくぐり抜け、やっと到達した元居住区の十二階層は、なにもない空間になっていた。危険なものもないが、水すらない。文字通りがらんどうだ。

冒険者にとっては、これでも貴重なセーフティゾーンだが、ここにいた者たちはどうしたのだろう。ともあれ、貴重な休める空間、ここでお昼ご飯を食べながら、今後の方針を話し合う。

今日のお昼は、用意する時間が少なかったので、運動会のお弁当みたいなメニューを重箱に詰めてきた。卵焼きにウインナーにミートボール。三種類のおむすびと三種類のサンドウィッチ、漬物とピクルス。がめ煮風の煮物とコールスローサラダ。フルーツも少し。

「僕の予想だと、おそらく階層が増えているんだと思う。以前の様子と比べても上の層に浄化の必要な魔物が多くなっているし、階層が増えた分、浄化のための森はもっと奥の階に下がっているんじゃないかな。最下層の〝聖霊湖〟とあまり離れすぎない位置に、区画ごと移動したんだと思うよ」

セイリュウの推測では、あと五階層の内には、居住区に当たるだろうという。ならば今日中に到達できる可能性が高い。しっかり食べて休憩したので、まだまだ行ける。

「行きましょう！　急ぎますよ」

十二階層の様子に落胆するアタタガを励まし、再びコソコソ行軍を開始する。もう、周りには悲鳴を上げる冒険者の声もまったくしなくなった。聞こえるのは、魔物たちの動く音と唸り声だけだ。このダンジョン、ここまでたどり着いているのは、私たちだけということだろう。

「この辺りから、魔物の強さも一気に上がっているようだの。一手でも間違えれば、大きな時間の無駄になる。しっかり地形を読めよ、メイロード」

「はい、博士！」

私と博士は、敵と遭遇せずに済む最短ルートを何度も確かめながら、猛スピードで駆け抜けた。そして十七階層に到達。

そこには、想像以上の規模の森が広がっていた。

（なんだかこの場所、ダンジョンとは空気が違う）

ずっと埃っぽい殺伐としたダンジョンを歩いてきたせいかもしれないが、澄み切った空気と緑の木々のざわめきと草木の匂いが新鮮だ。気温と湿度も快適で申し分ない。

（森林浴で癒されるって気持ちが初めてわかった気がする）

だが、アタタガの感想は違った。

「空気にわずかですが淀みを感じます。こんなこと、いままでありませんでした。きっとなにか起こっています。急ぎましょう」

顔を強張らせたアタタガに導かれて、森の奥へと進む。急いで移動する途中で出会った小人族や妖精たちもみんな不安そうな顔で、アタタガの帰還を喜びながらも、あえて声をかけず見守っている雰囲気だ。

早足で進む私たちの耳に、やがて小川のせせらぎのような綺麗な水音が聞こえ始め、美しい清水の湧き出す小高い山と、その山頂へ続く苔むした階段が見えてきた。

山頂にはこの森の中心〝長老池〟があった。ダンジョンの水を集め、浄化する中心地だ。

「おお、アタタガ、戻ったか」

池を囲む鬱蒼とした森はみんな、年を経たエントたち。すでに歩くこともなく、地に根を張り、静かに清浄な地を育んでいる者たちだ。

私たちを見て声を発したのは、長老たちの中では、一番年若いトムタガだった。だがよく見れば、トムタガをはじめ長老たちの幹や葉には、一様に枯れる気配が忍び寄り、多くの葉が地に落ちている。

「メイロード、これは一刻を争う。話はあとにしよう。とにかく彼らに生気を戻してやってくれ」

セイリュウの慌てぶりからも、事態が思った以上に深刻なことが感じ取れた。

「わかりました。早速取り掛かりましょう。セーヤ！　ソーヤ！　《回廊》の中に作って保存してある〝土壌活性薬〟と〝根の成長促進薬〟それに〝樹木用栄養剤〟を、それぞれの樹に与えてあげて。その間に、治療します」

私は大きな岩にドアを取り付け《無限回廊の扉》を開ける。セーヤとソーヤは素早く私の用意した薬のケースを取り出し、みんなで土壌に薬を撒き始めた。みんなが動いてくれている間に、私はまずトムタガさんのもとへ向かった。

「はじめまして。私はメイロード・マリスと申します。お元気になられるよう、私の力を使ってみますね」

「迷惑を……かける」

無念そうな声だ。よほど苦しいのだろう。深呼吸をしてから、私は幹に手を当て祈る。

(《緑の手》よ、この聖なる樹に祝福を。聖なる池とこの森の居住区を守る、浄化の力を戻してあげて)

私の力が樹の中に送り込まれると、地面が激しく動き出した。新しく生えた強固な根が、もう一度地面を掴み、水を吸い上げ始めているのだ。

私の力は、周りの木々にもそのまま連鎖するように伝わっていき、地面を大きくうねらせながら、あちこちで根が強く太く再生し動いている。

《緑の手》による治療と並行して、セイリュウは〝長老池〟の調査を開始。龍の姿となり池に潜ったセイリュウは、数分後には結界に包んだ、ジャングルジムぐらいの大きさの真っ黒で巨大な正立方体の塊を池から引き上げた。

「これは〝厭魅(エンミ)〟か」

博士は眉をひそめ、驚きつつその異様さに唸った。

「人が作るちゃちな呪いの道具とは、まったく違う厄介ものだよ。ここはエレメンツやらアンデッドやら、霊的な素質の高い魔物ばかりがいるダンジョンだから、浄化しきれなかった思念と霊力の澱(おり)が、意志を持って〝厭魅(エンミ)〟となって呪詛(じゅそ)を仕掛けてきたわけ」

「千年の呪いか。気の長い話だの」

「死なない連中には何年でも何千年でも一緒なのさ」

浄化を阻害し、森が消えれば、このダンジョンは彼らだけの楽園となる。そんな思いを持ちながらダンジョンで消されていった怪物たちの残滓(ざんし)が、この巨大な塊。呪いを込めた水を流し、エントたちをじわじわと攻撃していたものの正体だった。

もしかしたら、枯れてしまったというほかの〝生命の泉〟でも同じようなことが起こっていたのかもしれない。

博士とセイリュウふたりがかりで、池の水の呪詛(じゅそ)を取り除く《呪解浄化(じゅかい)》という高度な広域魔法をかけると、水は徐々に澄みわたり始め、やがて鏡のように美しく周囲の緑の木々を映し出した。穢れない清浄な空間が、そこに戻ったのだ。

「助かったよ、博士。この魔法が使える人間は、あんまりいないからね」

見渡せば、すべての木々は活力を取り戻し、その葉の色は以前の輝きのまま、ゆっくりと揺れている。そこには清浄なる水と空気に覆われた、地底の神域を支える広い池が蘇っていた。

「メイロードもしっかり仕事をしてくれたみたいだ」

「あれはこういうことでは手を抜かんよ」

ふたりはニヤッと笑い合ったあと、

「あ〜、早くビール飲みてぇ」

とぼやきながら、状況の説明のため、トムタガの樹のもとへと向かって歩き始めた。


「それでは、われわれに呪詛が仕掛けられていたと……」

信じられないという気持ちが、言葉に現れていた。

「トムタガ、確かに聖性の高いエントが呪詛に気づかないなんて考えにくいだろうが、これは、水の一滴を貯め続けて大河を作るような、途方もない時間をかけた呪詛だ。むしろ、僕らは外から来たから気づけたのさ」

久しぶりのセイリュウの来訪を喜び、今回の助力に礼を述べるのは、まだ話ができる年齢の長老樹トムタガ。彼ももう、すっかり生気を取り戻したようだ。

〝長老池〟に流れ込む水に含まれた澱が、いつから〝厭魅〟として形作られたのかは定かではないが、セイリュウの言う通り、おそらく数十年といった短い期間のことではないと思う。あれが、呪詛として機能し始めたのもそう最近ではないはずだ。途方もない時間をかけ、誰も異常を感じることができぬほどの変化で、ヒタヒタとエントたちを弱らせ最下層にある〝聖霊湖〟の力をゆっくりと削いでいく。ものすごく気持ちの悪い執念深さだ。

「この澱は、おそらくこれからも定期的にさらってあげないと、また同じことが起こるよ。また影響が出るまでには、千年単位の時間がかかるとは思うけど、数年に一度は、様子を見た方がいいね」

　そこで、目立たない場所に《無限回廊の扉》を設置して開けておき、セイリュウが定期的に見回りに、私もときどき長老たちの健康管理に訪れる、ということになった。トムタガさんは、ものすごく恐縮して、何度も礼を述べる。

「ただここにあるだけ、動くこともままならないエントが差し出せるものは、ほとんどなにもありません。いくつか残っている〝再生の林檎〟ぐらいです。それでは、この度のお礼にもなりますまい」

長老は恩に報いられないことに悩んでいるが、今回は冒険者ギルドからの正式な依頼を受けているのだし、報酬も大きいのだから気にする必要はない。

（〝再生の林檎〟をいくつか売ってもらえれば助かるけれど……あ、そうだ！）

「アタタガにお仕事を頼むことはできますか？」

私はノートに書いていた懸案事項を思い出して、聞いてみることにした。

「私になにかできることがあるのでしょうか？」

目を輝かせてアタタガが私の方を見ている。彼もなにかお礼がしたくてたまらなかったらしい。

私は、速い移動手段が欲しいと思っていたこと。一度行ったことのある場所への移動には必要ないので、出動要請は多くないこと。ときどき、私が許可した人たちも手伝ってあげてほしいことを告げた。

「ではメイロードさま、私と契約していただけますか？」

アタタガはとても嬉しそうだ。自分の能力を高く買ってくれること、その人に恩返しができることに、誇りを感じているらしい。

「もちろん、そうしてくれれば嬉しいわ」

アタタガによると、彼が大人のエントとして地に根を張るまで、まだ数十年の期間があるという。その間、私のプライベート飛行士として、助けてくれるそうだ。

「本当にそのようなことだけでよろしいのですか。セイリュウ様、グッケンス博士、メイロードさま」

トムタガさんはそう言うが、アタタガの能力は得がたいものだ。たまに使わせてもらえれば、こんなに心強いことはない。

セイリュウは《無限回廊の扉》が設置されて、楽に行き来できるようになっただけで満足みたいだし、博士もここの植生などいろいろ調べられれば満足みたいだし、ふたりとも食事と酒以外の物欲がない。

「メイロードがそれでいいって言うなら、いいんじゃない？」

「なかなか面白い従者を得たな、メイロード」

ふたりも賛成してくれた。

「では、あなたに名前を授けましょう。いつも私と共にあるように。私の翼、アタタガ・フライ」

神妙に膝をつき、誇らしげにアタタガも宣言する。

「ありがとうございます、メイロードさま。あなたの翼として末永くお仕えいたします」

「これで、あなたも《回廊》を自由に行き来できる。用事がないときでも、いつでも遊びに来てね。おいしいご飯をご馳走するから！」

これからのことについてどうするか、という話し合いはまだ続いていた。今回の呪いが最下層の〝聖霊湖〟に与えた影響については、問題ないそうだ。実に不思議な能力だが、エントたちは地脈から水を通して〝聖霊湖〟の状態を感じ取れるのだという。

今回はエントたちの判断が早く、さらにわれわれのスキルと魔法が強力であったため、〝聖霊湖〟への影響が大きくなる前に、問題は完全に取り除かれたらしい。

「〝聖霊湖〟は、一本の木も影響を受けることなく、林檎を育てております」

長老樹トムタガは、瞑想ののち、安堵した声でわれわれにそう告げた。

「あなた方がいらっしゃらなければ、おそらくこの〝聖霊湖〟も、長くはございませんでした。この地に住まう者たちを代表して、心より御礼を申し上げます」

トムタガは三つの〝再生の林檎〟をお土産に、とくれた。私は代価を支払いたかったが、絶対お金は受け取ってもらえそうもなかったので、使い方や保管方法をきっちり伝えた上で、樹木に良い薬を大量に作って置いていくことにした。

アタタガが《無限回廊の扉》に入れるようになったので、薬は鮮度を保つために、回廊内に保存し、アタタガが管理することにした。

　例の巨大な呪いの塊は、アタタガに頼んで小さくしてもらい、手に持てる大きさまで縮小。結界で封じたまま、セイリュウが運ぶことになった。水の呪物（じゅぶつ）なので、霊峰の火山で時間をかけて解呪するのだという。

「僕が帰りに運んでいくよ。こういうものは、ちゃんと処理しないと、そこから魔物が湧いたりして厄介だからね」

　すると博士が残念そうに言う。

「この〝厭魅（エンミ）〟、なかなか興味深い呪物（じゅぶつ）なのじゃがなぁ。確かに人の手元に置くには禍々（まがまが）しすぎるか。調べてみたかったがなぁ」

　自分ひとりだったら持って帰ってしまいそうな勢いだ。研究者という人たちは、ときどき無茶なことを平気でするから怖い。

　さて、ここから帰るに当たっては、面倒だがダンジョンを戻らなければならない。でないと、冒険者ギルドの遭難者リストに載ってしまい、さらに面倒なことになる。

　そのためにダンジョン二階の目立たない場所に《回廊》を作り、《迷彩魔法》で隠してきた。あまり早く帰還しすぎてもどうかと思うので、一週間ぐらいしたらそこから地上に戻ろうと思う。それでも、ありえないほど早いのだが、もともとの依頼が最速到達なのでまぁ、いいとしよう。

私と博士の手によって正確に記録された十七階層までの地図は、無償で提供するつもりだ。今回の報酬だけでも多すぎるぐらいなのだから、少しでもここを攻略する人たちの助けになればいい。

博士はエントの研究、セイリュウは旧友との語らい、私はこの階層に住む妖精や小人族たちからいろいろな話を聞いたり、魔法の訓練がてら、畑や樹木のお世話をして過ごした。私の魔法があると、草刈りや収穫が早いのでとても喜ばれた。

特に小人族がここで栽培している作物は興味深く、ラッキョウと思しきものを発見したときにはガッツポーズが出てしまい、小人さんたちを驚かせてしまった。だがこれで、異世界ドメスティック・カレー計画は一歩進んだのだ。

こうなると、本気で米を探さなくてはならない。この世界のどこかにある（と私は信じて疑わない）米を、絶対見つけるのだ。

（アタタガ・フライの初仕事は、米の探索旅になるかもしれないな）

カレーとはなんだと、小人さんたちに聞かれたのだが、説明するのが難しかったのでご馳走することにした。

みんなで大量のタマネギやニンジン、ジャガイモをお喋（しゃべ）りしながら剥いて切って、地物のきのこに、博士の豚肉、スパイスは凝らずに、気軽に使える箱入りのものにした。大鍋で調理するとそれだけでおいしい。

ワザとちょっとおこげを作った飯盒炊飯風のご飯もたくさん用意。《無限回廊の扉》の時短機能を使い、ラッキョウの漬物も添えた、正調キャンプ・カレー。

「サイッコーです！」

と、ソーヤが叫んでいるので、味は大丈夫。みんなも初めての味を楽しんでくれたようだ。

「ん、オイシ！」

第五章　新ビジネスの広告塔になった聖人候補

「メイロード、もしかしてお前って目立ちたがりなのか？」

「はぁ？」

そんなわけはないのを知っているくせに、サイデムおじさまは言わずにはいられなかったらしい。

「〝強者冒険者たちが誰ひとり手を出せなかった超難度の依頼を成し遂げたツワモノ、冒険者ギルドの最年少クラス1は、なんとあのメイロード・マリス！〟イスはお前の噂で持ちきりだぞ」

「なんで私がクラス1をもらったこと……」

おじさまが呆れたように言う。

「こんな危険で高額な依頼を、下位の冒険者が受けられるわけがない！　この間まで冒険者ギルドに行ったこともなかったはずのお前が、9クラスすっ飛ばしていきなりクラス1をなぜ持っていたのかは知らん。だが、この依頼を受けられたということは、お前はその資格を持っているってことなんだ。お前はクラス1だと誰でも思うぞ」

「あっ！」

「驚いてるのはこっちだ」

（そうか、地図の閲覧のためにレシータさんからもらったクラス1のギルドカードがあったから、すんなりこの依頼が受けられたのか。申請のとき、そういえばカード提示したっけ。名前を確認しているだけだと思ってた）

「私の悪目立ち問題は、ますます深刻ってことですね」

私は深いため息をつく。

「お前の悪目立ち問題は、もう諦めた方がいい。いや、俺は諦めたね。博士たちとの食事会は今夜だったな。そろそろ例の計画も動き出すし、また忙しくなるぞ」

おじさまにそうバッサリと言われてしまった。

（うう、ますますイスの街が歩きにくい）

今夜は、いよいよ畜産ビジネスを公にする作戦会議だ。

イスで生鮮を扱うあらゆる小売店で、牛乳と乳製品を買えるようにする。そのために必要な在庫が、いよいよ整ってきたからだ。チーズは熟成の関係もあるので、フレッシュなもの以外は完全解禁までもう少しかかりそう。でも、この世界にはもともとチーズがないらしいので、まずは牛乳を市井の人たちに受け入れてもらってからチーズを発表する方が、インパクトがあるし都合がいい。

ここに至るまで約一年、おじさまの情報統制は完璧だった。牧場と加工工場を合わせたら、かなりの人数がすでに動いているにもかかわらず、この極秘プロジェクトを匂わせる情報は一切漏洩していない。施設をイスから離していることも大きいが、やはりおじさまの手腕を褒めるべきだろう。

だが、ここから先は隠し立てしようもない部分が増えていく。幸いなことに牧場の立ち上げからここまで、最初に危惧された深刻な問題は起こらなかったし、当初から懸念されていた強盗や窃盗、それに魔物の襲来問題についても、これまでのデータから見てあまり心配せずに済みそうな状況だ。

さらに言えば、辺境の奇跡の村と呼ばれ始めているシラン村についても、いい方向に噂が作用しているそうだ。

シラン村警備隊が、有名な盗賊団を不思議な術まで駆使して一網打尽(いちもうだじん)にしたニュースは、裏社会に相当のインパクトを与えたらしく、シラン村は〝関わったらヤバイ場所〟と認知してもらえたらしい。彼らもなにをされるかわからない場所に押し入るほどバカではない。やり手のグイドが簡単に手玉に取られたと知れば、リスクが高いと見て、狙う気も失せるというものだ。

魔物について講じた対策も完璧に機能しており、いままで一度も牧場や施設が襲われることはなかった。博士の蓄積したデータを見ても、これはまったく魔物には見つけられていないと考えて良いそうだ。

では、ここから先に考えられる脅威とはなにか。畜産を〝貴族の仕事〟と信じて疑わない人たちの間接的、そして直接的妨害だ。私たちは彼らの出方を予想し、網を張り、妨害に対抗しなければならない。

畜産の普及について研究をしていただけでひどい妨害を受けていたグッケンス博士の

ことを考えても、私たちのやっていることが公になれば、苛烈な妨害工作も辞さない一部の勢力が確実に動くだろう。

今回の一気呵成の仕掛けは、彼らを封じるためでもある。大量の流通が恒常的に行われるようになってしまえば、彼らの望む価格で取引されることは二度とない。少なくともイスでは……

そうなってしまえばどんな工作も無意味どころか、最大の消費地と買い手を敵に回すことになり、自分たちの首を絞めるだけになる。

ただし、彼らにも新たな道はある。そこに、思い至ってくれるかどうか、それが鍵かもしれない。私は今夜の宴会のため、みんな大好きポテトサラダを作りながら畜産の未来を考えていた。


「メイロード、お前が悪目立ちを極めてきたせいで、半ば伝説化していることはわかっているか？」

イスのマリス邸のカウンターで、サイデムおじさまは日本の質の高いシングルモルト・ウイスキーのロックをおいしそうに飲みながら、再度私の悪目立ち問題について確かめるようにこう言った。

購入したのは若めのビンテージだったが《無限回廊の扉》の時短機能でガッツリ三十五年熟成したものだ。華やかな果実味に樽の香りと複雑な苦味が加わった逸品だと、ソーヤのお墨付き。

「大変不本意ですが、イスでの評判は聞いています。もう、普通にイスの街を歩ける気がしません……というか歩けません」

自重しなかった私が悪いのだが、ものすごい尾ひれもついている、次から次へと湧いてくる噂は訂正しようもない。もうすでに伝説の何某は、私じゃない〝誰か〟と化していて、傍観するしかない気分だ。

（イヤイヤそれって、私じゃないし）

いまの私には、そんなツッコミを心の中でいれることぐらいしかできない。

大きくため息をつきながら、それでも休まず手は動かして料理を作る。突き出しは、ちょっと和風に沢庵を混ぜ、異なる食感を出して仕立てた和風ポテトサラダに、〝老舗料亭風〟半熟卵、キャベツの塩昆布和え胡麻油の香り。このキャベツの塩昆布和えは、酒のアテとしてすごく優秀で、止まらない味。おじさま方もずっとバリバリ食べ続けている。

「これが目立たないでいるのは、どうやら無理のようだの。お前さんの運命が火中の栗を拾うよう巡っておるとしか思えん」

博士にもすっかり諦められているようだ。そしてとても残念なことに、博士の言葉を否定できる材料がない。私は、場当たり的に必要とされることを考えて実行しているだけなのだが、いつも最終的には大事になってしまう。

「メイロードはさ、もうそれでいいんじゃないの。いまは博士の《迷彩魔法》もかなり覚えたみたいだし、なるべく人前では消えて、姿を見せないようにするとか」

セイリュウは、とりあえずビールが飲みたいというのでピッチャーで黒ビールを出してある。確かに、今日の料理にはビールもとても合うだろう。揚げたて串カツをメインにするので、下拵え（したごしら）を終えて油を準備。ウスターソースは異世界から買ったものに香味（こうみ）野菜を加えて若干アレンジし、ややスパイシーさを増してみた。

では、タマネギやアスパラといった定番野菜から。

「メイロードさま、熱さというのもうまさでございますね。このタマネギのトロッとした食感にこの熱さ、ホフホフ、野菜の甘味と濃厚なソースの旨味。こちらのアスパラは塩でもいいです。マヨネーズもいいです、ハフハフ」

「まだたくさん揚げるから、火傷しないようにゆっくり食べてね」

ソーヤに注意しながら、次々に揚げていく。

「博士のパレスでの用事は、〝魔術師の心得〟の改訂についてですか？」

私も気になる改訂版の教科書。早く読みたいものだ。

だが、博士の考えはそれ以上だった。まず、本の分冊化。初心者が学ぶには危険が伴うものや魔法力量が膨大なものなど、ハードルの高い魔法を分離するという。

「膨大な魔法の種類に、難解な術式。そんなものをこれから魔法修業を始める者に見せても、萎縮するだけで意味がないしの」

なるほどその通りだ。それに、価格を分散できる点も大きい。分冊化によって、一度に必要な金額が抑えられ、さらに買いやすくなる。

紙製書籍になることで、かなり安価になる上、分冊化できれば、みんなが手元に置けるようになるかもしれない。必携書といわれながら、高額であった故に手元に置くことが叶わず、卒業後の修練がおぼつかない者たちがたくさんいる現状が、これでかなり改善されるはずだ。

そして、博士はさらなる改革を魔法学校と軍に求めていた。

魔術師の置かれている状況について私がどの程度知っているのかと、博士に問われ、いままでに見知った知識を思い出してみる。

まず、この世界の人々、特に大陸に住む人たちには、そのほぼすべてに魔法力がある。

だが魔法力量は個人差が大きく、多くの人たちの魔法力は微量。その能力は決して高いものではない。

基本的に十五歳ぐらいまでは魔法力量は成長と共に増加していくが、それでもほとんどの人は五十前後に留まり、百を超えるまで増加する人はごく少数だ。

そして、もうひとつ重要なこと。魔法力があるだけでは魔法は使えない。魔法は訓練と知識の習得によってしか使えるようにはならないのだ。

魔法力をあまり必要としないごく簡単なものは市井（しせい）の魔法使いから習うことができるため、躰を清める《清浄》や火を起こせる《着火》といった魔法力が十以下でも使える魔法は、使える人も多い。魔法力の少ない人でも魔石の起動は行うことができるので、お金持ちの使用人たちは魔石を使ったコンロや魔石を使った水道設備を使うことができる。

だが、高度な魔法習得のためには専門機関での教育が必要とされ、そこには一般の人たちは知ることすらない多くの魔法が存在している。

またこの世界には魔法使いと一般人の間にあるニッチな**とある**職業が存在する。少し大きな街には必ずある職業で、簡単な魔法ならば何度も扱える程度の魔法力を持った人たちの仕事、それを〝魔法屋〟という。これは基本的に、限定的な数種の魔法に特化したサービスを行う職業で、一定の需要があるものだ。

魔法使いの適性があるとされるのは魔法力二百以上だが、十五歳の段階で四百を超えなければ魔法学校には入れない。

逆に十五歳の魔術師選別のとき、それ以上の魔法力を有していると国の機関に知られれば、問答無用で魔法学校へ放り込まれる。そしてそこで頭角を現してしまえば、その後も厳しい監視の下、エリートという名の軍属魔術師への道を歩まされると聞いた。

また、これは強制なのか自らの意思なのかは微妙だが、高い魔法力を認められた子供は貴族の養子となることも多々あるという。

魔法使いは希少価値の高い職業で、究極の専門職。個人の資質にもよるが、高い魔法力を持つ者は〝人間兵器〟として、とてつもない価値を持つことになる。

そのため、なんとか魔法使いを囲い込みたい軍だが、能力の高い魔法使いほど監視も強制も実際はあまり意味がないため、逃げられることもしばしばで、管理下に置くことは難しいらしい。それも高い能力故なので、有能な魔法使いには厳しく当たれないようだ。

（そういえば、私も十五歳が近づいたら逃げた方がいいとソーヤたちに言われてたんだっけ。確かに私の魔法力に目をつけられたら、強制軍属魔術師コース確定な気がする）

魔法使いへのハードルは高く、実技を納得がいくまで練習できる魔法力量を持つ生徒は、魔法学校の中でも一部しかいないそうだ。

したがって、かろうじて試験をくぐり抜けても、応用と実践が伴わないまま魔法使いとして仕事を始めることになってしまう子たちが多いそうだ。

困ったことに、こうした経験の浅い使えない魔法使いばかりが増え、人もそして自分自身も危険に晒しているのに、有効な対策は取られていない。

「ふむ。おおよそ理解しておるようだな。現状、魔法使いの質の低下はかなり深刻だ。そこで、メイロードから聞いた、とある国の医者の学び方を取り入れるよう、訴状を書いたのじゃよ」

異世界から取り寄せた辛子をたっぷりつけた、自家製ウインナー揚げをおいしそうに食べながら博士が説明してくれた。

ギルドの成立は現在の大国が勃興した時代を遥かに遡る。鍛冶、建設、そして冒険者といった技術職の人々はそれぞれ求められる土地へ出向いて仕事ができる自由があった。だが、それぞれの土地で自分に合った依頼を見つけ、仲間を募り、資材を得るためには拠点が必要となる。現在のギルドは、それぞれの職種が持っていた拠点の機能を強化し、世界中に広まった組織だ。

大国が成立する以前から、多くのギルドはこの巨大なネットワークを確立していた。数千、数万の、あるいはもっと膨大な数の技術者たちを動かす力を有する影響力は、どの国も受け入れざるを得ず、うかつにその運営に対して口を出すことはできなかった。ギルドもまた政治的中立を貫き、あくまで職業的互助組織として動くことで国との衝突を避けている。

個人主義の人たちが多かったせいか、魔法使いには長い間独自のギルドはなかった。どの国も有用な魔法使いを、できる限り軍属として囲い込みたいと考えていたため、その設立にも難色を示してきた。だが、現状はそれでは済まされないところまできている。

軍の大きな柱である魔術師部隊の質が低下し続ければ、国にとっても大打撃となる。魔法使いたちが自ら立ち上がり、その能力を高めるためギルドを創るべきだというグッケンス博士の進言に、軍も最初は猛烈な抵抗を示した。しかし、実情を突きつけられて最終的には折れるしかなかったそうだ。

「それで、魔法使いに、冒険者のようなはっきりとした階級（クラス）を設けることにした」

実のところ、私や博士のようなオールラウンダーの魔法使いはほとんどいない。魔法使いには得意分野、そして不得意の分野があるのが普通だ。

現状のようにそれすらも曖昧なままで、適性の有効な使い方も正確なレベルもわからないまま、闇雲に依頼を受けていたのでは、いつまで経っても技術は向上しないし、リスクも高く危険極まりない。

「そして下位の等級の魔法使いには、上位の等級の魔法使いとの行動を義務付けることにした」

「それは、うまいことを考えましたね」

ギルドが斡旋した仕事を請け負う際、まだ未熟な魔法使いはひとりでは報酬の高い危険な仕事は受けられず、逆に高いレベルの魔法使いは新人魔法使いを伴うように要求される。そうすることで、下位の魔法使いの習熟と安全も担保する。そのときどきで同行者は変えてもいいし、徒弟契約をしてもいい。弟子のレベルが上がれば、いずれ独立することになる。

「いい制度ですが、上位の魔法使いのメリットはなんですか。魔法使いには個人主義の方が多いと聞いてますが……」

医師の場合は、すでにその制度が定着していて、自分たちもそうやって育ててもらったという事実があるので成り立っているが、いまから始まる制度の場合そうはいかないだろう。

「最終的には、上の者は未熟な者を育てるのが当たり前という風になってもらうことが目標ではあるが、とりあえずは魔法使いが欲しがるもので釣ることにしたよ」

博士が使った手はなかなかゲスいが、非常に効果的だと思う。

（自由と金銭的メリット、か）

ギルドからの依頼を受ける場合、当然手数料が必要とされるが、インターンを伴っている場合、この手数料を半額免除とする。さらに、インターンを連れている魔法使いは軍の召集を断ることができる。

「考えたな、博士。さすが魔法使いの気持ちをよくわかっている。これなら軍嫌いの連中はこぞってこの制度を使うだろう。しかし、よく軍が承知したな」

セイリュウが驚きつつ感心している。確かによく説得できたな、と思う。

「大量の使えない魔術師が、実戦でなんの役に立つか！」

と、大説教を軍のお偉方にしてきたらしい。ついでに軍に入った新卒魔術師軍と模擬戦をして、コテンパンにしてきたそうだ。

「いまのままでは、いたずらに死人が増えるだけだと、やっと理解したようじゃ」

平然と水割りを啜る博士……ヤッパリ只者ではない。

（博士の模擬戦、見たかったなぁ）

「もうひとつ、新たな制度を付け加えておいた」

それは、魔法学校の年齢制限撤廃。もちろん通常は、十五歳にならなければ入学は認められないのが建前だが、才能が認められ、教授が自分の弟子としても認めた上、推薦された者は、その限りではない、という条項だ。

「これなら十五歳の魔法力判定も回避できる。でないと、お前の場合まずいじゃろう？」

どうやら博士は、私が逃亡せずに魔法を学べる道を作ってくれたようだ。十五歳の魔法力判定は〝魔法学校に送るか否か〟を判定するためのものだ。その前に推薦で入学していれば受ける必要はない。

「ありがとうございます、グッケンス博士。では、私の魔法学校進学は確定ってことでしょうか」

博士は、これも選択肢のひとつとして考えればよい、と言ってくれた。確かに、いまのところ、魔法力判定の関門を逃れる方法は見つかっていない。

博士が示してくれた十五歳を待たない〝推薦入学〟という道は、大事な切り札になるだろう。〝とっとと逃げる〟以外の選択肢ができたことは、大変ありがたい。

ともかく、私の桁外れの魔法力量は、まだまだ底が知れず、軍に知られでもしたら強制連行確実だ。なにがあろうと、絶対に隠し通さなければならないのだから、私の能力を公に開示することになるような場面には遭遇しないに越したことはない。

揚げ物は、鶏、串カツ、牛と、肉ゾーンへ入った。異世界から買って常備している胡椒をピリッと利かせたジューシーな鶏カツと、オーク肉の油とネギのネットリとした味わいが絶妙のコンビネーションの串カツに、噛み締めるほどに香ばしく食べ応えのある牛肉。ソーヤが悶絶している。おいしそうでなにより。

「お前の料理、すごいわ」

サイデムおじさまが、串カツを頬張りながら頷(うなず)く。


「やっぱり、お前抜きでは成立しない。悪目立ちついでにお前に頼みたいことがある」

今回の乳製品普及事業で、しっかり考えなければならない重要なこと。それは、新しい食材に関する理解を深めることだ。

牛乳単体でも、栄養価は高いし味もいいので抵抗感は少ないと思われるが、なにせこの国は、食に関して保守的(コンサバ)なお国柄。イスでの牛乳はまったく未知の味覚なわけだし、積極的な食の提案は必須だろう。そう思っていたところで、サイデムおじさまが目をキラキラさせてこう言ってきた。

「そこで、イスの目抜き通りに、乳製品の専門店、それからレストランを開こうと思っている。その店のレシピ監修と料理指導、それから一般向けのレシピ集の執筆も頼みたい」

私が串カツを焦がしそうになったので、ソーヤが慌てて代わってくれた。確かに、実際に食べてみるというのはもっとも確実なレシピ伝達方法だ。複雑な行程でなくても、初めて作る料理というのは、なかなか想像が及ばないものだろうし、特に慣れ親しんでいないものを口にする人たちのためには、料理法を学ぶ機会は多い方がいい。

「おじさまのことだから、もう具体的な計画もおありなんでしょう？」

私の言葉に、いたずらっ子のような悪巧み顔で、おじさまはこれからの出店計画を話してくれた。

その店舗の一階では、牛乳や乳製品を使った庶民的な惣菜を販売。二階にはレストランを作り、高級な味、先鋭的で新しい味も楽しめるようにしたいそうだ。

そして、庶民が作りやすい牛乳を使った料理のレシピ集も発売する。タイトルは『メイロードのお手軽レシピ〜おいしい牛乳を使って〜』に決まっているそうだ。

「決まってるって……」

「お前はメイロード・ソースの顔で、特にイスでは美食の象徴なんだぞ。お前の名前があれば、このレシピ本も十倍いや、それ以上売れる。乳製品を普及させたいなら、お前の知名度と料理の腕を使わないという選択肢はない。もう目立ってしまうことは受け入れろ！」

遂に開き直られた。さっき目立たないように自重しようと思ったばかりなのに、ご無体なとは思うが、もともとこの計画の発案者は私だ。ここで怯(ひる)んでいるわけにはいかない。もう逃げられない。私は乳製品普及の顔になるしかないようだ。

（キッシュ……はキビシイかなぁ。じゃ、具だくさんのスープを何種類か、グラタン、クリームコロッケ、プリン、アイスクリームはダメか、パンケーキはいけるかな……そうだ、飲み物のバリエーションをいくつか増やそう。ミルクとフルーツを合わせたものなんか好きそうだよね）

雑貨店の二階のテーブルで、私はノートに向かっている。サイデムおじさまからの無茶振りで、デリカテッセンとレストランの料理監修、それにレシピ集の執筆まで押し付けられ、頭が料理だらけで爆発しそう。

本にするとなれば、分量も正確に記さなければならないし、その手順が私の環境以外でも再現可能か、ということにも心を配らなければならない。〝魔石オーブン〟は超高級品で一般には普及していないし、そもそもこの世界には泡立て器というものすらないのだ。

面倒でも、私が普通に使っている異世界グッズは使えない前提で、すべてのレシピを選ぶ必要がある。

（思ったより難しいな。焼く、煮る、蒸すの基本調理だけしかできず、料理用の専用器具もあまりなし、か……）

庶民のためのレシピ集を作る一方で、サイデムおじさまがこのプロジェクトのために準備している高級レストランとデリカテッセンが入る予定の店舗は、よくぞこんなところに空きがあったものだと感心するほど好立地。イスの目抜き通りであるヘステスト大通りでも一番地価の高いサイデム商会のすぐ隣だ。おじさまはだいぶ前からこの物件を押さえていたらしい。

相変わらず、商売となると鬼(おに)のように素早くカンがいい人だ。

一階はデリカテッセン――やや高級ながらいわゆる惣菜屋、そして乳製品の売り場が入る。

二階は乳製品を使った料理を中心とした高級レストランになる予定だ。

おじさまとしては、この場所を乳製品普及の拠点としたいらしい。流行の発信基地として、イスの食文化を変えるための味と素材と教育を、ここから始めようとしている。

・・・・・・・イスが発信しているということを明確にすることで、いろいろなことを優位に運ぼうという考えもなんとなく理解できる。

おじさまがもっとも重要視しているのは、おそらく、これが軌道に乗れば乳製品価格の主導権を握るのは〝イス〟になる、という点だ。このプロジェクトが成功すれば、乳製品の価格決定に関して貴族から主導権を奪うという、誰もなし得なかったことが遂に可能になる。

そして同時に殿様商売をしてきた貴族たちは岐路に立たされる。そのとき、彼らがどう動くか。おじさまのことだ、きっとそこにも抜かりなく網を張っているだろう。

私に言わせれば、こんな栄養価が高く汎用性のある基本食材が、一部の富裕層(ふゆうそう)しか食べられないという、いまの状況は早急に変えていくべきだ。酪農はこれから、いままでよりずっと手軽に仕事としてできるものになっていくはずだし、そうなってもらわなければ苦労したかいがない。

これから牛の数が増えてくれれば、牛自体の価格も落ち着いて、高価だからという理由で狙われる危険は下がる。牛の価値が高すぎることで起きる強奪や窃盗は、自ずと減少していくだろう。この世界でも、酪農は普通の仕事になっていくのだ。

牛乳も生クリームもバターも〝普通の〟食材だと、イスの人々に認知してもらおう。メイロード・ソースのときにわかっている。彼らもいまは知らないから食べないだけで、おいしいものは大好きなのだ。みんなに提供できるようになれば、すぐにその味を楽しんでくれるはず。そのことは、これまで私がこの世界で作ってきた料理と、食事を提供してきた経験が保証してくれる。

ちょうど良いことに、この店の開店は肌寒い季節。レシピ集やデリカテッセンでは、温かいスープやシチューをメインに展開していこう。具だくさんのスープやシチューは、バリエーションが豊富で栄養も十分、新しい家庭料理にぴったりだと思う。

ソーヤがいつの間にか隣で、私がノートに書き散らしながらつぶやいている新しい料理を作り始めるのを、ワクワクしながら待っている。セーヤはこれから一日中キッチンで格闘することになる私のために、綺麗に編み込んだアップの髪を手早く作ってくれた。相変わらず無駄に豪華だが、まぁいい。

「さあ、やりますか！」

私はソーヤに聞きながら、この世界の標準的な計量法に基づいて慎重に計った食材を用意し、まずはチキン・クリームシチューのレシピ作りに取り掛かった。

ヘステスト大通りの立派な三階建ての建物。その二階に建築中のレストランの内装は、仰々しいごってりとした内装がお好みの、この世界の富裕層の感覚からすると、かなりあっさりしたものといえるだろう。

私は今日、いよいよ、レストランとデリをお願いする料理人たちとの打ち合わせを兼ねての内見に臨む。

とはいえ、この店はおじさまが仕切っているサイデム商会の案件で、もちろん私も関わってはいるが、あくまで〝監修〟。口を出すだけだ。おじさまの細部にわたるこだわりに付き合わされた、内装担当のサイデム商会の方はこの数か月それはそれは大変な思いをしたらしい。

（お疲れ様です）

おじさまが目指しているのはこの街独自の文化の創造だ。〝イス独自の美意識〟を創り出したい、というのがこのレストランの基本コンセプトとなっている。この店ではすべてが前に出すぎない上品さで、極上の内装と家具調度品を揃え、さりげない高級品が随所に配置されている。

　目利きが揃うイスらしい、洗練された設（しつら）えは落ち着いた大人の雰囲気だ。椅子ひとつとってみても、素材を生かし装飾は最小限に抑えられており、もちろん座り心地は極上。リネンにも、海外でしか生産されない特殊な糸を使い、いままでにない光沢を実現している。

「素晴らしい内装だと思います。おじさま、なかなか趣味がよろしいですね」

「だろ？　俺としては、料理を見せたいのだから、ほかの派手な装飾は邪魔だと思ったんだ。それに、メシは落ち着いて食いたい……と、お前の料理を食べてから思うようになった」

　イスのマリス邸は、私の両親の趣味で非常にスッキリとした機能的な作りだった。それに私の趣味が加わって改装されているので、いまはさらにサッパリとしている。

　そこで楽しく食べたり飲んだりした経験が、おじさまのこの着想に繋がっているようだ。

　二階の高級レストランに対し、一階は庶民も食べられる惣菜を売るデリカテッセンになる。私の指示でスープバーを前面に出してもらった。数種のスープを鍋ごと並べ、お客様に選んでもらってスープジャーに盛り付けるつもりだ。蓋（ふた）付きの木製スープジャーは、次回からは持ち込めるようにした。その方がリピートしやすいだろうし、お財布にも優しい。

さらに、惣菜のおいしさを演出するために、斜め置きのショーケースを色合いがよく見えるよう配置してもらった。これを使って対面販売を行う予定だ。スープと相性のいいパンも販売する。スープと惣菜ひとつにパンひとつで、最初はスープジャー代込みで一ポル五十カル。ジャー持ち込みで、次回からは一ポル二十カル、と考えている。

当初の利益は非常に薄いが、いずれ乳製品の価格が下がれば利益は上がるし、いまは普及目的なので、赤字にさえならなければいい。レストランでは、それなりに高価な料理を出す予定なので、採算はそちらでとってもらうことになっている。

店の開店までの間にも、普及のための仕掛けはしていくつもりだ。まずは、厨房の人たちに料理を教えながら、試作品を商人ギルドや冒険者ギルド、それに店の前など、イスのいろいろな場所で配って宣伝に努めようと思う。

この世界の人たちは、食には保守的だが、なにごとにも興味は持ってくれる。おいしいとわかれば、すぐ反応もしてくれる。いわば〝なにかおいしいものが提供されるのを待っている〟とてもいいお客様だ。しかも、イスにはすでに〝メイロード・ソース〟が広く普及しており、ほかの街の人たちより、新しい味を受け入れやすい素地ができている。

シラン村での給食の提供も、今回のことを考える上で、とてもいいデータになった。大量調理のノウハウも完璧に掴んでいるし、食の嗜好についても、あの経験はとても参考になっている。

（なにかをすると、それが次のなにかの助けになる。人生に無駄はないね）

シラン村の学校給食のときにも感じていたが、とにかくこの世界の人たちの濃い味好きは徹底している。調味料が塩一本に偏っているせいなのか、とにかく塩味が利いていないとダメなのだ。

私は今回の料理で、塩味が弱くてもおいしいものについて、もっと知ってほしいと考えている。そのためにもスープは最適だ。素材の旨味を引き出して、そのおいしさを感じられるように、レシピ集でもダシの取り方は徹底解説したい。

さて、いよいよ料理人の方々と打ち合わせだ。開店までに二十種類は新しいレシピを覚えてもらい、大量調理ができるようになってもらわなければならない。もちろん、ダシの取り方もね。

マルコと俺ロッコは双子だ。だが、性格はまったく違う。一応兄の俺は社交的でなにごとも直感で動く性格だし、弟のマルコは大人しく慎重で、よく考えてからでないと動かない。だが性格が違っても俺たちは仲が良く、ふたりでいれば大抵のことは解決できるいい相棒だ。

俺たちの両親はイスの下町で居酒屋〝乾杯亭〟を営んでいる。幼い頃から、両親の手伝いをしながら店で過ごし、客の陽気な笑い声を聞きながら育ってきた。そんな俺たちが、料理人になりたいと思い始めたのも自然なことだったと思う。

両親も賛成してくれたので、十歳のときにふたりで料理の道に進むと決めた。そして、ツテを頼ってイスの有名店〝獅子の食卓〟で修業させてもらえることになったのだ。下働きの数年は洗い物や掃除ばかりで食材にも触れられず、その後も芋(いも)を剥き続ける日々が続いた。徒弟(とてい)制度がそういうものだとはわかっていたが、それでも辛い時代だった。働き続けられたのは、マルコと一緒だったからだと思う。

十五歳の儀式で、魔法使いになれないことがわかった辺りで（知ってたけどさ）、やっと調理場に立てるようになり、コンロの前を任されるようになった。

　そんなとき、イスで知らぬ者はいないこの街の顔役、商人ギルドのサイデム幹事から、いくつかの料理店に依頼状が届いた。このイスでもっとも有名な商人が新しい食材の宣伝を兼ねて開くレストランと惣菜店のための料理人を集めたいと言ってきたのだという。その食材については秘密。経験は問わず、むしろ若く柔軟性のある者を雇いたい、ということだった。

　料理長が、望むなら俺たちを推薦してもいいと言ってくれたので、一も二もなくお願いした。あのサイデム様が作られる店ならば、イス最高の店になるに違いない。そこで修業ができたら、料理人として大きく成長できるはずだ。

「楽しみだね、にいちゃん」

「おう、新しい食材ってなんだろうな」

　俺たちは、冒険に出かけるような気持ちで料理人たちの顔合わせに向かった。新しい店の場所は、料理人なら誰でも憧れるヘステスト大通りの、さらに中心街にあった。ここで働くのかと思うだけで、身震いが起きるような場所だ。

　工事の進み具合も順調のようで、厨房もあらかたでき上がっている。一階の厨房は大量調理用にすべて大型に作られており、機能的に考えられた動線で、料理人の働きやすさをよく考えた作りになっていた。

二階のレストランについても、考え抜かれた作業効率のいい動線に感心させられたが、それ以上に驚かされたのは、見たことのない調理道具の数々だった。コンロはすべて初めて見た高価な〝魔石コンロ〟だったし、それにこれも初めて見た大きな〝魔石オーブン〟。

そして、これは話にも聞いたことのなかった〝魔石冷蔵庫〟というものと〝魔石冷凍庫〟。〝魔石冷凍庫〟に至ってはいったいなにに使うのかもわからない。さらに、備え付けのアイテムボックスまである料理店なんて聞いたことがない。

「すごいね、にいちゃん、すごいよ、これ！」

もともと道具の類が大好きなマルコは、興奮が抑えられないようだ。まったく、いくらかかっているのか、想像もつかない。

（どこの王宮だよ……この設備）

帝都の貴族の屋敷にでも入らない限り見ることもないだろうと思っていた、魔石を使った料理道具の使い方を覚えられるだけでも、ここに来た価値があるというものだ。

それに、今日はサイデム様ではなく、ここで作る料理の監修をする方との顔合わせだ。いままで謎だったここで作る料理。遂に今日それがわかるのだと思うと、ワクワクする気持ちが止められない。

そんな緊張感に包まれた、料理長のチェダルさん以下若い料理人ばかり十人が並んだ厨房に入ってきたのは、背の小さい、だがこちらの顔が自然と赤くなってしまうほど美しい少女だった。おそらく、ほかの街の人間ならなぜこんな場所に、こんな少女がと思うところだろうが、俺たちはイスの人間だ。本当に存在していたことに驚きはしたが、その美しい容姿は、まさに街中で聞こえてくる伝説の通りだったのだ。

「初めてお目にかかります。今回、このレストランの料理の監修をさせていただきます、メイロード・マリスです」

まだ幼いともいえる容姿なのに、出てくる言葉は大人びて丁寧で、俺たちがたじろぐほどきちんとした物言いだった。彼女の説明によると、この店は〝大地の恵み〟亭という名前になるそうだ。

打ち合わせの前に……と言って、まずなんだかすごくかっこいい〝コックコート〟という上下揃いの制服が全員に三着ずつ支給された。胸元には牛の形のピンがついており、これは厨房に入るための身分証代わりなので、つけ忘れないように、と注意された。

「お客様のためにも、料理は万全に用意しなければなりません。衛生面の注意は怠りなく。では始めましょうか」

「このレストランで提供するメイン食材はこちらです」

私の指示を待っていたソーヤが厨房のテーブルに牛乳やバター、生クリームそしていろいろなチーズを並べる。料理人たちはざわついているが、これがなんなのか正確に知る者はやはりいなかった。

「これは牛の乳、そしてそれを元に作られた加工品です。これらの食品は、いままでイスにはほとんど流通していませんでした。ご存知かもしれませんが、牛の飼育は非常に難しいため供給量が少なく、さらに高価であるため、帝都の外では目にすることもできず、この大都市イスでも味を知る人はほとんどいません」

いままで見たこともない、いわば〝幻の高級食材〟を目の前にして、困惑する者、興味を示す者、料理人たちの反応も様々だった。

そこで私は宣言した。

「サイデム商会は、貴族に頼らない酪農の実験に成功しました。大規模な騎士団に守られずとも運営できる牧場で、現在も乳牛は増え続けており、大都市イスへの供給が可能なまでに、搾乳量を確保しつつあります。価格も現段階で、いままでの三分の一以下まで抑えられると試算が出ており、乳牛の増加が順調にいけば、いずれはもっと手軽に買えるようになるはずです」

一度も見たことがない食材を目の前にして、料理人たちに戸惑いが広がる。だが、これから普及する食材と聞いて、目の色が変わってきた。利用価値がある新しい食材をいち早く取り入れられることは、料理人として大成したい彼らにとても魅力的なのだ。

私は微笑んで、まずは彼らに一杯の牛乳とバターを塗ったトーストを振る舞うことにした。

「それでは、これら乳製品の味を確認してください」

この世界には〝マジックボックス〟という、最高に便利なものがある。生鮮品の鮮度を完璧に保持できる魔法道具だ。一般の家庭で使えるような値段ではなく、数も少ないのが難点だが、あれば新鮮さを要求される乳製品もストックが可能になる。今回の乳製品普及計画には必需品だ。

そんな〝マジックボックス〟から取り出された初めて見る食材に、最初は恐る恐る口をつけていた料理人たちも、濃厚な牛乳の味に感激してくれているようだ。

「にいちゃん、これ甘くてコッテリしているけど、爽やかさもあって、おいしいよ。これが牛の乳なんだね」

「ああ、俺は噂を聞いてはいたけど、庶民の俺たちの口に入ることはないものだと思ってた。このバターってのもすごいぞ。パンからジュワッと染み出した脂肪の味と塩気、それに香りが最高だ。そうか、これが使えるようになるんだ……」

口々に感想をささやく料理人たちの評価も、概ね好評のようだ。

「皆さんと同じく、イスに住む方々は、ほとんど乳製品について知りません。サイデム商会は、この店をイスにおける乳製品文化の普及と提供の拠点と考えています。皆さんにとっても新しい挑戦になるでしょう。ぜひ学び取って、新たな料理を創造していただきたいと思っています」

私は割烹着に着替え、最初の料理を作って見せることにした。ジャガイモを使ったグラタンだ。もっともこの世界の人が食べ慣れたものと合わせて、食材の相性を見てもらおうと思う。

それに、この料理の基本となるベシャメルソースは、とても汎用性の高いソースだ。ホワイトソースとも呼ばれるこれを使った料理は数限りなくあり、具材の組み合わせ次第では、この世界だけの新しい味が生まれてくるかもしれない。覚えてしまえば簡単なソースだが、初めての食材、丁寧に指導していこう。

私はなるべくゆっくりその工程を見せつつ、バターと篩いにかけた小麦粉をフライパンで加熱しながらゆっくり混ぜ合わせ、そこに少しずつ牛乳を加え、好みの硬さに調節していった。

「大切なのは、少しずつ牛乳を加え、じっくり火を通すこと。火加減に気をつけて、決して焦がさないようにしてください」

でき上がっていく真っ白でとろとろのソースとバターの香りに歓声が上がる。今回は、茹でたジャガイモを薄めにスライスしたもの、アクセントに細めに切ったベーコンを炒めたもの、それに大きめにカットした茹で卵を加えボリュームを出した。

本当は乳製品と相性のいい胡椒が欲しいがそれは我慢。生クリームで硬さを調整したマッシュポテトを、金物工房で説明に苦労しながらもなんとか作ってもらった口金のついた布袋に入れ、材料を盛り付けた器の周囲をケーキのクリームのように飾った。

料理人たちが初めて見る道具と技法に、口々にどうなっているのかと話し合っている姿が見える。そして最後にチーズをのせてオーブンへ入れた。

「ご覧のように、この料理はオーブンに入れる前にすべて食べられる状態になっています。オーブンでは、上にのせたチーズがほどよく溶けて、焦げ目の風味を加える、と思ってください」

十分ほどで、オーブンから熱々の器を取り出し調理台に置くと、さらに大きな歓声が上がった。

「これは美しいですね。そして、食べることへの期待が高まる華やかな盛り付けだ。香りも最高です」

「ジャガイモが飾りになるなど、思ってもみませんでした」

試食を勧めるとあっという間に四方から手が伸びた。そして食べた料理人たちは一様に絶句し、やがて唸り始めた。

（やっぱりね）

私のこの世界での食体験から、これが彼らの〝どストライク〟の味だという確信があったのだが、それは間違いなかったようだ。

「にぃちゃーん～」

双子の料理人のひとりが泣いている。

「俺、こんなうまいもの食ったことないよ。なんだよこれ。うまいよぉ！」

「バカ、泣くなよ。だけど、確かに脳天割られたような気がする味だ。こんなすごい料理を、この小さな女の子が作るのか……この方の料理を学びたいな！　師匠と呼ばせていただきたいよ！」

周囲から尊敬と羨望の眼差しが私へと突き刺さってくる。双子シェフは泣いているし、ほかの方々も驚きに目を見張っている。私は居心地が悪くなりつつも、先生役を全うするためこう言った。

「上にのせたチーズは、帝都には……いえ、多分この世界のどこにもない新しい食材です。正式に発表があるまで、外で言っちゃダメですよ」

「ええ！　世界、世界にもないって、これを発明した？」

双子は、驚きで目を丸くして絶句し、その後、小さな声でこうつぶやいた。

「もしかして、俺たちとんでもないところに来てしまったんじゃないか？」

いよいよ一週間後には、最終試食会が行われることになった。イスの重鎮を招待し、乳製品ビジネスの開始を宣言する大事な食事会だ。若い料理人たちは、最初は戸惑いも見せていたが、勉強熱心で皆意欲的だった。新しい調理器具や調理法にも怯まず果敢に挑戦し、魔石の起動も板につき、もうほとんど失敗らしい失敗もなくなっている。

ただ、質実剛健型から繊細華麗へのシフトは、年長者ほど切り替えが難しいようで、特に皿への盛り付けに求められる繊細さが、どうも会得しづらいようだ。そんな中、最年少の双子シェフ、マルコとロッコは非常に優秀かつ柔軟で、私の意図を理解した盛り付けを、自らの想像力でできるようになってきている。

「おいしそうに見える演出をする、と考えてね。料理と合う食器を選ぶことから盛り付けは始まってるの。絵を描くように、どう見せたらおいしそうか、それを常に意識してね」

「はい、師匠！」

（う、その呼び方定着しちゃったのね）

キラキラした目で私を見るマルコとロッコは、完全に私を〝師匠〟と決めてしまったようで、やめてくれと言ってもいつの間にか呼び方が〝師匠〟に戻ってしまう。最近は私も諦め気味だ。

この店の食器はイスで一番の呼び声高い陶磁器工房に特注した、小さな牛のシルエットがセンターに入った、ブルーラインで囲まれたもの、レッドラインのもの、それに無地の三種類。料理に合わせていろいろな器を増やしていく予定で、これからは料理人たちからもアイディアを募り、さらに充実させていくつもりだ。

試作品の無料提供も非常に好評で、今度はいつどこで配るのかと、一日中しつこく聞かれて担当者が困っているらしい。やはり、季節もあってかスープへの関心が特に高く、試食のおかわりをしようとする者が、あとを絶たないという。とりあえず引換券を発行してみたが、今度はそれを売って商売にしようとする者が現れる始末。さすが売れるものなら空気でも売るといわれるイスらしい話だが、困ったことだ。

結局、そういった不正を防ぐ手段を講じることが面倒になり、寒い中大変だと思うが並んでもらうことになっている。でも、みんな案外楽しそうに並んでくれているので、イベント感覚で面白がっているのかもしれない。

そして、どこで試作品を提供しても、あっという間に数件のパン屋の出店が横で商売を始めるそうだ。イスの商人、どこまでも貪欲。確かに試食提供しているメニューはどれもパンによく合うし、開店後はパンと一緒に販売予定なのだが、どうやら〝パンに合うおかず〟として、もうすでに認知され始めているようだ。

それにしても、イスの商人はフットワークが軽い上、ネットワークも強力だ。噂は千里を走り、儲け口は絶対に逃さないという気合いを感じる。おじさまのところにも、有名なパン工房が軒並み売り込みに来ているというし、正式発表前から、すでにイスの商人たちは虎視眈々と商機を窺っている。

（さすが商人の街ですねぇ）

大きなビジネスが動き始める気配に、イス中がソワソワしている、そんな感じを街の雰囲気から強く受ける。

「師匠！　デザートの盛り付け、こんな感じでどうでしょう」

マルコとロッコの作ったデセールは、クレームブリュレとフルーツに生クリーム、そこに飴で作った繊細な飾りを施したもので、配置も完璧、文句のつけようのないおいしそうな仕上がりだ。

「素晴らしいできです。これからもこの調子でお願いしますね」

私が褒めると、照れくさそうに、そして嬉しそうにふたりが笑う。

（うん、この店は大丈夫！）

「サイデムが食堂を？　なんのつもりだ。商売に飽きて、イスで定食屋のオヤジとして生きることにでもしたのか、あいつは」

エスライ・タガローサは、パレス商人ギルドの豪華な執務室で、イスに常駐させていた密偵からの報告を聞いていた。素晴らしい仕立ての貴族仕様に装飾されたきらびやかな服は、その大きな体躯を窮屈そうに包んでいる。タガローサは以前よりさらに胴回りが太くなり、いままでは大きな執務用の椅子ですら小ぶりに見えるほどだ。冷静に見ればなかなか滑稽（こっけい）な有様なのだが、ここにそれを指摘できる者はない。

報告によれば、二か月ほど前からサイデム商会に隣接した建物で工事が始まり、料理人たちが集められているという。集められたのは若い料理人ばかりで、有名な料理人はいないらしいが、相変わらずガードが堅く、彼らの素性を調べるだけでもかなり苦労しているようだ。

密偵も内部にはまったく潜入できず、今回の報告も、いまその店でなにが起きているのか、正確なことはわからないという曖昧なものだった。ただ、工事が一段落した頃からイスの街では、突発的な炊き出しが何度も行われており、そこで提供される料理がいままで食べたことがない味な上、絶品だと評判になっている。最近では炊き出しの場所がわかった瞬間から、ものすごい行列があっという間にでき、別の屋台まで出るお祭り騒ぎになっているそうだ。

あまりの人気ぶりに並んでも食べられることは稀で、密偵も一度しか食せていないという。その密偵がやっとありつけたというスープ状のものは、具だくさんで優しい甘みがあり、やや黄色味を帯びたとろみのある白濁したもので、熱狂するのも頷ける美味であったという。

「あれに使われていたのは、もしかしたら牛の乳かもしれません」

この密偵の報告にタガローサは、ものの味もわからないのかと、心底がっかりした顔で密偵を見据えながら大声で説教をした。

「牛の乳をタダで、そこら中の街の者へ食べさせているというのか？　バカも休み休み言え！　どれだけ高価なものか、知らぬわけでもあるまいに！　そんなことがありえるわけがなかろう！　第一イスにそんな大量の牛の乳が流れていれば、必ずこの私の耳に情報が入っておるわ！」

「確かにそうなのでございます。私もほとんど食した経験がございませんので、絶対の自信はないのでございますが、ほかにあの味の説明をしようもなく……」

（なににしてもイスの動きは不審すぎる）

若い料理人たちと大量の極上料理の炊き出しの関係も気になるが、タガローサも決して暇ではない。直接乗り込んでやりたいと思っても、忙しすぎてそれも厳しい。

「若い料理人がたくさんいると言ったな。そいつらから情報を得よう。買収できそうな奴はおらんのか？」

密偵は首をすくめて、小さな声で答える。

「イスの街でサガン・サイデムに逆らってまで、買収に応じる者がいるとは思えませんが……」

タガローサは忌々しいという顔をしたあと、口元だけニヤリと笑った。

「買収に応じるまで、しばらく交渉のためにお前らのアジトにいてもらってはどうだ。話しているうちに、心を開いて、いろいろ聞かせてくれるかもしれないではないか。喋ってくれるようにする術は、お前の方が心得ていよう、なぁ」

密偵は少し眉を寄せ、なにも言わずに頷いた。

（情報など、取れるところから取れば良いのだ。料理人風情、少し金を掴ませて脅してやれば、すぐに喋る。荒事や裏仕事に慣れた連中なら造作もあるまい）

いままでほとんど成果がなかった諜報活動だが、今回は重要な情報が取れそうだと思うと、タガローサの心は躍った。

（アイツなら少しはマシなことができるだろう。高い金を払って派遣することにしたのだ。しっかり働いてもらわねば困る）

「今度こそ、サイデムを出し抜いて奴の企みを暴いてやる。あの男にばかりいい思いなぞさせてたまるか！　首を洗って待っているがいい」

いつものように怒鳴られながら仕事の指示を受けるつもりだった側近たちは、いつになく上機嫌のタガローサに、逆に気持ち悪さを感じながら執務室の方を覗いている。

「タガローサ様が、なんだかひとりで笑ってるみたいなんだけど……なに？」

彼らはオドオドしながら仕事の書類を抱え、大丈夫かどうか顔を見合わせつつ、ずっと笑い続けるタガローサの様子を窺っていた。

明後日はいよいよ最終試食会本番。接客係の教育は、プライベート飛行士アタタガ・フライに頼んで、パレスから急遽接客のプロ、セイツェさんに文字通り飛んできてもらった。

この店は料理人も給仕も若い人たちを積極的に採用している。そのため経験不足である点は否めないので、貴族や富裕層への接客経験の少ないこの若者たちの教育のために、セイツェさんを呼んだのだ。

相変わらず穏やかな物腰で、にこやかにビシビシと指導するセイツェさん。さらに年の功で経験豊かなセーヤとソーヤも指導係りとして加わり、だいぶスパルタな感じで訓練してくれた。優雅さは保ちながらも、動きは体育会系で、とてもキビキビした気持ちのいいサービスができるように仕上がったとセイツェさんたちは満足げだ。

（セイツェさんは柔和な顔をして〝マナーの鬼〟だし、ふたりは私以外には容赦ないからなぁ。しごかれたよね。お疲れさま）

当日は早朝から長時間の作業になるので、明日は料理人たちには休んでもらうことにした。彼らは本当によく頑張ってくれて、一階の大量調理についても、いろいろな提案をしてくれた。話し合った結果、一階の惣菜調理は、二階の料理人が順番で監督しつつ、基本的にはパートの女性陣を主力として行うことにした。

私も村の給食を作ってもらっているので、この世界の女性の下拵え（したごしら）えの確かさはわかっている。買う側も女性が多いと思われるので、接客も女性の方が気軽に話しやすいだろう。コミュニケーションを取りながら、食べ方や作り方について会話してくれるぐらいがちょうどいいのだ。ここは、宣伝のためのデリカテッセンなのだから。

女性の面接はサイデム商会に任せてある。二階のレストランが軌道に乗れば、すぐにデリとカフェも始めたい。

（カフェは私の発案。スイーツ系を広めるのにいいかと思って、いま物件を探している）

すでに作る料理のレシピと分量出しは完了。一階の食材はすべて計量済みにしてストックしておくことで、マニュアル通りに行えば効率的な流れ作業で、品質が一定の惣菜ができるよう調整した。これは調理人たちとしっかり話し合って完成した方法だ。

こういう調理法も、彼らにとっては初めての経験らしく、とても熱心に取り組んでくれている。若くて熱い調理人を選んだのは正解だったと思う。ただ、レシピも運用も私しかわからないことが多いため、なかなか大変な準備期間になってしまった。

考えてみれば、久々の休みだ。私も今日明日は村のマイ温泉でじっくり温まって疲れを癒そうと思う。さすがにオーバーワーク……だと自覚している。このところ、セーヤとソーヤからも、働きすぎだと散々文句を言われて、まずいのはわかっている。あんまり効かない自家製〝ポーション〟まで飲んで頑張っているので、そう言われてもしょうがないが、今回は私以外にはどうにもならないことが多すぎて、休む隙がなかったのだ。

「サイデム様の仕事中毒がうつったんじゃないですか？」

「怖いこと言わないでよ、ソーヤ」

「いえいえ、メイロードさまの仕事量は、そう言われても仕方のないものでございますよ。ご自分の年齢と体力を、よくお考えください。決して過信してはなりません」

「……はーい」

私が悪いのだが、ソーヤとセーヤは私の〝大丈夫〟をまったく信用してくれないので困る。これでも一応、無茶はしないようにしているのだが、一度死にかけるという大ポカをやってしまったので、まだ失った信用を取り戻すには至っていないようだ。

さて、昼間はレストランの厨房でこってりとした洋食漬けなので、今夜は純和風アッサリ系のものが食べたい。

（茶碗蒸しに酒蒸しに、鶏の香味野菜ポン酢和え、香の物と筑前煮かな……）

お風呂に浸かりながら夕食の献立と手順を考える。これはお仕事じゃないので、楽しいだけの作業だ。ありがたいことに、もう鰹節や昆布を異世界から買うのに考え込まなくてもいいぐらいの蓄えがあるので、完全和食も作り放題で嬉しい。

(とはいえ、高いことは高いけどね)

ダシは《無限回廊の扉》のおかげで、いくらでもストックしておけるので、大量に作る。これさえあれば、いつでもおいしい和食が作れる、私の心の友。

ダシを取り終わった鰹節と昆布は刻んで炒って、みりんと醤油の甘辛い味付けをしてゴマを振れば、みんな大好きなふりかけだ。おむすびにも使えるし、海苔弁当の海苔の下に敷いてもいい。

あつあつの茶碗蒸しのトロンとした食感とダシの味が、疲れた躰に染み渡る。私はマリス邸のカウンターで、久しぶりに博士とセイリュウも揃って、まったりとおいしい夕食を楽しんだ。

(大人ならこんなときに飲む一杯のビールがおいしいんだろうけど……惜しい、ぐぬぬ)

デザートのどら焼きと日本茶の組み合わせをソーヤが全力絶賛しているとき、イスのマリス邸のドアベルが鳴った。

このドアベルにはどこにいてもわかるように《共振》という魔法をかけている。部屋に並んだベルには、それぞれ場所が書いてあり、マリス邸、雑貨店、帝都の〝パレス・

フロレンシア〟のベルが並んでいる。現地のドアベルが鳴らされれば、共鳴してこちらも鳴る仕組みだ。

「こんな夜に、なんでございましょうか？」

ソーヤがドアを開けに素早く動く。

（嫌な予感しかしないが、ならば迅速に動かなくては）

ドアを開けると厳しい表情のサイデムおじさまと双子料理人の兄ロッコがいた。

ロッコの滂沱の涙で顔を歪ませた姿を見て私はやっぱり来たかと、そう覚悟し口を開く。

「ロッコ、どうか落ち着いて。マルコはすぐに助け出すから」

私は肩を落としたまま涙が止まらないロッコを落ち着かせながら、キッチンへ連れていき、カウンターの前に座らせた。なんとなく料理人の彼なら、こちらの方が落ち着くのではないかと思ったのだ。ソーヤに《念話》で指示してあったので、すでにカウンターには気持ちが落ち着く効果のあるハーブティーが用意されていた。

ロッコは博士とセイリュウを見て、見知らぬ立派な大人にちょっと怯んだが、しっかり挨拶をして席に着いた。お兄ちゃんとして、泣いてばかりではいけないと思ったのだろう。気丈に振る舞おうとする姿が痛々しい。

サイデムおじさまがここへ来るまでの馬車の中で聞き取った情報によると、ロッコとマルコのふたりは、明日の休み前に、レストランにストックされている食材と備品をチェックしてから帰ることにした。チェックしてみると、やはりいくつかストックが少なくなっているものがあり、明後日の大事な食事会で足りなくなったら大変と考えたふたりは、手分けして買い出しに行くことにしたそうだ。

だが、ロッコの方が遠い店に行ったにもかかわらず先に店に戻り、その後、いくら待ってもマルコは戻ってこなかった。

「師匠にもひとりで行動しないように言われていたのに、俺が悪かったんです。一緒に行けばよかったのに……」

夜まで待っても戻らないマルコ。さすがにおかしいと思ったロッコは、警備隊に相談しようと、隣のサイデム商会の受付で事情を説明した。

すると、すぐに受付に現れたのは、多忙を極めるはずのサガン・サイデムだった。そのまますぐ移動すると言われて馬車に乗せられ、ここへ来たのだという。

「ロッコから聞いた話では、マルコもコックコートのままのはずだ。追えるか？」

博士が従業員リストを見る。

「ピンは利いていそうか」

「はい、コックコートのままならば、問題ないと思います」

実はコックコートにつけられたピンには、身分証明のほかにもうひとつ役割があった。それは魔法を使ったＧＰＳのようなもので、それぞれのピンに振られた番号を識別し、割り当てられた固有の振動から現在地を知ることができる《現在地トレース》という魔法がかけられている。

先ほどのベルの遠隔受信に使われている《共振》を応用し、さらに《索敵》《地形把握》完璧な脳内地図、そして広域の網を張れる膨大な魔法力が揃わなければ使えない技だ。

（まさかこんなことができるとは、相手も想像がつかないはず。私と博士で考えたオリジナル魔法だからね）

いまのところあまり遠距離までは拾えないが、イスの中ならば十分効力がある。人口の多いイスのような場所での広範囲の《索敵》は非常に難しいが、これならば捜せるのだ。

私はイスの街の詳細な地図を頭の中に思い浮かべ、マルコのピン番号０１８を発信している場所を探す。精神を集中すると、地図上に光の点滅が見えてきた。徐々に場所を絞り、位置を特定する。

（ここだ！）

「イスの下町の宿屋街の一軒にマルコはいます。対象に近づけばもっと正確な位置がわかるはずです」

グッケンス博士が少し思案してから言った。

「相手が間諜なら、口を割らせることが目的だろうから、最悪の事態になるまでしばらくは時間が稼げるだろう。だが、躰や精神への攻撃をされないうちに助け出さんとならん。セイリュウ、メイロードだけ先に運べるか」

「子供ぐらいならなんとかかね。確かにそれが最速だ」

「わしらも馬車で追う。わしもおおよその場所は掴めたからな」

博士の指示に頷いたセイリュウは素早くベランダに出ると、ハンサムな貴公子から神々しい聖龍の姿に変わった。

ロッコが展開の速さと、突然龍に変わった人に口をパクパクしているが、説明する時間が惜しいので、申しわけないがスルーさせてもらう。

私はすぐに飛び乗って龍の背にしがみつき方向を示した。頷いたセイリュウは、素早くいくつかスピードを速める魔法を重ねがけすると、瞬時に飛び立った。

かなりのスピードだが、私の周りは結界で守られているらしく、風の抵抗はほとんどないので落ちずに済む。私はナビに徹し、広いイスの街を横断して、脳内地図の示す下町へと向かった。

「あの建物です」

脳内地図が指し示す場所、一軒の古びた宿屋の一室、そこにマルコと誰かがいる。

「まだ相手のスキルも人数も不明。歩哨（ほしょう）もいるかもしれないし、下手に攻撃されたくないからね。慎重に行くよ」

その言葉に頷（うなず）いた私は、魔法で姿を隠し、古びた宿の入口へと向かった。

昼過ぎに店を出て、ロッコと別れてから何軒か店を回って、足りなかった備品を買った。買い物が終わって、店に戻る途中の路地で、知らない人に道を尋ねられたところ辺りから、記憶が曖昧だ。

（確か観光客で、ヘステスト大聖堂の場所を知りたいと言われたような……有名な観光地だから、場所を聞かれることもよくあることなので、疑いもしなかったんだ……）

そこで道案内をしているうちに急に眠くなった俺が、次に気がついたのは、古そうな宿屋と思（おぼ）しき一室。いまの俺は椅子に座らされ、後ろ手に拘束され、足も縛られている。

どうやら動くことはできないようだ。そして目の前には、俺に道を聞いたのとは別の男がいた。

すごく痩せているけれど、眼光が鋭くて、気味の悪い感じがする奴だ。道を聞いたのがコイツだったら、俺ももう少し警戒したかもしれない。

「手荒なことになってしまって、すまないね」

男の口調はこの状況に似合わない優しげなもので、逆に俺の不信感を強くした。

「君に聞きたいことがあるだけなんだよ。それを話してくれさえすれば、すぐ解放するよ。もちろん、情報に見合った報酬も用意する。君らなら、数年は遊んで暮らせるぐらいは出してもいいと思っているんだ。どうだい？　話をするだけで大金が手に入るんだ。悪い話じゃないと思うがね」

男を睨みつけたまま一言も発しない俺に、奴はさらに優しげな態度で話し続けた。

「料理人としての修業先も、もちろん紹介してあげるよ。パレスの一流店でも望みのままだ。どうだい、興味が湧いてきただろう？」

縛られ、自由を奪われた状況と、優しげな懐柔を装った脅し。滑稽すぎるとマルコは思っていた。そして師匠はなんと細やかに自分たちに心を配ってくださっていたのだろうと、改めて思う。

最初の打ち合わせの日、コックコートと牛マークのピンが渡されたとき、このピンは身分証になるだけじゃなく、危ないときには助けになるから肌身離さず持っているように、と告げられた。そして、あの素晴らしい料理を広めるために僕らに起こるかもしれない危険について、包み隠さず話してくれたのだ。

「あなた方を懐柔しようとする者があるかもしれません。思いもかけない危険な目にあうかもしれない。だから、ここで働くことをやめる選択を残したい。いまなら元の店に戻れます。咎めるつもりもまったくありません」

師匠はそれでも働きたいと誰一人席を立たなかった俺たちに、感謝の言葉を言ってくれ、全力で守ることを誓ってくれた。そして、もし危険を感じたとき、捕まったときにすることはひとつだけだと話してくれた。

「とにかく、時間を稼いでください。必ず、あなたたちのもとへたどり着くから！」

（あの師匠の真剣な瞳に、俺たちは本当に感動したんだ）

年若い下っ端の俺たちは、殴られ蹴られ邪険にされることには慣れていたけれど、大切にされたことは少ない。でも師匠は、俺たちの安全が一番大事だと言って、俺たちの意思に耳を傾け、そして信頼してくれた。そんな雇い主を俺たちはほかに知らない。人を連れ去り縛り上げて、優しげな〝嘘〟を言い連ねるこの男を信用できる道理などない。

（殴られたって蹴られたって大丈夫。誰が大事な店のことを言うもんか！　一言だって言うもんか！）

「困りましたね。この条件を呑んでいただけないとなると、少々手荒な方法を取ることになってしまいますよ」

男の瞳から柔和な感じが消える。これが、この男の本当の顔だ。

「蛇め！」

俺の一言に、苦笑を浮かべた男はいきなり俺の頬を張った。華奢に見えるくせにかなりの力だ。

「痛いでしょう？　魔法で強化してますからねぇ。思った以上にひどいことができるんですよ、ワタシは……」

「お前の言葉が信用できない。お前の言う条件が本当だと証明しろ！　それまでは、なにがあろうと喋らない！」

（時間を、時間を稼ぐんだ）

思案顔になった蛇男と対峙したマルコは、一歩も引かぬ目で男を睨みつけていた。

「わかりました。こういたしましょう」

俺の態度を見て蛇男は急に方針を変えた。気持ち悪いほどにこやかになった男は、鞄から取り出した袋から大量の金貨を机の上に積み上げた。

机上にあるのは、初めて見る大量の金貨、さらに実物を見るのも初めての大金貨。二年や三年どころではない、庶民なら一生楽に暮らせる大金だ。

「ワタシの言葉が信用できなくとも、これは本物ですよ。ワタシが言葉を違えたら、これはすべて差し上げます。なんなら魔術師の契約をしてもいいですよ～」

魔法使いの約束事に〝魔術師の契約〟というものがある。契約を違えると躰の一部を失い、魔法力まで封印されてしまうという恐ろしい契約だが、その分信用度が高く〝決して破られない契約〟の意味にも使われるものだ。

「俺は魔法使いじゃない」

「この契約は片方が魔法使いならば有効です。契約を違えれば、あなたの少ない魔法力も封印はされますが、別にいいでしょう？　違えなければいいんですから。ああ、躰の一部もなくなりますけどね、違えれば、ヒッヒ」

男はいよいよ蛇男らしい気持ちの悪い笑い顔になってきた。追い詰めて、契約で封じ込め喋（しゃべ）らせようというのだろう。

（イヤなこった！）

「その契約は、先に契約を結んでいる者には、契約する資格がないとある人から聞いている。違うか？」

蛇男は、眉をひそめて薄笑いを浮かべる。

「料理人が魔法契約に詳しいとは意外ですね。確かに、先に魔法契約を結んでいる者はその契約と矛盾する契約を結ぶことはできません……まさか……いや、こんな高額な契約を、たかが料理人に？」

貴族や軍人が機密に関して使う守秘義務契約は、魔法陣を織り込んだ特殊な紙に、さらに強力な魔法を付与したもので、作成には費用も魔法力も相応にかかる。

高額な取引に関係する重要人物とならいざ知らず、十人以上いるただの街の調理人とそれだけの手間と金をかけて守秘義務契約するなど、ありえない。それだけで大金貨が必要な、数万ポルの莫大な出費となる。

仮にどうしても守りたい秘密があるとしても、料理人の立場と給金を考えれば、その口を封じた方が遥かに安上がり、蛇男のような人を人とも思わない連中ならそう考えるだろう。

「俺にそのことを教えてくれた人が言っていた。無理やり魔法の契約書にサインをさせられて、俺たちに危険が及ぶことがあるかもしれないと。だから、俺たちひとりひとりと〝守秘義務契約〟をすると。先にこの契約があれば、ほかの魔法契約書に無理やりサインをさせられても、受理されず無効化できるからだと。俺たちを守りたいからと！」

蛇男は理解に苦しむといった顔で、少しの哀れみを込めた表情を浮かべた。

「バカバカしい‼　つくならもう少しマシな嘘をついてもらいたいですね。さあ、腕を出しなさい。この契約には血のサインがいりますからね」

手の拘束が外れ、腕は自由になったが、椅子からは立ち上がれない。

「どうせ、その契約書っていうのは、いまお前が言ったこととは別の文章が書かれてるんだろう？　安っぽい、お前だけに有利な内容なんだろ！　バカバカしい！　これを見ろよ！」

俺は普段ぼんやりしているとにいちゃんに言われてばかりの頼りない男だけど、いまは本気で怒っている。師匠がどれだけ俺たちのことを思ってくれているか、コイツはまったくわかっていないんだ。

（俺たちと師匠はそんな卑しい安い関係じゃないんだよ、バカヤロウ‼）

コックコートの右腕をまくると、そこには魔法陣があった。

「本当なのか？　イヤイヤ、それは正気じゃないぞ。そいつは金の計算ができないバカなのか？」

本当に契約の魔法陣があったことに動揺した蛇男は、魔法陣を確かめながらブツブツとつぶやき続けた。

「バカとは失礼よね」

私がそう言った瞬間、電撃の走るすごい音がして、男は地面に伏し、しばらく痙攣したあと、まったく動かなくなった。

「マルコ、大丈夫？　怪我はない？」

私は倒れている男には目もくれず、マルコに駆け寄り、縄を解き様子を確認する。

「大丈夫です。ちょっと殴られましたけど、なんでもありません」

マルコの頬はちょっと腫れて、手足が少し赤くなっているけれど、まだそれ以上のひどいことはされていないようだ。

「よかった。よく時間を稼いだわね、本当によく頑張った！　偉いわ」

私が褒めるとマルコは真っ赤になって照れている。でも、褒めるときは大げさなくらいしっかり褒める、が私のポリシーだ。

「ロッコがものすごく心配してるわ。もうすぐこちらへ来るはずだから、安心させてあげてね。本当に無事でよかった」

ポーションを使うまでもないようなので、そのまま部屋のベッドに座らせてみんなが到着するまで休ませることにする。マルコは大丈夫だからと固辞したが、雇い主命令だと強権を発動して座らせた。

もうセイリュウがガッチリ縛り上げてはいるが、そのまま床に倒されている男、マルコが〝蛇男〟と言っていた者は、どうやら魔法使いのようだ。どんな魔法や呪詛を仕込んでくるかわからない。

博士がここに着いたら、魔法の痕跡がないか検査してもらわないと、マルコについて本当には安心できない。私にできればいいのだけれど、まだ私に使える魔法など微々たる数だ。

（まだまだだなぁ……できないことばっかりだ）

料理人たちにはひとりでの行動を控えるように指示してあり、独身者は商人ギルドの寮に住んでもらっている。異変を迅速に察知できるよう、お互いに気配がわかるようにしたかったのだ。今回もロッコがいなければ発見はもっと遅れてしまっただろう。窮屈だろうけれど、こんな危険があるようでは、やはりまだしばらくはこの体制を続ける必要がありそうだ。

ロッコたちの到着は思ったよりずっと早かった。

「さすが博士、どんな魔法を使ったんですか？」

博士によれば、夜遅いから誰も見ていないだろうと、馬車を浮かせるようにして走らせたらしい。ほぼ摩擦をゼロにして、セーヤとソーヤが後ろからさらに押すという荒業。馬もさぞ驚いたろう。

「かなりの距離を飛ばしてきたからな。深夜でなかったら大事故になったかも知れん」

完璧な《地形把握》ができる博士にしかできない荒技だった。私では修業が足りない。

「俺は博士の馬車には二度と乗りたくない！」

かなりの恐怖体験だったらしく、サイデムおじさまが博士を睨（にら）んでいる。

「ほかの人がいるときは加減しないと、友達をなくしますよ、博士」

私の言葉に、博士が渋い顔をする。

「とにかくマルコを見よう」

博士がベッドに近づく。立とうとするマルコに博士は横になるよう言い、小さな透明の鈴が連なった魔道具を取り出した。それをマルコの頭上に浮かせ、そこから静かに躰の上を往復させる。魔法の気配があれば、その気配を嫌う聖水からできた鈴が鳴るという。

「大丈夫だ。なにも仕掛けられてはおらんよ」

私は、今度こそ安心してため息をついた。そわそわしていたロッコがやっとマルコと抱き合い、再会を喜んでいる。

ホッとした私は、男の方へと振り返る。

（さて、転がっているコレはどうしてくれようか）

私の大事な従業員に怖い思いをさせた上、私をバカ呼ばわりしてくれたのだ。さすがにそのまま帰してやるほど、私は寛大ではない。

ふと机を見ると、素晴らしい内容の契約書が目に入った。マルコに見せてあげると、やっぱり！　っと言って大笑いしていた。

「せっかく用意してくれたものだし、もったいないから使いましょうか」

私の提案に反対する者は誰もいなかった。

「セカーさん、セカー・バーバルさん」

なんとも美しく涼やかな少女の声で、気持ちよく目覚めた場所はフカフカのベッドの上だった。太陽の匂いのする、清潔で質の高い広々としたベッド。なんという気持ちのいい寝心地だろう。俺が目を覚ましたこの部屋は、俺が長年求めながら得られずにいた心地よさに満ちている。

それは、長い年月を人々の影の中に生き、安宿の薄いベッドを転々としながら眠ってきた自分にとっては、経験のない清々しい朝だった。

「？」

（なぜ俺の名前を知っている……）

あまりにも心地いいそのまどろみの余韻から覚めると、今度は昨日の出来事が急激に脳裏に蘇ってきた。それと同時にこの異常事態にどう対処すればいいのか、必死に考え始めた。

俺の仕事は善悪の境すらない危険極まりない裏稼業、本名などついぞ名乗ったことがない。

過去の過ちのせいで本名が名乗りづらいというのもあるし、名によって縛られるたちの悪い魔法も警戒しなければならないからだ。用心のためにも常に偽名を使い、本名を軽々しく名乗らず、態度も口調も外見も仕事によって変える、それが日陰を生きる魔術師の処世術だ。

だが、いま確かに俺は誰ひとり知る者のないはずの本名で呼ばれた。

（どうやら高い《鑑定》スキルのある魔法使いがいる。これは由々しき事態だ）

数年ぶりの深い眠りと爽やかな目覚めを与えてくれたベッドから慌てて起き上がった俺の目の前にいたのは、確かサガン・サイデムが後見人になっている子供だった。真偽不明の伝聞情報ばかりが多い田舎の雑貨屋で、ソースの名前にもなっているメイロード・マリス。

（では、ここはマリス邸か？）

「とりあえず、朝食を食べませんか？」

メイロード・マリスは神出鬼没。もちろん俺も今回の調査のために必死にその行方を探してはみたが、結局一度も街で見かけることはできなかった。

その少女がいま目の前で微笑んでいる。朝日の差し込む部屋で、不思議なエプロン姿で可愛らしい笑顔をしてこちらを見ている少女は天使と見まごうばかりで、聞きしに勝る美しさだった。まだまだ幼い子供だが、この娘が妙齢になった頃どうなるか、いまからこの娘を争う男たちの姿が目に浮かぶ。

（美しすぎることも、また不吉だ）

少女が部屋の設備の説明をして去ったあと、ざっと見渡してみたが、この部屋には完壁な結界が張られていた。おそらくほかの部屋も同様だろう。いまのところ逃げられる隙はないようだ。

昨日のことといい、強く魔法の気配が感じられる。この場所は普通の民家のようでありながら、入念に魔法が張り巡らされた、魔法使いの手の入った住まいだと俺は判断した。そしてここは敵の陣地、どんな隠し球があるのか予想もつかない。不用意に動くのは得策ではないだろう。

いまは〝食堂に向かえ〟という少女の言葉にしたがうしかないと決めた俺は、きちんと洗濯されアイロンまでかけられた自分の服に戸惑いながら着替えを済ませ、身支度を整えた。

温かな湯と清潔な布類、それに見たことのない泡立ちの真っ白な石鹸が用意された洗面台。どこの宿屋でもこれほどのもてなしは受けたことがない。しかも髭剃り用のナイフまできっちり用意されている。

(試されているのだろうか。これをどう使うのか……。いまは真っ当な使い方をしておくべきだろうな)

ナイフを持ち出すことは諦めて部屋を出ると、ドアの前に控えていた従者と思われる少年に台所へと案内された。

「うちは台所のカウンターで、できたてを食べるようにしているの。それが一番おいしいでしょう？」

　明るい朝の日差しが差し込む、スッキリとしながらも家庭の温かさのある台所のカウンターに少女が出してきた朝食は、見たことも食べたこともないものばかりだった。

「この三段重ねがパンケーキ。牛乳と小麦粉と卵でできてるの。上にのせてあるのはホイップしたバターね。作りたてだから風味も格別よ。ハチミツもかけてね。それにカリカリに焼いたベーコンとハッシュポテト。冷たい牛乳にフルーツジュースもどうぞ」

（これは、どこの大貴族の朝食だ？）

　牛乳やバターがこんなにふんだんに使われた料理が、普通の朝食のわけがないだろう。材料費だけでもいくらになるのやら、いやそれ以前に、イスにはほとんど乳製品は流通していないはずだ。タガローサ様は、ずっと帝都の外への供給を認めていなかった。では、これは……

　席に着いたものの、俺はすぐにそのおいしそうな料理に手を出すことはできなかった。正直怖気づいていた。こんな豪華すぎる朝食は、俺の人生には一度もなかったものだ。俺にこんなものを食わせようとする目的はなんだ？

（わからん。こんな高価な食事を、なぜ敵に振る舞おうとするんだ？）

「冷めないうちに食べてくださいね。それがマナーですよ」

少女の言葉に意を決して、そろそろと食べ始めた俺はさらに驚いた。

甘さとしょっぱさが染み込み、さらにバターの香りが鼻腔をくすぐるふわりとしたパンケーキの食感。カリッと焼けた香ばしいベーコン。細かく切った芋を小判形にして焼いたものは一口ごとにさっくり小気味良い食感がし、バターの旨味が滲み出てくる。

少女に促され、ビクつきながら口に運んだ料理はどれも極上の美味だった。いままでの人生で、これほど食べ終わるのが惜しいと思った食事は初めてだ。

「いまあなたが食べていらっしゃる朝食……それこそが、あなたが私の大事な料理人を殴って脅して、嘘をついて手に入れようとしたものの正体ですよ、バーバルさん」

相変わらず、少女はにこやかに説明を続けるが、言葉には少し怒気が感じられた。彼女の怒りは、俺が料理人を傷つけたこと、その一点にあるようだ。

「サイデム商会は、酪農の研究者であり、魔術師の頂点といわれるハンス・グッケンス博士と共に、貴族でなくともできる牧場経営に着手し、成功しました。この計画が始められた当初は六か所だった牧場もすでに十二か所に増え、イス及び北東部州全域をカバーできる体制が整いつつあります。このままこの事業が軌道にのれば、貴族の牧場経営は近いうちに崩壊するでしょう。彼らから高額で買い取った牛乳を大量にストックしている商人たちは大変でしょうね」

衝撃的な事実だった。やはりあの炊き出しは牛の乳を使ったものだったのだ。しかも、これは半端な規模じゃない。

これは貴族に対する反旗、革命だ。その上、この洗練された美味な料理はどうだ。パレスではついぞ味わったことがなかった味覚、こんなものを世に出されては、帝都の立場がない。

（ここからすぐ逃げなければ！　いますぐ逃げ帰りタガローサ様に……）

「お帰りならば止めませんよ。ただし、ご自分の作った契約書にサインがあることはお忘れなきように」

彼女の手にあったのは、昨日俺が書かせるはずだった契約書。それを見た瞬間、俺は全身から出る冷や汗と呼吸困難で、その場に崩れ落ち、立てなくなってしまった。俺自身が入念に準備した絶対に破れない魔法契約書のあってはならない場所に、俺の名前が俺の血ではっきりと書かれていた。

もう、俺は終わった。二度と立ち上がれない、俺の命はここで尽きるのだ、そう覚悟するしかなかった。

――魔法契約書――

甲は知りうるすべての情報を乙の問いにしたがい、正確に答えなければならない。また、甲は乙より知り得たいかなる事柄も、他所へ漏らしてはならない。いずれの項目も甲が違反した場合、魔法による制裁が自動的に執行される。その場合、違反が自白によるものか強要によるものかは問わない。

制裁1　漏洩が起こった瞬間から甲の魔法力は永遠に封印され二度と使用できない。

制裁2　甲の漏洩が少しでも確認された場合、瞬時に甲はその躰の一部を失うことになる。

（乙の指定した場所、それがない場合は任意の場所）

制裁3　過度の漏洩が認められれば、即刻の死をもって甲はその罪を贖う。

以上のことを、魔術師の名の下に、ここに正に契約する。

甲　セカー・バーバル

乙　サガン・サイデム、メイロード・マリス

（この契約は受理されました）

「素晴らしい契約書だったので、ほぼそのまま使わせていただきました。ご自分で作られたのですから、効力については、ご説明するまでもないですよね」

俺は自分の顔が見るも無残な土気色になっているだろうとすぐにわかった。

（あの魔法契約書を自分に対して使われるなんて、信じたくない！　あの、あの、人を騙し陥れ、むしり取るだけの契約書に、俺のサインが、俺の、俺の本名が……）

信じたくないと思う気持ちをあざ笑うかのように、俺の手の甲には、自らの手で魔法力を込めて書いた魔法陣が浮き出ている。この腕を切り落としても、ほかの場所に現れる、決して逃れることは許されない、呪いのような魔法契約の証拠だ。

（俺はなにを間違ったのだ。俺はタガローサ様に命じられるまま、敵を監視していただけだ。俺はなにを間違ったのだ、なにを、なにを……）

「あなたの所持品や持っていらしたお金はそのままにしてあります。静かにひとりの村人として暮らすには、十分な金額だそうです。サイデムおじさまとの面談で真実を包み隠さずお話しになれば、おじさまはそれ以上の罪は問わないとおっしゃっています。どういう選択をなさるかはあなた次第ですが、どうぞ命を大切に、できれば静かに暮らす道を選んでください」

少し悲しげな慈愛に満ちた眼差しで少女が俺を見る。まるで何度か死んだことでもあるかのような、悟りさえ感じる眼差しだ。

「この罪深いお、ワタシが、おめおめと生きて……いいのでしょうか」

「ええ、それもまた厳しい道となるでしょう。でも、あなたが望むならば、生き延びてください」

最後に少女は茶色い不思議な感触の飴をくれた。

「試作品の生キャラメルです。おいしいけど日持ちはしないから、早く食べるかマジックアイテムに保存してくださいね。では、お元気で」

マリス邸のドアを開けると、馬車が待っていた。これからサガン・サイデムの尋問が待っている。俺は闇に沈んだ魔術師だ。いままで数えきれないほどの危険をかいくぐり、多くの死線を越えてきた。いまでこそ監視や偵察といったヌルい仕事をしているが、もっとひどい仕事を山ほどしてきた。死ぬ覚悟もなかったわけではない。そんな血まみれの人生を歩んできた、最低な男なのに……

あの朝食を食べてからおかしいのだ。今日あのベッドで目覚めたときから、俺はゆったりと落ち着いて、誰かと微笑み合いながら食べるおいしい朝食の夢を見てしまった。

（俺は生きたい。いま、初めて生きることへの意味が俺の中にある）

俺は俺が間違っていたことを認め、俺自身が俺に科した契約に殉じ、償おうと思う。

そして、魔法使いではない者として生きようと決めた。

「なんて甘くておいしいんだ……」

馬車に揺られ、メイロード・マリスという不思議な少女の作った〝生キャラメル〟を食べながら、もう俺は流れ落ちる涙を隠すこともしなかった。

「大した人たらしだな、メイロード」
おじさまはご機嫌だ。蛇男のセカー・バーバルは、まったく抵抗することなく、サイデムおじさまの尋問に、最初から最後までキッチリと答えたという。
「朝食をご一緒しただけですよ。別になんにもしてません。でも、おいしいものを食べて、気持ちよく笑い合えるような未来が、あの人も欲しくなったのかもしれませんね。昨日のパンケーキのできは最高だったし、バターもすっごく新鮮でいい風味だったんですよ。聞いてます？　おじさま！」
「聞いてるって、俺にも早めに食わせろよ、そのパンケーキ」

「レストランで出す予定ですので、いつでもお気軽に！」

お金持ちのおじさまには、レストランでたくさん食事をしていただかなくてはね。

「うっ、それまでおあずけかよ……わかったよ」

私は寛大にあっさりバーバルを許したわけではないし、懐柔しようとしたつもりもない。ただ、あの契約書のたちの悪さを知り抜いている彼が、それを受け入れて抵抗しなかった。

だから彼にチャンスを与えることにしたのだ。バーバルは、秘密と共に消えた彼を追う者から逃げ続け、決して語らず一生を過ごすことを科せられた。それで十分だと思う。

（今回の犯行も、まぁ結果的には成功しなかったし、彼は命令された側というのもあるしね）

さて、これから深刻な話をしなくてはならない。

「バーバルにあんなことをさせたのは誰だったんですか？」

バーバルの答えは明快だった。彼の雇い主は、帝都パレス商人ギルド統括幹事にして子爵〝帝国の代理人〟エスライ・タガローサだった。

彼から内偵の命令を受けた何人かの子飼いの魔術師の中でも、バーバルはもっとも有能で重用されていたらしい。なかなかイスの動きが掴めず、最終手段として、側近のひとりとして裏仕事をしていたバーバルが送られ、今回の事件を起こしたのだ。

「炊き出しで〝牛乳らしきものが使われている〟という情報も伝えたそうだが、タガローサに一蹴されたとさ。こちらにはありがたいことだが、あのバカはなにひとつ気づいていないわけだ」

そして、側近だったバーバルが私たちにもたらした驚くべき事実。牛乳の法外な高値はタガローサによる買い占めと価格統制が原因だったのだ。

「奴が手を回して、貴族たちから買い取るだけ買い取って、市場に出さず値段を下げさせないよう操作していたってことさ。バーバルは側近だけあって、〝マジックボックス〟への入荷量についてもよく知っていたよ。いまの流通量の倍は毎年入荷している」

貴族たちの商取引上の慣例により、〝帝国の代理人〟として長く務めているタガローサ家はずっと牛乳の買い取り窓口となってきた。そのため牛乳市場の利権は長く独占され、競合もないため、やりたい放題の取り引きを続けてきたのだ。

大量に積んだ在庫は、気候変動などで入荷量が減ったとき、その高値に乗じてさらに値を釣り上げて放出。それを繰り返しながら、超高額取引を維持し続けている。庶民には絶対に手が届かない価格のままで……

さらに悪質なのは、この方法で貴族たちの上前もはねていることだ。

あまり商売に聡くない貴族たちと、前年比の金額ベースの交渉をし、市場価格は教えないという情報隠しが常態化しているらしい。貴族がタガローサに売る大量の牛乳の原価では、市場で少量売られるときの値段が推測しにくいという、巧妙な価格隠しの仕掛けもされているという。

長年言い値での取引に甘んじて、そのからくりに気づかない貴族側にも問題があるが、これは正当な商取引じゃない、詐欺だ。

「まぁ、俺たちの商売が軌道に乗って一番に破産する奴は確定した。派手にやって潰してやろうぜ！」

サイデムおじさまの闘志と商売人魂は、今回のことでさらに燃えたぎっているようだ。

「バーバルは、タガローサ幹事の追っ手から逃げ切れますかね？」

「タガローサは危ない連中を多く囲っているし、皇宮にも強いコネがある。帝都周辺では怖いものなしだろうが、全国となれば、まぁ五分五分ってところかな」

ひどいことをした人だけど、それに見合う罰はもう与えた。逃げる中で、新しい人生を見つけてくれればいい。

さて、明日はいよいよ〝大地の恵み〟亭の全貌を公開する食事会。イスの有力者の協力を得るためにも重要な日だ。みんなでおいしいものを作っておもてなししなければ！

　この乳製品普及プロジェクトは、もとをただせば私の料理に使いたい、というわがままから始まったものだ。

　だが、グッケンス博士と出会い、博士の長年の悲願であった牧畜が可能であるとわかったときから、話は大きく動き出した。

　その後、サイデムおじさまに莫大な資金を出してもらい、しかもタガローサの許しがたい不正を知ったいまとなっては、是が非でも成功させなければならないと思っている。

これからは、多くの人たちが楽しめる乳製品が、気軽に買える時代がやってくる。

　ここまでは秘密裏に進めてきたこの計画も、遂に公にするときがやってきた。明日のお食事会はその最初の一歩だ。この日のために研鑽してきた料理人たち、マルコやロッコ、みんなの成果を披露しよう。そして、新しいイスの食文化の最初の一日を祝うのだ。

〝イスの六傑〟と呼ばれる人たちがいる。商人ギルドのサガン・サイデム、冒険者ギルドのレシータ・ゴルム。この二人は別格だが、ほかにもいくつもの職種がギルドを持っ

ており、中でも職人ギルド、芸人ギルド、薬師ギルドはかなりの人数が登録していて、代表幹事には一定の発言権がある。そこにイス警備隊の隊長を加えた六名が、イスの重大事には召集される。近いうちに魔術師ギルドが創設されれば〝七傑〟となるだろう。

〝大地の恵み〟亭の初めてのお客様は、この〝イスの六傑〟だ。

「イスの民はこの店にみんな興味津々だよ。わしも今日の食事会が楽しみでなぁ」

職人ギルド代表のナバフ・ジスタンさんが、口火を切る。ジスタンさんは大きな金属加工工房と武器工房の親方で、様々な職人たちの窓口である〝職人ギルド〟の代表だ。

「私も本当は炊き出しの列に並びたかったですよ。さすがに立場上できませんでしたが……。今日はアレよりおいしいお料理がいただけるのでしょう?」

芸人ギルド代表のケイト・マシアさんが、弾んだ声を出す。マシアさんは、劇場をいくつも運営し、音楽や演劇をはじめとする芸術家たちを支援する〝芸人ギルド〟の代表。イスの文化に関わる人たちを束ねている。まだ年は若いがやり手の女性で、最近は出版にも意欲的らしい。

「今日の料理は滋養があり、躰にも良いと聞いております。大変楽しみでございますね」

薬師ギルド代表のトルッカ・ゼンモンさんは、イスでもっとも大きな老舗(しにせ)薬種問屋を営んでおり、医療関係者から一目置かれるご意見番だそうだ。薬師としての知識と技術は達人級だそうで、ハルリリさんはゼンモンさんをものすごく尊敬していた。

イス警備隊の隊長モーリック・パサードさんは、緊張気味。あまり喋ることなく座っている。こういった高級な雰囲気での会食には縁がないらしい。

（でもパサードさん、よくラーメンを食べているのを見かけるから、おいしいモノは好きなはず）

皆さん、本当に楽しみにしてくださっているのが伝わってきて、私も気合が入る。

試食会はおじさまの挨拶から始まった。

「本日は、皆様お忙しい中、お集まりいただきありがとうございます。この〝大地の恵み〟亭は、特別な目的を持って運営される予定のレストランです。まずは、その味をお確かめいただき、この店の最高の料理を大いにお楽しみいただきたいと思います。味につきましては、保証いたしますよ」

おじさまが不敵な笑みを浮かべている。

（ハードルを上げてくれてありがとう！）

おじさまの目くばせで、少し緊張した面持ちの給仕長が、最初の料理について説明を始めた。

「では、まず一品目は、新鮮な牛乳をたっぷりと使用したできたてのモッツァレラチーズをメインにした前菜〝カプレーゼ〟をお召し上がりいただきます。食材は白いモッツァレラチーズと赤いトマト、それに緑のバジル、植物油。イスで生まれた新しい味、新鮮な〝チーズ〟をまずはご堪能ください」

（最初は見た目も美しい前菜から。皆さんの反応はどうかな？）

カプレーゼを作るに当たり、バジルを探し出す必要があったわけだが、これが想像以上に大変だった。定番料理を作ることは難しい。ニンニク、鷹の爪、バジル、とにかくこの三つがないとイタリアンの定番料理を作ることは難しい。ニンニクは最初から市場にあり、鷹の爪は薬の材料の中に発見できた。でもバジルだけはどうしても見つからなかったので、博士やセイリュウにまで頼んで探してもらった。

ふたりとも私が異世界素材で作るバジルソースはお気に入りのメニューなので、私の気持ちがわかったらしく、一生懸命探してくれた。そしてかなり最近まで探し続け、最終的に見つけてくれたのはセイリュウだった。エントの森から火山へ、例の凶悪な呪物〝厭魅〟を運ぶ途中で発見したのだという。熱帯の植生で、温暖な地域というのが重要だったようだ。一度手に入れれば、あとは増やし放題の私なので、まずは自分が使う分をしっかり確保してから種を増やし、いずれはチーズと相性のいいイタリアン素材として普及させていこうと思っている。

ふわっとしながらもほどよい弾力のモッツァレラチーズとトマトの酸味、そしてバジルの香りそれらをねっとりと包み込む植物油（オリーブオイルじゃないけど味も香りもいい）。赤白緑の美しい配色も前菜向きだ。それに新鮮な牛乳から直接作るモッツァレラは、牛乳の風味をとても強く感じられる一品だ。

「これはおいしいですね。高価な牛の乳を固めているのでしょうか。食感も面白く、色、香り、味が一体になって口の中で踊るようです。うん、これは良いものですね」

芸人ギルドのマシアさんが手放しで褒めてくれた。ほかの方々も頷（うなず）きながら、おいしそうに食べてくれている。

続いて、チーズと生野菜との相性を見てもらうため〝シーザーサラダ〟を出す。

大きなガラスのボウルを食卓の横のテーブルに置き、刻んだニンニク、柑橘系の搾り汁、マヨネーズ、それにたっぷりのパルメザンチーズを混ぜ入れる様子を見せながら料理を完成させる、ライブキッチン風の演出をしてみた。

アンチョビもなし胡椒もなしの、かなり簡易的なドレッシングだが、ロメインレタスとほぼ同じ食感の葉野菜があったので作ってみたところ、とてもおいしくできた。野菜のシャキシャキ感と共に、熟成チーズの旨味とコクを堪能してもらいたい。最後に塩で味を整えクルトンを入れ、しっかり混ぜ合わせてから皆さんの皿へ。

「この堅いパンのようなもののカリカリとした食感がアクセントになっていいですね。薬野菜の歯ごたえも抜群で、それにこってりとした旨味と爽やかな香りと酸味。ああ、メイロード・ソースのマヨネーズですね！　それにさらに濃厚なチーズ……とても深い味わいです」

薬師ギルドのゼンモンさんが頷きながら、噛み締めるように食べている。味を分析しているのかもしれない。

「続きましては、温かいお料理をご用意いたしました。街頭での試食でも好評を博しておりました〝シチュー〟をつぼ型の容器に入れ、バターと小麦粉を何層にも重ねた生地で覆い、オーブンで焼き上げたものでございます」

たっぷりのバターを使ったリッチなパイ生地は、焼くことで香ばしさが加わり、目の前に置かれただけでたまらない香りが漂っている。

「スプーンで中央に穴を開けながら、中のシチューと共に覆っているパイ生地もお楽しみください。野菜、きのこ、鶏肉が主な具材ですが、スープのベースにはさらに様々な野菜を使い、深い味に仕上げてございます」

皆さん初めて食べるパイに興味津々だ。まずパイをサクッと割ると、熱々の湯気と共に立つクリームシチューの濃厚で芳醇な香りが鼻腔をくすぐる。そしてたまらず熱々の野菜や鶏肉をスープと一緒に口に運んだ瞬間、広がるダシの旨味とぽってりとしたバターと牛乳の風味。

「これは……何時間もみんなが並んだのが頷けますね。素晴らしい滋味だ。素材はいかようにも工夫できる点も好ましい。病人にも良さそうです」

ゼンモンさんからも合格をもらえたようだ。おっしゃる通り、シチュー系のお料理はバリエーションが多く、栄養価が高く、消化もいい。そしてなにより温まっておいしいのだ。

もちろん、この〝クリームシチューのパイ包み焼き〟はほかの方々からも絶賛された。パイ生地もとても好評。これなら、これからクロワッサンなど、パイの製法を使ったものをいろいろ作ってみてもいいかもしれない。

ちなみに私は《迷彩魔法》で隠れつつ、皆さんの反応を見ている。私が初手から登場すると、質問攻めにあうかもしれないし、レシータさんがまた恐怖のハイテンション状態に突入してしまうかもしれないので自重してみた。

ここまでは、どのお料理も誰も残していないし、味についてもとても好評のようだ。

（よし、後半の料理も任せたよ、みんな！）

ここで口直しに、ライムとオレンジの中間の味がする〝マルマッジ〟という柑橘を使ったシャーベットを出した。私の魔石家電として常時稼働させているが、まだこの世界で冷凍庫というのは、ほとんど知られていない。氷菓はすべて未知の味だろうと考え、メニューに取り入れた。

作り方はごく簡単、〝マルマッジ〟ジュースをゆるく凍らせて混ぜてを何度か繰り返しただけだ。甘みの強い柑橘なので、これで十分おいしい。

「これは〝氷の魔石〟を使っているようだな。気に入った！　もっと食いたいな。贅沢だが、職人は火の周りの仕事が多い。こういったものが街に出回ってくれると嬉しいな」

ジスタンさんが、職人代表らしい感想をくれた。確かに年中高温の作業場にいる人たちには、氷菓は嬉しいだろう。

（これも検討しておこうっと）

「次は揚げ物でございます。小さな海老を濃厚な牛乳のソース、ベシャメルソースと申しますが、それと共にコロモで包み込み揚げてございます。サクッとしたコロモとトロリとした具材の味をお楽しみください。添えておりますトマトソースをつけて召し上がっても、また美味にございます」

ここまで、ほぼ無言でガツガツ食べていたレシータさんが辛抱たまらん！　という感じで咆哮（ほうこう）。

「なに、これおいしすぎるんだけど？　足りないわ、足りないわ？　もっと食べたい！　サイデム、あなたの一個寄越しなさい！」

どうやら、こういうレシータさんの行動は日常茶飯事らしく、隣に座っていたおじさまは冷静に皿をガードしている。

「行儀が悪いぞゴルム統括。仮にも冒険者ギルドの代表としてきているのだ。もう少し節度を持って行動されてはどうかな」

「うーるーさーい！　こんなおいしいものを出されて、私が我慢できるわけないでしょう。いますぐ厨房から料理人を引っこ抜いて、うちの厨房に連れていきたいぐらいよ。これ、ホントに最高！」

レシータさんはクリームコロッケにハマってしまったらしい。今度訪ねるときは、お土産に持っていくことにしよう。形の保持が難しいクリームコロッケはまだだが、ジャガイモのコロッケはデリ部門でも販売しようとは考えている。

どうやらかなりウケそうだし、早急に取り掛かろう。私は皆さんの反応をメモにとりつつ、厨房を確認する。繰り返した訓練の成果は見事で、みんなよくやってくれている。ここまでのできも文句なしだ。さて、あとはメインとデザートだけになった。

メインには贅沢なチーズフォンデュを用意した。

フォンデュ鍋は各自の前に設置し、小さな〝火の魔石〟を使って鍋を温めている。チーズはこのために博士と共に研究した、エメンタールチーズとグリュイエールチーズ風のもの。完璧とは言えないが、かなりいいできのものだ。

普通は白ワインで硬さを調節するのだが、まだこの世界でワインを見たことがないので、野菜のダシの効いたスープと牛乳を温めたものを使ってみた。これはこれで大変おいしい。具材は一口サイズに形を整えた数種の茹で野菜、軽く炙った牛肉、バゲット風のパン、鶏のハム。あらかた食べ終わったあとには、残ったチーズソースにパスタを投入してカルボナーラ風に作りメとした。熱々のチーズソースの味は、冬にぴったりな贅沢メニューだ。

「とんでもないものを食べている気がしてきたわ。私がいままで食べてきたものはなんだったのかしら？　もう、以前の食事には戻れない気がする……」

レシータさんは恍惚の表情で、鍋にわずかに残ったチーズを拭い取ったバゲットを噛み締めている。

「塩辛いのではなく濃い味だな。普段の料理が、いかに塩気が勝ちすぎていたのか、認識を改めねばな。いや、参った！」

職人ギルドのジスタンさんも食べる手を止めず唸っている。

「貴族のお屋敷で食事をしたことも何度もありますが、こんな美味にはついぞ出会ったことがありません。これがイスの新しい食文化なのですね」

芸人ギルドのマシアさんは鋭いところを突いてきた。

「確かに、これは新しい技術なしには作れない料理だと感じました。しかも、非常に滋養に満ちたものです。強すぎる塩が健康によろしくないとはいわれていましたが、塩以外の味で満足感を出す技術……そんなものがあるとは、感服いたしました」

ゼンモンさんはさすが薬師らしい視点の感想を述べながら、マジマジとチーズフォンデュの器を見つめている。

「とにかくおいしいです。牛乳やチーズを使ったものがこんなにおいしいとは知りませんでした。これがこれから食べられるなら、多少高くたって絶対に買いますよ！」

警備隊のパサードさんは、レシータさんに負けない勢いでモリモリと食べながら、太鼓判を押してくれた。

皆さんがこの初めて味わった食文化を受け入れてくれた。いよいよ、新しいイスの食文化の誕生を宣言するときがきたのだ。

デザートはパンナコッタと小ぶりのショートケーキを皿に盛り、フルーツのソースで飾ったデセール。どちらもミルクの旨味を堪能できるお菓子。マルコとロッコの力作だ。

さりげなく出してみたが、これも帝都にしかなかった洋菓子が、イスで華やかにデビューした記念すべき瞬間だった。

（シラン村ではだいぶ前から提供してるんだけどね）

食後の飲み物を楽しみながら、みんなから絶賛の言葉を受けたあと、サイデムおじさまが口を開く。

「イスはいま、変わろうとしている。流通の基地だけではなく、自ら発信する街になろうとしているのだ。すでに起こした新しい産業である製紙業の主導権は、完全にイスが掌握した。これから徐々に技術が流出したところで、われわれの優位が揺らぐことはない。もちろん、そこから派生する文化もイスを中心に広がり、このタネは非常に大きな商売に育つだろう。そして、今日食べてもらったのは、牛乳とそれを使った加工品だ。これまでならば帝都の、しかもごく一部の富裕層しか食べられなかったものだ。この食事を味わってもらった皆にはすでにわかっていると思うが、これは、帝都を超えた美食だ。こんな料理はこの国……いやこの世界のどこにもない。そして、この食文化はこれよりのち、イスのすべての人々に届けられる。サイデム商会は宣言する。牛乳は庶民のものになった。誰でも買うことができる値段で販売できるようになったのだ」

みんなからは自然と拍手が起こった。

「なにか企んでいるとは思っていたけど、牧場経営とはね！　やるわね、サイデム！」

レシータさんがおじさまの背中をバンバン叩いている。

「痛てーって、レシータ！」

レシータさんから逃げるように動いたおじさまは、思い出したように付け加えた。

「今回の料理はすべて、メイロード・マリスが監修し作ったものだ。まだ子供なので、今回の食事会には出席しなかったが、メイロードにはこの事業に参加してもらう予定だ。そのつもりでいてくれ。よろしく頼む」

おじさまの言葉に全員が驚愕の声を上げた。

「メイロード・マリスはやはり実在していたのか！」

「この料理をすべて考えて作ったってこと？　すごすぎる！　会わせてください、サイデム幹事！　そして今度こそ舞台化を！」

「メイロードさまは栄養学にも通じておられるようだ。ぜひお話しさせていただきたい。御目通りをお願いしたい」

「さすがあの絶品ラーメンを作られたお方、感服いたしました」

「えー！　メイロードちゃん来てないの？　隠してるんじゃないわよ！」

一斉に話し始めたみんなを制し、おじさまは続けた。

「皆の驚きは重々理解している。だがメイロードは目立つことを好まない。それにまだ十歳にも満たない子供なのだ。確かに今回の計画にあの子は欠かせない人材だが、極力あの子を守りたいとも思っている。皆にはそのことを理解してもらいたい」

レシータさんも続けた。

「それは……そうよね。メイロードちゃんは、素晴らしい才能に恵まれた子だけど、本当にまだ小さな少女なの。確かに、重責を背負わせすぎてはいけないと思うわ。私たちも彼女を守る側に立たなくては！」

「その通りですね……メイロード・マリス嬢がわれわれに与えてくれたものを忘れてはいけない。彼女は、守られなければならないと、私もそう思います」

ゼンモンさんの言葉にみんな頷いてくれた。にわかに〝メイロード・マリスを守る会〟が結成されたようだ。

(近いうちに、この皆さんにはご挨拶しないといけないな)

いよいよ次の段階へ進むときがきた。

牛乳解禁だ。

〝大地の恵み〟亭は、帝都並みの高価格に設定された高級レストランだが、開店と共に予約は数か月先まであっという間に埋まった。まず、試食会のメンバーは、全員帰りに次の予約を入れていき、さらにそのおいしさを広めまくってくれた。

（単にイスで最初にこの店に招待されたことを自慢したかっただけ、という話もあるが、宣伝になったので結果オーライだ）

それでなくても〝サイデム幹事肝煎りの店〟ということで注目度が高かった上、実際に〝大地の恵み〟亭で食事をした人たちは、初めて食べる牛乳やバターを使ったお料理を大いに気に入ってくれた。いままで知らなかったおいしさに出会った人たちは、その感動を伝えずにいられなくなるらしく、噂はあっという間にイス中に広がっていった。

最近創刊されたイスのタウン誌での企画〝死ぬまでにしたいことランキング〟の第一位にも〝大地の恵み〟亭での食事が選ばれたそうだ。光栄なことではあるけれど、そんな三ツ星レストランみたいな扱いをされるような料理ではないのだが……

（そうは言いながらも、ものすごく嬉しいんだけどね）

とにかく、あっという間にイスで一番有名なレストランとなった〝大地の恵み〟亭。かなり儲（もう）かっているようでおじさまはウハウハ。

レストランに二週間遅れて、デリカテッセンも開店した。

デリで売るパンについては、おじさまのところに売り込みに来たパン工房の中から選んでみた。この段階で売り込みに来るということは、かなりアンテナを張っているということだし、やる気が感じられる。選んだのは中堅の工房だが、若いパン職人の集まったこだわり製法の店だ。彼らの作るパンはとてもおいしかった。それに小麦や塩の産地にこだわりながら、新しい味も作ろうと試みている姿勢が気に入ったのだ。

彼らにバターを使った生地の製法を教え、バターを練りこんだ生地、特にクロワッサンを新たな目玉として販売できるように作ってもらった。クロワッサンとシチューの組み合わせは大ブレイクし、似たようなものを作る店も増えてきているようだ。

(市場調査のために、無限の胃袋を持つ食い意地キング、ソーヤにあちこちの店で食べてきてもらっている。いまのところ、まだどこも〝大地の恵み〟亭の味には遠く及ばないそうだけど)

類似店が増えてもデリの客足はまったく衰えず、むしろ増加中。すでに二度の店員の増員をし、さらに第二キッチンを作る計画も急ピッチで進んでいる。

「この拡散ぶりだと、イスの家庭でバタートーストやシチューが日常的に食べられるようになるのも、遠くない気がしますね」

私はおじさまと今後の計画を話し合いながら、執務室でお食事。デリで買ってきた貝と野菜のたっぷり入ったクラムチャウダー風シチューにクロワッサンのサンドウィッチ、それにプレーンオムレッツを試食がてらいただいている。

「ああ、お前のレシピ集が出版されれば、すぐ家庭の味として広がるさ。イスの人間は比較的高収入な者が多い。いまの乳製品の価格ならば、食卓に出すことができるだろう。まだ値段は贅沢品の部類には入ってしまうが、数年をかけて徐々に価格を落ち着かせるつもりだ」

牧場のシステムが思った以上にきちんと機能しているおかげで、生産計画は前倒しになり、北東部の牧草地には、続々と牧場が誕生している。

いまのところサイデム商会直轄牧場しかないが、何人かの商人が出資について相談に来ているというし、独占状態が続くことは好ましくない。そこで、おじさまは次の一手を打つことに決めたようだ。

「アタタガ・フライを貸してもらえるか？」

「帝都ですね。やはり待つのは性に合いませんか？」

「タガローサのことがなければ待つつもりだったが、まぁ、お前のおかげもあっていいコネクションがあるからな。あの御仁ならば、おそらく話も通じるだろう。とりあえず、やってみるさ」

おじさまは豪快にクロワッサンの野菜たっぷりサンドウィッチ（チーズ増し増し）に

かぶりつき、ニカッと笑った。

実に商人らしくふてぶてしい、いい笑顔だった。

アタタガ・フライをメイロードに貸してもらえるようになって、本当に助かっている。しかもメイロードがいるときは魔法の付与も受けられるので、飛行船をしのぐスピードで帝都とイスの間を移動できる。

メイロードには、

「これはアタタガの厚意なのですから、頻繁な依頼は避けてくださいね」

と厳命を受けてはいるが、こんな便利な人材を遊ばせるのは罪だと俺は思う……が、怒ったメイロードなら即刻使用停止にしてくるに違いない。

その場合の損失が計り知れないので、一応急ぎの長距離移動限定でメイロードの許可を得たときのみ、と約束した。

今回の目的は、ある売り込みだ。相手は帝国軍右将軍エルム・ドール侯爵。

ドール侯爵は、領地の整備に金を惜しまないやり方や農作物の不作時の減税など、配慮の行き届いた政策により、領民からも慕われる賢公としても名高い。

このドール侯爵家の次期当主となる、現在は補給幕僚のダイル・ドール参謀とは俺自身非常に強い信頼関係を築けたと思うし、いまもそれは変わらない。さらにその関係から派生したメイロードと奥様方の交流によって、ドール侯爵家と公私共に太いパイプを持つことができた。


今回はそのコネクションを利用して、エルム・ドール、ダイル・ドール両氏に同時にお会いできるよう面会を要請した。数年前の俺では、まだ歯牙にも掛けてもらえなかっただろうが、サイデム商会は、いまそれが可能なところまできている。

思えば、すべてはメイロードをあの村で療養させたことから始まったのだから、不思議なものだ。あれの知恵と才能と人脈が、俺をここまで運んできたのだから。

アーサーとライラが同時に死んでしまったあのとき、俺は本当に絶望していた。アーサーを失ったことで混乱した現場を支え、押し寄せる仕事に翻弄されることで、辛うじて正気を保っていたのかもしれない。ふたりのことを考えることは辛すぎた。

俺は親友で同志で仕事を分け合えるただひとりの男と、その妻で幼馴染のただひとり好きになった女を、同時になくしてしまったのだ。

もう三人で仕事の愚痴やバカ話をしながらライラの作ってくれる料理を食べることもできない。そんなことを考え始めるとなにもかも虚しくなり、すべてを投げ出しそうになった。だから、考える隙がないほど仕事をした。

そしてそんな情けない俺のいるイスの街に、あの子がやってきたのだ。信じられないことだが、あの子はまだ幼児のようなあどけなさの残る姿で、会社を興し、工場を建て、流通網を築き、大きな事業をあっという間に成した。

アーサーの知恵とライラの料理の才能を受け継いだ娘。いや、それ以上の不思議ななにかをメイロードは持っている。

あれは、俺と違って商人であることに執着しない。金の大事さはよくわかっているが、必要以上の金にはさしたる興味はないようだ。

楽しそうなのは、俺たちと食事をしながら料理を作り振る舞っているとき。博士やセイリュウと俺が、楽しそうに他愛もない話をしているのを聞いているとき。新しく作るものや料理を考えているとき。

あれは人になにかを与えることを楽しんでいるように見える。

そういえば、俺もあのカウンターで食事をするようになって、日常を本当の意味で取り戻したような気がする。不思議でおいしい料理にうまい酒、そして楽しい語らい。あそこで笑い転げた日、やっと失った友への喪が明けた気がしたのだ。

俺とメイロードのいままでの事業が、どれだけの取引高になっているか、メイロードはそれにもさしたる関心はなさそうに見える。いままでに関わった事業はすべて増産増収増益を続け、特に紙関連事業はイスの商業取引額の十分の一に匹敵するほどに成長し、いまもまったく衰えを見せていない。

いらないとメイロードは固辞したが、それは商売人として許されないと諭(さと)して、俺が適当と思われる比率で事業の利益を渡している。すでにあの子の資産は、大貴族に並ぶほどだろう。

それをあの子が大きく使ったのは、研究施設設立のための投資と孤児院への寄付だけ。設立投資はまたかなりのリターンを生みそうだ。あの子の資産はさらに増えるだろう。

メイロードが側にいれば、俺は数年のうちに比類なき商人の高みに上れる気がする。

そして、それはこの世界にとって良いことに違いないと、なぜか確信できる。

あの子の望みは、みんなの〝幸せな食卓〟だ。ならば望む方へ進んでいけばいい。

さて、帝都が近づいてきた。俺は俺の仕事をしよう。

「エルム・ドール侯爵閣下、ダイル・ドール参謀閣下、本日はお忙しい中、お時間を割いていただき、誠に感謝しております」

◆　◆　◆

挨拶も堂に入ったこの如才無い男の名はサガン・サイデム。イスの商人でありギルドを束ねるこの男とは、何度か挨拶を交わした程度の面識だが、噂はいろいろと聞いている。今回面談に応じたのも、この男に興味があったからだ。

最近発展目覚ましいイスの技術革新は、この男を中心に動いている。軍部が刷新した手帳も、この男なしでは作れなかったと、息子は言っていた。安価で取り扱いが容易、しかも大量生産ができる紙の登場は、軍部のみならず、各所に劇的な変化をもたらしつつある。

パレスの商人ギルドを仕切るタガローサが、中央集権主義でパレスに**のみ**あることを重要視する方針であるのに対し、サイデムはその真逆。パレスにこだわらず、品物の性質によって極端な拡散も秘匿（ひとく）も豪快にやってのける。年は若いが海千山千の強者（ツワモノ）と見た。

さらに言えば、ダイルは親の欲目ではなく、知力で軍部を支える男だ。その息子とあっという間に親友のような関係を築き、ダイルはサイデムのその才覚を手放しで褒めた。今回の面会も、ダイル経由のものだ。

　そんな男がわしとの面談を望む理由にも興味が湧いたのだ。

（まだ三十代、若いな。だが、いい目だ。戦う男の目をしている）

「畏る必要はない、サイデム。今日は息子の友人を招いての語らいだ。自由に話をしようではないか」

「恐れ入ります。そう言っていただけますことこそ、我が誉でございます」

　上級貴族とそう簡単にざっくばらんにはなれないサイデムに対し、ダイルは非常に親しい雰囲気で打ち解けたように声をかける。

「メイロードは元気にしているか？　ルミナーレとアリーシアが会いたがっているぞ。ぜひ近いうちに立ち寄るように言ってくれ」

（アリーシアの誕生日の折は、それは美しいという緑の髪を隠し、顔すら見せないように気を使わせて、最後は緊張のあまり倒れたというではないか。いくら賢いとはいえ、貴族でもない子供にはあの舞台は酷だったのだろう）

「あの子には気の毒なことをしたな。倒れたあとは大丈夫だったか？」

「はい、元気に暮らしております。本日も奥様とお嬢様へ新作の菓子を預かってまいりました。ぜひ後ほどご賞味ください。お二方には、これからイスの市場へ本格的に投入予定のこちらをお持ちいたしました」

と言ってサイデムが取り出したのは、なにやら黄色い食べ物だった。説明によれば、つまみにも最適なハード系のチーズと、ハーブを混ぜ込んだ柔らかいチーズというものだという。

「これはなにからできているのだろうか」

ダイル・ドール参謀の質問にサイデムの目が光る。

「恐れながら、これは北東部州産の牛の乳を使用した加工食品でございます」

「北東部州産の牛の乳？」

貴族が褒賞として皇帝より賜り、領地として運営している土地は、パレス周辺に集中している。肥沃で天然資源も多いそれらの土地に対し、北東部洲はまだ未開の土地も多い地域だ。しかも夏が短い寒冷地で、作物の育成に劣っているため、褒賞としての価値が低く、下手に手を出せばその土地の管理や整備のために財産を持ち出すことになると、敬遠される土地だったはずだ。

北東部州には大きな街もほとんどなく、人の住む集落は広い地域に小さなものが点在する程度で、一様に貧しい。そのため徴税のための調査すら数年に一度しか行われていないし、彼らが支払う税の多くはあまり品質の高くない作物の物納だ。

「あんな場所で、安全に牛が育てられるわけがない……ではこれはどうやって……」

サイデムの説明は続く。

「現在北東部洲の十二か所で牧場を運営しております。牧場運営開始時に購入した三百頭の牛を一頭たりとも失うことなく、現在も繁殖が順調にすすんでおり搾乳量も上々。数年後には千頭に近いところまで増やせる見込みです。もう牛乳はイスでは庶民にも購入できるもの、普通に店頭で購入できるようになってきているのでございます」

サイデムから聞いた驚くべき話に、わしとダイルは言葉を失った。

「なんという……なんということだ⁉」

わしの動揺を横目に見ながら、ダイルもイスで起こっている酪農の変容の深刻さに、唇を噛み締めている。

乳製品が貴族独占であることには、貴族側にも重要な意味がある。これまで危険な外敵と戦う牧場警備を担当させることで、自軍の私兵たちの維持と訓練、そして収入確保を行ってきた。牧場経営は、特に平穏が続いているいまのような政治状況においては、欠くことのできない大きな収入源なのだ。

高額で取引される牛の乳を独占的に売ることができる牧場経営は、平時にも多くの私兵をかかえている貴族には非常に都合の良い事業だ。だが、それが庶民の買えるような値段まで下落すれば、兵隊を維持するための原資をほかに求めなければならない。

(だが、そんなことができるなら、ほかにすぐ財源が確保できるならば、苦労はない)

「サガン・サイデム……君は貴族の酪農に引導を渡しに来たのか?」

すでに起こってしまっている現実の変化を目の前に、暗澹(あんたん)たる気持ちでそう問うたわしに、サガン・サイデムはゆっくり首を振り、こう言った。

「いいえ、とんでもございません。私は新しい〝貴族の酪農〟についてお話をさせていただくために、本日参ったのでございます」

「〝貴族の酪農〟とはどういう意味だ」

息子はすでにサイデムの話を聞く気になっていた。

(考えてみれば、この男がわざわざ、われわれ貴族の危機的状況を伝えにだけやってくるなど考えられない。本題はこの先ということか)

「価格が十分の一になるならば、牧場の規模を十倍にすれば良いのです」

「十倍の規模の牧場!　そんなことが可能なのか?」

驚くわれわれを見て頷(うなず)くサイデムは、自信たっぷりだ。

「可能であるからこそ、今日ここへお伺いしたのです」

サイデム側にしてみれば、牛乳が庶民に買える値段で供給されるのであれば、供給元はどこでも良いということのようだ。貴族が低価格で乳製品を提供するのであれば、それはそれでまったく問題がない……どころか無駄な敵対関係も生まれず、どちらにも損がない関係が築ける方が、ずっと建設的だと。

「私たちの考え出した方法を用いれば、ほとんど無駄な経費はかかりません。もちろん最小限の効率的な警備で牧場が守れます。とはいうものの、警備はゼロにはできません。広くなればなるだけ多くの人員が必要となります。そして、多くの牛を育てるためには、広大な土地も手に入れなければならない」

　ダイルがサイデムの言葉に、笑顔を取り戻してこう返した。

「そうか！　貴族には自前の人員が十分にある。もちろん自領を持つわれわれは管理可能な広大な土地も有している。私たち貴族は、平民よりずっと有利に、そして容易に牧場の規模を拡大することができるんだな」

「その通りです」

　ダイルの言葉に満足げに、サイデムが返した。確かにダイルの言う通りだ。訓練された多くの兵士と広大な領地。どちらも庶民が簡単に手に入れられるものではない。大規模な酪農を始めるのにもっとも有利なのは貴族なのだ。

「そこで、今回のご提案なのでございますが、私共との契約を、ぜひご検討いただきたいと考えております」

『〝北東部州式酪農術〟を使った新しい牧場運営方法をわれわれに教え、そのために必要な資材の定期購入権も確保する。さらに、こちらの運営に問題が生じた場合の解決にも応じる』これが今回サイデムが提案してきた契約だ。

「この新しい画期的な牧場経営の方法を知らずに〝貴族の酪農〟の未来はないと、私は確信しております。それは、お持ちいたしました資料やこれまでの実績をご覧いただければ一目瞭然でございましょう。われわれもこの事業には、多大な時間と資金を投資してまいりました。この契約には純利益の五割はいただきたいところですが、今回は四割で手を打たせていただきます」

「三割！」

わしは、サイデムの目を見て、唸るように言った。値切ってくる貴族が珍しいのか、ちょっと驚いたような顔をしたあと、いつもの考えの読めない笑顔になったサイデムは言った。

「三割五分！」

わしとサイデムはしばし目と目で話した。これもまた真剣勝負だ。やがて、サイデムはひとつ頷くと、笑って駆け引きを終えた。

「わかりました。三割で手を打ちましょう。侯爵には負けました」

余裕のある態度でサイデムと話しながらも、わしの頭の中は、これからの対応についての考えが駆け巡っていた。決まったとなれば、善は急げだ。すぐに領地の状況を調べ、大規模な牧場を作る計画を進めなければならない。

契約書を交わしたあと、少し緊張が解けたのか、サイデムは清々しい顔で、わしとダイルにこう言った。

「この契約締結により、ドール侯爵家の新しい牧場やその付帯施設に関しましては、設計施工から運営方法まで、問題解決のすべてをパレスのサイデム商会が請け負いました。なにかございましたら、ご連絡いただければすぐに担当を現地に派遣いたします。これから、長いお付き合いになります。なにとぞ、よろしくお願い申し上げます」

きっちりと頭を下げ、サイデムはやけに人懐こい笑顔で頭をあげた。

われわれは握手を交わし、祝いの酒を酌み交わしながら、チーズという新しい美味を堪能した。そして、この国に住むすべての人々が、このおいしいチーズを食べられる日のことを語り合った。

この日、貴族をも巻き込んだ本当の革命が、パレスでも始まったのだ。

シラン村の台所で、私はセーヤと雑貨店の経理書類に目を通しながら、鍋で夕食のポトフを煮込んでいる。

お仕事はあるけれど、このところの私は都会の喧騒から離れ、久しぶりに村でのんびりした日々を送っている。おじさまは急速なビジネス拡大のため、とんでもなく忙しいらしいけど……

おじさまの仕事ぶりの話は聞くだけで疲れるので、あまり聞かないようにしている。躰のことを心配はしているけれど、少しは休めと言ったところで、それを聞き入れはしない人だというのも、もうわかってきたし。

最近では、通訳として働いていたはずのキッペイが、おじさまの側近として働き始めているそうだ。あの子は通訳としてだけではなく、とにかく能力が高いので、激務のおじさまを支えられる数少ない人材になっているそうだ。

（ギルド内を一日中走っている姿が日常的になっているみたい。〝使えるものは鬼でも使え！〟が信条のおじさまだからなぁ。気が利いて頭の回転の速いキッペイはいずれこうなるんじゃないかとは思っていたけれど……頑張れ、キッペイ！）

私はキッペイに会う度に、おじさまに付き合っていたら躰を壊すからほどほどにする

ようにと、きつく言っている。でも、キッペイはおじさまの役に立つのが楽しくて仕方がないらしく、こちらも私の心配など聞きやしない。

(仕事が楽しいのはいいけど、ハラハラするってば！　もう！)

私の異世界料理がこちらの人たちの滋養強壮にものすごく効くのは経験上わかっているので、おじさまには私がイスにいるときはなるべくうちに食べに来るように言ってあるし、お昼もラーメンばっかり食べないように、ときどきお弁当を作って届けている。もちろんキッペイの分も。

書籍の出版も順調で、私の書いた乳製品料理のレシピ本はイスで一番大きな書店のベストセラーランキングに常に入っている。子供用教科書もとても売れていて、実は大人にも人気だそうだ。

識字率の低さは出版業の足枷になっているが、本が増えてきたことで読みたい本や雑誌が出てきた大人にも、文字の勉強を始める人が増えてきている。私の教科書はそういう人たちの助けにもなっているようだ。私のレシピ集が読みたい女性や、人気の芝居の原作本が読みたい芝居好き、金属加工の指南本が読みたい工房の職人……人は目的がしっかりしていれば、いくつになっても自ら学び始める。

(いい傾向だよね。識字率が上がれば、もっと本も売れるし)

図書館の設立と献本制度の早期導入もおじさまにお願いしておいた。シラン村にも図書館を建設中だ。その隣には幼稚園も作る予定。

働き手にならない年齢の子供たちの世話は、忙しく働く村の人にとって悩ましい問題だったので、これを少しだけ助ける方法として提案したものだ。辺境の村に長く暮らしてきた人たちには、まだ学校や教育について意識の低い人も多いのだが、幼稚園から徐々に学ぶことや学校での生活を理解してもらい、慣れてもらうという狙いもある。タルク村長に相談したところ、これらの施設の運営は、いまの村の資産があれば無償で行えるとのことだ。

メイロード・ソースのおかげで、村の財源の心配がないことは本当に重要だ。おじさまにはメチャクチャ怒られたけれど、やはり製造・販売権を移譲しておいてよかったと思う。

そういえば村のソース事業に、最近パレスからの問い合わせが増えているらしい。彼らは常に上から目線で非常に態度が悪いそうだ。しかも丁重にお断りすると、ものすごく驚かれるというのだから、困ったものだ。パレスからの依頼なら誰でも平伏してありがたく受けると思っているのだろうが、遠く離れた辺境の村にとって帝都パレスでの評判など大した意味はない。

村での増産はそろそろ限界だし、〝地方の名産〟というポジションで事業として安定しているのだからこれ以上の拡大はしない、ということで村長とも合意している。なににしても地方の小さな村の生産量では、パレスに本格供給などできるはずもない。パレスの方々には申しわけないが、欲しかったらイスのお店で買って帰っていただきたいと思う。

（パレスにないものがあったっていいじゃない。タガローサ幹事には受け入れがたいかもしれないけど。〝なんでもパレス〟の時代はもう続かないことに、早く気づいてほしいよね）

さて、今日はいよいよフルーツ牛乳の試作だ。

コーヒー牛乳っぽいものは、大麦を焙じて（麦茶ですね）使うことでほぼ再現できた。カフェインがないので子供でも大丈夫。あとは、フルーツ牛乳ができれば、銭湯の売店にも牛乳スタンドを本格導入できる。

「ソーヤ、フルーツの準備はできてる？」

「もちろんでございます、メイロードさま！」

キッチンのテーブルには、私には馴染みのないこの世界のフルーツが大量に並んでいる。

どんな味なのかワクワクする。

「さあ、作ろう！　シラン村オリジナル、フルーツ牛乳！」

ノリノリで作った私のフルーツ牛乳が、村の子供たちの間で大ブレイクしてしまった。

乳飲料シリーズを考えたときから、このあとのブームは決まっていたのかもしれない。

なかなかのクオリティーで完成したのに気を良くした私は、ガラス工房に牛乳瓶を発注した。私のイメージ通りのガラス瓶ができ上がり、紙製のフタも作って、さらに〝銭湯で飲む牛乳〟っぽい雰囲気を演出してみた。完全に自己満足の世界だけど、凝りたくなってしまったのだ。

フタを見て見分けがつくよう種類ごとに色とデザインを変えた。牛乳、〝麦香(ばっこう)〟と名付けたコーヒー牛乳風、フルーツ牛乳、ベリー牛乳の四種。それを〝魔石冷蔵庫〟でしっかり冷やす。甘く爽やかな風味は、風呂上がりにはたまらない飲み物だ。

売り出し直後から人気となった乳飲料シリーズ。特にフルーツ牛乳が子供たちに大人気だ。お風呂嫌いの子供も、フルーツ牛乳目当てで村営浴場にやってくるようになったと聞いて、嬉しくなってしまった。

販売の現場が見たくなって、村営浴場併設のカフェへ行ってみた。そこで出会った小さな子供たちが、綺麗な色のフタを集めて楽し気にはしゃいでいるのを見て、牛乳のフタで遊ぶメンコのような遊び〝牛乳メン〟の話をしたところ、あまり遊び道具を持たない子供たちが興味を持ってしまった。

（ただ、牛乳のフタを指ではじいてひっくり返すだけの単純な遊びなんだけどね）

だが、そのシンプルさがよかったようで、あっという間にこの遊びは広がり、村の子供たちの間では、空前の〝牛乳メン〟ブームが起こった。

案の定、牛乳を飲む人からしかもらえないため、村営浴場で牛乳を買う大人に子供たちが群がる事態にまで発展。急遽、フタだけ安くおもちゃとして雑貨屋で売ることにした。売るに当たってカラーリングも増やして、十二種に。いまでは大人まで参戦して、大会まで開催されているそうだ。

（娯楽が少ないから食いつくなぁ）

この遊び、その後かなり広域に普及してしまうのだが、それはまた別の機会に。

さて、私はいつの間にか九歳になっていた。

そういえば、まだ私は自分の誕生日も把握していない。そろそろちゃんとおじさまから聞かなければ。

久しぶりの《鑑定》を自分にしてみたところ、魔法力がとんでもないことになっていた。知識がついてきたいまならわかる、このメチャクチャな数値。しかもまだまだ底知れない。

最近は魔法力消費量の多い広域魔法を中心に訓練を積み、一対多数の状況になっても負けないことを目指している。例によってかなりの大魔法でも練習し放題だ。おかげで精度がどんどん上がり、針穴を通すような攻撃を一度に百人以上へ向けられるレベルになってきた。訓練次第では、まだまだ精度は上がっていきそうだ。見た目もかなり派手な魔法が多いので、目立たないよう山頂にあるセイリュウの聖域の近くを借りて練習している。

私の練習を見ていたセイリュウには、絶対人に見せないように毎回きつく言われた。

（わかってますって！）

《鑑定》のレベルがひとつ上がり、新たに《真贋》という能力を得た。《鑑定》を行わなくても一目で怪しいもの、紛い物がわかる能力だ。直感に近いもので、紛い物には黒い霧のようなものが立ち上って見えるのだ。

卑近な例でアレだが、例えば冷蔵庫に入れていた食べ物が腐っているか、まだ食べられるか、一目でわかる。

（所帯染みた例えだなぁ、我ながら）

同様に怪しい人物、身分を偽っている人物なども、一目でわかるのだ。これは今後有用だと思う。人が私を騙そうとするのは、これからかなり困難になるだろう。

メイロード・マリス　9歳
ＨＰ：87
ＭＰ：１４０６０
スキル：鑑定（+3）・緑の手・癒しの手（+5）・無限回廊の扉（+1）・索敵・地形探査（+1）・
　地形把握・真贋（しんがん）
ユニークスキル：生産の陣・異世界召喚の陣
加護：生産と豊穣
字名：護る者
属性：全属性耐性・全属性適性（完全なる礎（いしずえ））

乳製品事業の目処（めど）はついたし、私がやることはもうほとんどない。このまま、また村の雑貨屋に戻れるといいなと思うが、たぶんおじさまは、また私に変な仕事を振ってくるに違いない。

それに、〝大地の恵み〟亭からは、味見に来てくださいと何度も依頼が来るし、ドール家のアリーシア様とルミナーレ様からは、何通もお茶会の招待状が届くし……シラン村に戻っているという理由で、なんとか回避しているものの、私を放っておいてくれる気はなさそうだ。

だけど、とりあえず今日はのんびりしよう。

こんな日が続くといいな、と思いつつ、私はソーヤと一緒に今晩の料理に使う野菜を採りに、雑貨店の裏庭に作った小さな家庭菜園へ向かうのだった。

書き下ろし番外編

サガン・サイデムの長い一日

いきなりドアが開いたと思うと、部屋のありとあらゆる窓のカーテンが、アイツの食い意地が張った妖精にものすごい勢いで開けられ、日の光に部屋中が満たされた。

「また、ソファーで寝たんですね、おじさま！　いいですか、世の中には〝ベッド〟という、それはそれは素晴らしい気持ちよく眠るための家具があるんですよ。しかも、この執務室の隣には、ちゃんとその〝ベッド〟のある素敵な寝室があるじゃないですか！」

腹の上に書類を開いたまま、ソファーに寝転び朝日の眩しさに目を細める俺に、いきなり説教をかましてきている、このちんまりとしたのはメイロード・マリスという娘だ。俺の親友の忘形見で、俺が後見人をしている。しかも、いまでは仕事上の大切な相手でもある。

（こうるさいことを言わず、おしとやかに座ってりゃ、息をのむほど、それこそ天使みたいに可愛いんだがなぁ……）

メイロードの連れてきた妖精は、キビキビと部屋を片付け始め、俺はメイロードに部屋から追い立てられた。

「ここにはせっかくお湯の出る魔石を使った贅沢な洗面台があるんですから、しっかり躰を拭いて髪も洗って、身支度を整えてくださいね。あ、この間差し上げた洗髪液、いいでしょう?」

「おう、なんだか頭がスースーして、気持ちがいいヤツな。あれは、いい。なぁ、あれは……」

「あれは売りませーん!」

「チッ」

メイロードは朝シャッキリしないという俺のために、瓶入りの青い液体を髪洗い用の液体石鹸だといって置いていくようになった。確かにそれは、髪を洗うと爽快で目が覚める気がする上に髪もサラサラになり、なんとも気持ちのいいものだった。だが、量産はできないのだという。

この爽快感があり、艶を保ちながら髪の油を適度に落とせるという秀逸な液体石鹸は、貴族だけに売っても相当な儲けが期待できそうなのだが、あれは頑固だ。ダメだと言っている限り無理だろう。

（誰に似たんだか……）

とりあえず身支度をして部屋に戻ると、テーブルにはちまちまといろいろな小鉢が並んだ朝食が用意されていた。

「おじさま、このところメチャクチャな予定を組んで仕事をしているそうですね。休みなく一日二十時間以上働き続けていて、いつ倒れるか怖いって秘書の方に《伝令》で泣きつかれたんですよ、私」

「ああ、確かにこのところ忙しくしてるが、そこまでじゃ……」

言い訳をしようとする俺を制して、メイロードはテーブルに向かって手を広げた。どうやらその料理を、温かいうちに食べろということらしい。

「これは港から取り寄せました新鮮な魚の一夜干しを焼いたもの。そして、豆腐と海藻の味噌汁。お漬物はカブに茄子。出汁巻には、たっぷり大根おろしをのせて食べてください ね。おじさまは辛い方がお好きなので、今日のは気合いを入れておろしました。かなり辛いです。こちらはお野菜の煮物、煮浸しになります。それと鶏の幽庵焼きですね」

「ユウアン焼き?」

「細かい名前のことはお気になさらず、ささ、食べてくださいな。ご飯も炊きたてですよ」

メイロードの家でときどき食事を摂るようになった俺は、もう驚きもしないが、この娘の料理は変わっているだけでなく、めっぽううまい。今日の一夜干しの魚も最高だ。これで飯をかき込むと身体中に生気がみなぎるような気がする。

早食いの俺はあっという間に、最高にうまいこの朝飯をガツガツと食い切った。この部屋では、お上品に食べなくとも咎めるヤツはいない。

「はい、ほうじ茶です」

「おう」

こうして、持ち手のない器で飲む変わった茶にも慣れた。こいつも、口の中がさっぱりして、とてもいいものだ。

「今日は午前も午後も、人に会う予定と会議がみっちり詰まっているそうですね。秘書さんがため息をついていました。ほらほら、もうすぐ最初の会議が始まりますから、会議室へ移動してくださいね。第三会議室ですからね！　じゃ、私は行きますけど、お昼のお弁当は置いていくので、時間がなくても食べてくださいよ！」

俺は食事の片付けをしながらそういうメイロードを残して、足早に会議室へと向かった。今日も忙しい一日の始まりだ。

このところ睡眠不足のはずなのに不思議なほど俺の気分は爽快。あのシャンプーと朝飯のおかげだろうか。部下たちが次々とへばるほど忙しい日がずっと続いているのに、いつも以上に元気で平然としている俺に、周囲は首を傾げているが、もしかしたらあれが魔法でも使って俺の健康を保っているのだろうか？

（そんな魔法は聞いたこともないが……）

部下たちは化け物でも見るように俺を見ているが、忙しいので、そんなことは気にしない。とはいえ、部下たちに倒れられても面倒だ。とりあえず秘書の数を倍に増やして対応させよう。

（チッ！　キッペイをメイロードにとられたのは惜しかったな……）

そこからは会議、会議、会議。そしてメイロードの置いていった弁当を食べながら書類に目を通し、午後からは十件の重要な商談。その間に商人ギルド関連の仕事もこなす。

三時には、これまたメイロードがマジックバッグの中にわざわざ置いていった淹れての緑茶と〝芋ようかん〟とかいうものを、やはり書類に目を通しながら食う。こいつは、俺のお気に入りだ。素朴な甘さなのも、片手で簡単に食えるのもいい。

緑茶のおかわりを茶碗に注いでくれた秘書が

「私たちの十倍働いていらっしゃるのに、よくお疲れになりませんねぇ……」

と、呆れ顔をしているが、ウマいおやつを食べて俺はますます元気だ。疲れもまったく感じない。

（やっぱりアイツなにか盛ってるのか？）

そう思いながら〝芋ようかん〟を見るが、まぁ、メイロードのやることをいちいち気にしても仕方がない。少なくとも、あれは俺の躰のことを心配しこそすれ、害になるようなことをすることはない……はずだ。

そこからはまたいくつかの商談をまとめてから、俺が金を出しメイロードに監修させたイス最高のレストラン〝大地の恵み〟亭へ会食のために向かう。

この店には俺専用の個室があり、気を使うこともないので、とても便利だ。なにせ予約の取れない超人気店。ここの食事に誘って断れるヤツはこのイスにはいない。今日も機嫌良くうまいものを食わせて、いい儲けになりそうな新しい仕事が決まった。

客を送り出すと、俺はまた個室へと戻る。

「本日は、新しくできました希少なポンピ鳥を使ったスープが自慢の〝ポンピ軒〟の特製塩ラーメンを買ってまいりました」

預けてあるマジックバッグから取り出されたのは、できたてそのままのラーメンだ。ラーメン好きだが忙しくて食べに行けない俺のために、ここの料理人たちが見つけてきたイスにあるラーメン店のイチオシを、この個室で食べさせてくれるのだ。

「また、新しい店ができたんだな……よしよし、いい傾向だ。やはり塩系になるのは、まだほかの調味料の流通が不安定なせいだな……これも考えねばな」

　俺は懐から愛用の箸を取り出して一気に麺をすすった。

「ふむ……悪くはないが、麺が中途半端だな。まだまだ、メイロードの域に達するのは遠いようだ」

　俺の言葉に、給仕はそれは仕方がないことだと笑う。彼らにとってもメイロードの料理は絶対の美味で、それが揺らぐことはないのだ。

　ここでも、最後に俺のためだけに置かれている緑茶を淹れてもらい、再び執務室へと戻る。おかげで気合いが入った。これから夜中まで、今度は書き仕事だ。

「ともかく秘書が必要な仕事を先に片付けよう」

　俺は軽快な走りで部屋へと急ぐ。

「なんであんなにお元気なのかしら？」

　という、従業員たちの言葉を背にして……

本書は、2020年6月当社より単行本として刊行されたものに書き下ろしを加えて文庫化したものです。


この作品に対する皆様のご意見・ご感想をお待ちしております。

おハガキ・お手紙は以下の宛先にお送りください。

【宛先】

〒150-6008 東京都渋谷区恵比寿4-20-3 恵比寿ｶﾞｰﾃﾞﾝﾌﾟﾚｲｽﾀﾜｰ 8F
（株）アルファポリス　書籍感想係

メールフォームでのご意見・ご感想は右のＱＲコードから、
あるいは以下のワードで検索をかけてください。

ご感想はこちらから

レジーナ文庫

利己的な聖人候補2　とりあえず異世界でワガママさせてもらいます

やまなぎ

2022年10月20日初版発行

文庫編集－斧木悠子・森順子
編集長－倉持真理
発行者－梶本雄介
発行所－株式会社アルファポリス
〒150-6008 東京都渋谷区恵比寿4-20-3 恵比寿ｶﾞｰﾃﾞﾝﾌﾟﾚｲｽﾀﾜｰ8階
TEL 03-6277-1601（営業）　03-6277-1602（編集）
URL https://www.alphapolis.co.jp/
発売元－株式会社星雲社（共同出版社・流通責任出版社）
〒112-0005 東京都文京区水道1-3-30
TEL 03-3868-3275
装丁・本文イラスト－すがはら竜
装丁デザイン－AFTERGLOW
（レーベルフォーマットデザイン－ansyyqdesign）
印刷－中央精版印刷株式会社

価格はカバーに表示されてあります。

落丁乱丁の場合はアルファポリスまでご連絡ください。

送料は小社負担でお取り替えします。


ISBN978-4-434-30992-2 C0193